# CUERPOS

Papel certificado por el Forest Stewardship Council®

MIXTO
Papel procedente de
fuentes responsables
FSC® C117695

Penguin
Random House
Grupo Editorial

Primera edición: octubre de 2021
Primera reimpresión: diciembre de 2021

© 2021, Noemí Casquet López
Autora representada por Editabundo Agencia Literaria, S. L.
© 2021, Penguin Random House Grupo Editorial, S. A. U.
Travessera de Gràcia, 47-49. 08021 Barcelona

*Printed in Spain* – Impreso en España

ISBN: 978-84-666-6990-0
Depósito legal: B-12.856-2021

Compuesto en Comptex & Ass., S. L.

Impreso en Black Print CPI Ibérica
Sant Andreu de la Barca (Barcelona)

BS 6 9 9 0 0

# CUERPOS

## Noemí Casquet

Adéntrate en el universo sonoro de Ruth:

*A Fernanda, para que siempre
encuentres el camino de vuelta a ti.
Sigamos coleccionando recuerdos.
Te quiero, amiga.*

# I

## Sesenta y nueve

Mercedes me observa mientras acomodo mi culo huesudo en una silla plegable de Ikea. La mesa está un poco coja y se tambalea cada vez que ella apoya los antebrazos. Eso hace que el bajo del mantel lila ondule y se fusione con el terciopelo rojo lleno de ácaros que oculta con disimulo esta trastienda ecléctica de barrio. El sonido de los brazaletes parece el sonajero de las viudas, y en su carmín ajado y en la comisura de sus ojos ya naufragan arrugas. Mercedes vive sus últimos años antes de convertirse en la típica abuela que, si te has quedado con hambre, te fríe un huevo en un momento. Su escote redondeado deja entrever un canalillo preciso y detallado. Qué coño comerían nuestras abuelas para tener semejantes tetas. Qué es lo que no me dieron a mí.

Alguien intenta abrir la puerta acristalada de la entrada, pero el cerrojo le impide acceder. Mercedes suspira. El olor dulzón a palosanto se me pega a la garganta. En la esquina hay un altar con minerales, amuletos, muñecas de trapo y atrapasueños. Una fusión de misticismo que no entiende de fronteras. O quizá es que para Mercedes todo se resume en lo mismo:

—Ruth, para el universo la vida dura sesenta y nueve segundos.

Lo afirma con efusividad y lo repite varias veces: «Sesenta y nueve segundos, Ruth». A mí solo me hace falta que me lo diga una vez para darme cuenta de la rotunda descarga que provoca en mi existencialismo. Mercedes, la mujer que ronda esa edad en la que te ceden el asiento en el bus, la misma que baraja las setenta y ocho cartas del Tarot de Marsella, quien cierra su pequeño negocio de bolas de cristal y predicciones y se marcha a hacerse una ensalada de queso fresco y acelgas para cuidar la línea. Mercedes, cuya fuente empírica es el *Feisbú* y quien reenvía los Power Point que le llegan al e-mail personal para evitar cinco años de maldición. Sí, lo sé, quizá Mercedes no sea la nota a pie de página que conduce a una bibliografía imposible de un libro ininteligible sobre física cuántica. Pero a veces las frases que te cambian el rumbo no vienen dadas por la ciencia. Y digo «a veces» por ser generosa. Aun así, me parece una broma de mal gusto. Sesenta y nueve. No sesenta y ocho ni setenta. No. Sesenta y nueve. Por un momento me imaginé a Dios comiéndose el enorme coño del universo y viceversa. Nuestro cataclismo resumido en un puto sesenta y nueve entre la luz y la oscuridad. Ya lo decían los chinos: el yin y el yang. Milenios de filosofía ancestral para que la tarotista me diga en una sola frase que mi lamentable existencia, para la que busco lamentables respuestas, es un simple orgasmo de sesenta y nueve segundos. «Oh, sí, no pares». Y obviamente para, y ya está: te vas a tomar por culo.

—¿A qué quieres dedicarle estos sesenta y nueve segundos, Ruth? ¿Qué quieres hacer?

Me sorprende la facilidad con la que Mercedes te empuja al precipicio mientras baraja las cartas con destreza y rapidez. No sabes dónde empiezan sus manos y dónde acaba el cartón que predice mi futuro de mierda. O dónde termina la cordura y empieza la decisión de haber querido adentrarme en esta pequeña tienda de esoterismo que veía cada vez que cruzaba la esquina de mi calle. Por qué ahora. Supongo que estas cosas te llaman, ¿no? O así sucede en las películas. La gitana que lee la mano al protagonista y le avisa de su inminente muerte. La bruja que le da un consejo a esa pobre chica que finalmente conquista al buenorro. Aunque mi vida nunca —y reitero, nunca— ha sido para hacer un filme. Y si lo fuera, sin duda estaría dirigido por Pedro Almodóvar, con esas mujeres tristes que lloran a otras mujeres tristes y se sumergen en un melodrama que hace que te cuestiones si ha llegado el momento de averiguar a qué sabe la lejía. Creo que, siendo totalmente sincera, me he adentrado en el mundo de la clarividencia a los treinta por pura desesperación. Algunos dirán que es por la crisis. Sí, esa de la que todos los millennials hablan cuando les llega la edad de cambiar el número de la izquierda por un tres. Esa que surge cuando te das cuenta de que los nacidos en los 2000 ya rondan la veintena. Y tú te quedas pensando en qué instante la vida pisó el acelerador. En qué momento esas personas han crecido tanto. Sigues obviando que tú ya te tiñes las canas. A menudo *se me olvida* que tengo treinta años, supongo que es cuestión de acostumbrarse. De repente, voy andando por la calle y me sobresalto porque me acuerdo de que ya he entrado en la treintena. Sin un contexto, sin un porqué. Sin más. ¡Pum! Tres, cero. La hostia es tan precisa como la chancla que me lanzaba mi madre desde la otra punta del comedor cuando me peleaba con mi hermana. El fusil educativo que pretendía encauzarnos en el modelo establecido. Pues bien, debo añadir que salió mal. Todavía recuerdo los botellones de 43 con lima o de Malibú con piña como si fuera ayer. Era capaz de beber JB con Redbull y no morir de un paro cardíaco. Perreaba hasta abajo las canciones de reguetón sin que ninguna parte de mi cuerpo crujiera. «Dónde están las gatas que no andan y tiran p'alante». «E' un llamado de emergencia, baby». «Quítate tú que llegó la caballota». «Pobre diabla, se dice que se te ha visto por la calle vagando...», y el consiguiente impacto que se creaba cuando te enterabas de que el «pobre diablo» ¡era él! He crecido con la poesía de la calle, con los mensajes de autoayuda que ahogabas en la garganta al son de «Ey, chipirón, todos los días sale el sol, chipirón», cuando acababa borracha en la playa mientras veía el amanecer y me aseguraba a mí misma que la juventud sería eterna, que el presente nunca alcanzaría el futuro. Y fíjate, dice Mercedes que son sesenta y nueve segundos. Y yo, a estas alturas, me lo creo.

—A ver, Ruth, corazón... Me ha salido el Loco.

—¿Y eso qué significa? ¿Es bueno o malo?

—Ni bueno ni malo.

Odio a la gente que no polariza las cosas, que te dice que hay una escala de grises entre el negro y el blanco, como si el mundo se moviera entre el azabache, el pizarra o el ceniza.

—¿Entonces?

—Lo que me dice el tarot es que estás atravesando un momento inestable. —¿Es una novedad? No—. Hay algo que te preocupa, has pasado por una situación muy traumática... Has sido varias personas, como si hubieras estado en otros cuerpos, ¿me entiendes?

Pero ¿y esta señora?

—Debes ser tú, Ruth, debes volver a ti y enfrentarte a todo esto. La energía del Loco es muy juvenil, inmadura, adolescente y, en este caso, te está diciendo que debe morir, que debes deshacerte de esa carga y evolucionar. Déjame que pregunte... —Vuelve a barajar las cartas, flush, flash, y saca otras tres más—. Sí, aham... Bueno, esto..., corazón...

—Dime.

—Has estado castigando tu cuerpo. Drogas, alcohol, fiestas, sexo. Te estás haciendo daño, Ruth, y la muerte te está mirando a los ojos.

No, querida, ahí te equivocas. La muerte me ha atravesado y me ha abierto en canal.

# II

## El tarot

Mercedes me analiza con cierto detenimiento y sé que duda si decirme la verdad, aunque sea sin lubricación. Carraspea y se acomoda mientras maldice el tamaño de la silla plegable o la poca eficacia que tienen sus cenas de acelgas y queso fresco. Lleva sobre el pecho una cruz de Caravaca dorada que se mece con sus tetas al ritmo de su respiración pausada. Aprieta los labios finos con fuerza y el pintalabios se agrieta entre sus arrugas. Nuevamente, alguien intenta abrir sin éxito la entrada a esta tienda diminuta y algo desaliñada.

—¡Está ocupado! —grita Mercedes.

Ahoga su impotencia en un suspiro aún mayor que el anterior y me vuelve a mirar con esos ojos tristes que, tal vez, hace años chisporroteaban con vitalidad.

—Ruth, las cartas insisten en que debes encauzar tu vida. Has estado obviando tus problemas durante mucho tiempo y no te has enfrentado a ellos. Esa actitud debe parar. Me sale algo relacionado con tu familia, ¿puede ser?

—No lo sé, puede. —Nunca me gustó dar la razón a la primera de cambio. Esas cosas se ganan.

—Sí, algo con la familia hay. La pérdida de un ser querido, quizá.

Los ojos lagrimosos de Mercedes me apuntan sin demasiado éxito. Ahora quien suspira soy yo.

—¿Esto no es jugar con ventaja? —pregunto.

—¿El qué, corazón?

—Saber la vida privada de tus clientes.

—Ay, cariño, yo puedo conocer cosas que les han pasado a clientes, pero las cartas me dan respuestas precisas a tus preguntas.

—Pero todavía no te he hecho ninguna.

—Claro, corazón, porque estamos con la introducción. Dame un segundo, que sigo con esto y ahora me haces todas las que quieras.

—Pero solo tengo una —insisto.

—Pues me la haces, pero antes debes, por favor, entender lo que te quieren decir las cartas. Organiza tu vida, no puedes seguir viviendo en este caos. Necesitas una estructura, seguir hábitos más saludables, cuidarte, Ruth. Dios mío, cuidarte. Llevas una temporada que no sabes a dónde vas, ni tan siquiera quién eres. Esto es importante, el tarot te está diciendo que debes hacerte las preguntas adecuadas, y ahora es el momento. Deja todo lo que te pese; sigues cargando con la culpa, con sentimientos negativos que no te pertenecen. Te dicen que ya pasó, que los liberes por fin. Insisten con tu salud: estás castigando mucho el cuerpo. Los vicios, Ruth, salen representados por el Diablo. Y, junto con la Luna, tiene relación con una cara oculta tuya, algo que estás escondiendo a los demás. Los vicios te llevan al precipicio, Ruth, te destrozan. Ponles fin, busca ayuda. La necesitas, es el momento. En cuanto al trabajo...

—Te puedes ahorrar esa parte.

—De acuerdo, ¿no quieres escuchar las oportunidades que te van a llegar?

—No.

—Vale, cariño, pues nada. Con el dinero debes...

—Mercedes, siguiente.

—¿El amor te interesa?

El amor... ¿Me interesa? No sé si llamarlo así, creo que está por encima de una palabra construida con cuatro letras, dos consonantes y dos vocales.

—Dime. —Automáticamente, Mercedes sonríe victoriosa. Al fin.

—Hay un hombre, Ruth. Uy, cariño, está muy enamorado de ti. Lo conociste hace unos meses, varias veces. Pero...

—Quién es. Cómo puedo llegar a él.

—Eso no se lo puedo preguntar al tarot.

—¿Por qué?

—No me dará respuestas tan exactas, corazón.

—Pregúntale.

—Ruth, cariño, ándate con cuidado con...

—Pregúntale.

El calor me abrasa el pecho y la conversación nos pilla desprevenidas a las dos. Mercedes me mira con tristeza y juicio, sus ojos se apiadan de mí. No ofrecen cobijo, pero ella insiste.

—Está bien.

Baraja las cartas con inseguridad, se cae una y la guarda. Al cabo de unos segundos vuelve a retomar la misma dinámica y ritmo. Saca cuatro y las pone boca arriba sobre el mantel lila y la mesa coja.

—Lo has conocido..., en varias ocasiones.

—Sí, eso ya me lo has dicho. Qué más.

—Ruth, yo...

—Mercedes, por favor. Dime qué más.

—Si quieres encontrarlo, vuelve al pasado. Esto es lo que intenta decirte el seis de copas. Revive la historia. Ahí encontrarás la respuesta, créeme. No puedo indagar más, Ruth.

—Vale, Mercedes, ya está. Gracias.

Me levanto, cojo mi chaqueta de cuero apoyada en la silla plegable y mi bolso de flecos. Dejo el dinero encima de la mesa y, justo cuando voy a salir, Mercedes me coge de la muñeca. Pronuncia una sola frase:

—Vuelve a tu cuerpo, Ruth.

Durante unos instantes me quedo congelada, como si la gravedad me imposibilitara el movimiento, el vaivén de mis pies que me hace recorrer el espacio temporal. Me frena el aliento y se me hiela la sangre en las venas. La mano fría de Mercedes me sigue apretando con fuerza, tal vez con demasiada para su edad. Siento sus huesos agarrotados por la artritis, y los brazaletes tintinean por el meneo imprevisto. El palosanto se ha apagado y una muñeca de trapo con ojos satánicos me observa colgada en la pared. Volver a mi cuerpo. A cuál. Los restos de una mujer cuya vida ha explotado por los aires, obsesionada con un desconocido. Que todavía siente en su piel la huella de todos los seres que juraron tenerla y se encontraron con una mentira. Quién eres cuando no eres, dime. Dónde estás cuando no estás.

Siento un alivio en la muñeca y la circulación vuelve a recorrerme la carne putrefacta. Pestañeo en exceso; una de las manías que tengo cuando estoy nerviosa. Por más que intente contenerlo, el puto aleteo de los párpados me arrebata la decencia. Trago la saliva acumulada y vocalizo un adiós desvaído.

—Adiós, Ruth. Cuídate, corazón, por favor.

¿Alguna vez has revivido las cosas una y otra y otra vez hasta perder el sentido? Pues bien, aquí están los sesenta y nueve segundos que me hicieron cumplir la que ahora es mi mayor condena.

Esta es la historia de una mujer —de treinta años, joder— que habitó tres cuerpos y se olvidó de volver al suyo.

# III

## Ruth

*Seis meses antes*

Creo que llego demasiado tarde, o demasiado temprano, porque siempre dicen que el tiempo pasado fue mejor. Que el frenesí era más rojo. Cuando las locuras formaban parte de la verdad y las miradas te atravesaban. Antes la gente se desvivía. Las uñas rasgaban la piel desnuda. La valentía se medía por cuán amplia era la sonrisa. Y, en definitiva, el pasado atrapaba las mejores constancias. Tiempo atrás, las vacas volaban y los perros eran verdes. Las palabras danzaban y la sangre seguía latente. La tristeza solo estaba en un encuadre o en unas líneas horizontales. Pero la felicidad, ay, cómo era la felicidad en tiempos pasados. Más brillante, más tangible, más rosada, más maximizada. Ya no se vive igual porque ya no es lo que era. La lluvia no cae, ni el cielo se tiñe de la misma tonalidad. Parece que todo pesa, menos el pasado. Parece que todo cesa, menos el ayer.

Lo cierto es que soy una nostálgica que llora con películas de un Hollywood en blanco y negro, que cree en el amor romántico y que recuerda con tristeza los cromos del Bollycao. «Toi rayao». «Toi morao». «Toi felí». A quién cojones se le ocurriría semejante idea. Yo no sabría decir cómo «toi». Creo que solo tengo un estado anímico constante: *toi* hasta el coño.

Soy una treintañera que se pelea con el cubo de la basura cada vez que quita la bolsa. Que recalienta los macarrones con extra de queso en el microondas mientras se saca las bragas del culo y mira por la ventana al vecino que no para de maldecir al ordenador. En verano ando descalza, con unos pantalones cortos de algodón y una camiseta desteñida y manchada —siempre manchada, incluso cuando sale de la lavadora, no lo entiendo— cuyas letras en grande honran a grandes emprendedores: BAR EL MOJÍO, ANDAMIOS ALMEDRÁN, TRANSPORTES PACO MARTÍNEZ. En invierno arrastro la batamanta por el suelo, llevo el pijama debajo de unos calcetines de lana, una sudadera, una camiseta y las zapatillas de estar por casa estilo pezuñas de oso de peluche. Veo los titulares: «El *cebolling*, la nueva tendencia de los *millennials* que no quieren encender la calefacción». Es mejor ponerle una puta palabra inglesa antes que enfocar la pobreza estructural.

Bebo demasiado alcohol, o quizá demasiado poco para la mierda de existencia que tengo. Cada día lo intento, te lo juro de verdad. Todas las mañanas me levanto y no pienso «Ojalá estuviera muerta». Eso llega a partir de las once, después del desayuno y de repasar el e-mail. Me despierto a las ocho y media, me saco de la cabeza todas aquellas ideas que podrían perturbar mi optimismo autoimpuesto y cojo el móvil para ver si alguien se acuerda de mí, aunque sea un segundo, aunque sea por un momento. Pero no. OK, no pasa nada, no me van a joder el día. Yo me quiero, yo me amo. Pensamiento positivo.

Abro Instagram y deslizo el dedo sin sentido por el sinfín de sonrisas, vientres planos, parejas besándose, modelitos de pasarela, perros, gatos, platos de comida y hotelazos que jamás llegaré a pisar en la puta vida. Pero no pasa nada, no me van a joder el día. Yo tengo un techo bajo el que dormir sin preocuparme demasiado del alquiler (gracias, abuela, por invertir tu dinero en viviendas en Madrid). Salgo de la cama y cruzo el pasillo hasta el baño. Meo mirando al horizonte, que consiste en un plato de ducha y un arenero lleno de heces y meados.

Voy al comedor, levanto las persianas y me encuentro que el bloque de pisos de ladrillo rojizo de enfrente eclipsa la luz del sol. Pero no pasa nada, no me van a joder el día. Me hago una infusión y unas tostadas con aceite y algo de pavo. Me siento, vuelvo a coger el móvil y ahora me sumerjo en la inmediatez de TikTok. Treinta segundos estimulantes que me hacen aprender trucos para que me crezca el pelo, el *challenge* de moda con una canción que odio con todo mi ser o el rescate de un gato abandonado y su evolución. Alucino con un perro que se comunica mediante unos botones que emiten sonidos sencillos: *love you, yes, no, outside, mom*. En ese instante mi madre me envía un mensaje de buenos días y yo ni tan siquiera contesto. Me pongo frente al portátil, abro el e-mail y reviso los castings que he solicitado estos últimos días. Nada. No hay nada. El vacío, el cero, el abismo, el hambre. Y para entonces ya son las once, y deseo morir.

Mi vida se desmorona, el optimismo se va a tomar por culo. Golpeo la mesa con rabia y mi gata sale corriendo, asustada. Me siento mal por ello. Suspiro, me ducho y me masturbo. A veces con porno, otras prefiero la alcachofa de la ducha. Normalmente siento una simple descarga, sin más, una alteración mínima de la respiración, un instante de felicidad y satisfacción para después volver a la realidad y seguir anhelando que el frío se apodere de mi cuerpo. No soy valiente para hacerlo. ¿Que si me lo planteo? Sí, varias veces, pero ¿y el dolor? Me caga viva y me da rabia al mismo tiempo. Tantas ganas de desaparecer y tanta pereza por hacerlo. Seco mi pelo rizado con una toalla, me pongo unos tejanos desgastados y una camiseta sin estampados para bajar al chino a comprarme algo que llevarme a la boca. Vivo al día, por si acaso. Quién sabe, tal vez en algún arrebato consiga detener el tiempo. Tres siglas: RIP (o DEP, para no ser tan modernos). Y listo, Ruth Gómez Vallesteros a tomar viento. Siguiente.

Me decido por unos huevos a la plancha, una ensalada preparada y una Coca-Cola Light. Subo la escalera hasta este cuarto sin ascensor —ahora no sé si te lo agradezco tanto, abuela— y dejo pasar las horas mientras veo a compañeros de profesión que consiguen esos papeles o que llenan teatros en la capital. Me mata la envidia. ¿Atiborrarme de pastillas? Uf, qué pereza el mal de estómago posterior. Pasando.

Abro el ordenador y envío mi portfolio a varios castings. Salgo especialmente guapa en la foto de portada: maquillada, producida, peinada, ilusionada. Algo que no puede retocarse con Photoshop es la pasión con la que empecé mi carrera como actriz. Esa muchacha de veinte años que recorría las agencias con ganas de ser la prota de la nueva serie de Antena 3 o de Telecinco. De aparecer en la próxima película de Guillermo del Toro y anunciar pintalabios en el *mockup* de Gran Vía. De sonreír en las entrevistas. De pasear a mi perro y que me pillen de incógnito con las gafas de sol y el chándal gris viejo estilo Chenoa. Dispuesta a cagarme en mis «Aarg» que aparecen en *Cuore*, a follar con ese actor cañón del momento y que la gente combine nuestros nombres parar formar uno nuevo: «RuMarioCasas». «RuHugoSilva». «RuÁlexGonzález». Deseando salir a reventar la ciudad en los reservados de las grandes discotecas. Soñando con que me paren tanto por la calle que deba modificar toda mi vida. Con que la gente se vuelva y susurre «¡Sí, es ella!». Con comprarme un ático con vistas a un horizonte sin andamios ni cemento. Aceptando tomar unos vinos con esas otras actrices a las que odio pero que quedan bien como amigas. Hasta pelearme con mi representante. Con ganas de presumir de abdominales en Instagram porque he entrenado con el preparador físico de moda. De hacer el bobo entre bambalinas y subir un stories con los hashtags #rodaje #próximaserie y etiquetar a @blanca_suarez, @ursulolita, @ester_exposito y todo un elenco de mujeres poderosas entre las cuales me incluiría, por supuesto. Porque yo sería Ruth Gómez, la nueva actriz que conquista Madrid. O que iba a conquistarlo, mejor dicho.

No sé si fue mi cara, mi cuerpo, la falta de talento (¿me falta talento?) o que simplemente mi nombre no queda bien en los créditos. Lo cierto es que fueron pasando los años y esa chavala se convirtió en la versión desgastada, suicida, alcohólica, solitaria, soltera, treintañera y deprimida que narra esta historia. Nunca supe qué coño pasó, pero pasó, como suceden las cosas sin motivo aparente. Algún papelucho de segunda (o tercera, o cuarta..., como ser el árbol en la obra del colegio), alguna obra de teatro de segunda (o tercera, o cuarta..., como ser el buey en la representación del nacimiento de Jesús, y mi padre ahí, aplaudiendo. «¡Es mi hija, la vaca es mi hija!», y yo con mis gafotas a punto de colapsar. Apuntaba maneras). Algún anuncio de leche sin lactosa, de yogures con bífidus para cuidar tu mierda —literalmente—, de franquicias de clínicas dentales que roban el dinero o de paquetería con chanchullos fiscales. Así ha sido mi vida como actriz. Diez años de formación, un montón de dinero invertido para acabar planeando mil maneras de suicidarme. Qué pena de chica. Tan maja, tan simpática y tan acabada.

Tan acabada. Los ecos del pasado retumban en mi cabeza mientras frío los huevos y le tiro por encima la salsa rancia a la ensalada con exceso de escarola. La persiana del vecino está bajada a pesar de ser la una y media, creo que todavía duerme. Qué bueno es no tener responsabilidades (como si yo tuviera alguna).

Me siento en el sofá, enciendo la televisión y continúo viendo una serie en Netflix mientras mi gata maúlla para reclamar mi atención. Soñaba con ser la nueva actriz española de éxito. Qué lejos queda todo y cómo mueren los sueños. A veces es un disparo, a veces es algo lento. A veces se quedan olvidados y, cuando vuelves a ellos, ya están fiambres. A veces resucitan y viven más años que nunca. En mi caso no quedan ni los huesos. El polvo se acumula en mi hipocampo y me niego a pasar la escoba para que nazcan nuevas ilusiones. Aquella sala que un día brilló, colorida y llena de champán, hoy guarda los restos de una fiesta que jamás sucedió. Los globos desinflados, la mesa con gusanos rebañando el plato de membrillo y quesos envueltos en una capa espesa de moho. Las burbujas de la celebración que corroen el mantel, el confeti por el suelo sostiene millones de moléculas grisáceas que aniquilan el color, que todo lo tiñen y todo lo igualan. Y mi sueño ahí, en medio de la habitación, con un gorro de fiesta que ya tiene la goma suelta, algo caído hacia la derecha, con un matasuegras a punto de berrear y que nunca lo hizo. Con los ojos clavados en esa puerta de metal pesado que sigue cerrada, que jamás se abrió. Las partículas muertas sustituyen a la piñata volando por los aires. ¿Sabrá el sueño que ha sido olvidado? ¿O tendrá esperanza de celebrar algo? A dónde van a parar los sueños cuando ya no están.

La tarde suele ser abrumadora y el aburrimiento me hunde en el sofá. Abro una cerveza y otra y otra. Miro el techo; odio profundamente el gotelé. Mi gata se acurruca a mi lado en busca de un poco de amor, pero a mí no me queda nada, querida. Cada tarde, sobre las siete, mi madre vuelve a enviarme un mensaje: «Ruth, ¿estás bien? ¿Hablamos un rato?». Y depende del día decido llamarla o pasar de todo. Hoy es miércoles, toca llamarla.

—Hola, mamá.

—Ruth, cariño. ¿Cómo estás?

—Aquí, en casa.

—¿Has salido?

—Sí, he ido a pasear. —La primera mentira. Sigamos.

—Muy bien, cariño; tienes que salir a pasear, Ruth.

—Ajá.

(Silencio incómodo).

—¿Y tú qué tal, mamá?

—Bueno, ahí estoy.

—¿Cómo te encuentras de lo tuyo?

Lo «suyo». Mi madre lleva una temporada con un dolor en el estómago que no se va. Le dijeron que era gastritis, pero las analíticas han salido un poco alteradas y le están haciendo un millón de pruebas más. Ecografía abdominal, endoscopía, analítica de sangre, analítica de orina... Por un dolor de estómago.

—Bueno, he podido comer un poco.

—Pero ¿te duele?

—Está ahí. Mañana voy al médico. Me llamaron porque me tienen que dar los resultados.

—¿A qué hora vas?

—A las once.

—Vale. —No quiero ir con ella. No me ofrezco.

—Viene tu hermana conmigo, no te preocupes.

—Genial. Oye, mamá, te dejo que tengo cosas que hacer. —Segunda mentira.

—¿Estás con alguna obra?

—Sí, justo. —Tercera mentira.

—Vale, cariño. Que vaya muy bien. Te quiero mucho, Ruth.

—Y yo. —¿Cuarta mentira?

Cuelgo aliviada. La relación con mi familia es, digamos, especial. Me gusta esa palabra, «especial», porque nunca sabes si es algo positivo o negativo. O es una puta mierda o es alucinante. No hay término medio porque es una expresión de extremos.

Mi madre, Lourdes, tiene unos sesenta años, más o menos. Nunca me acuerdo de su cumpleaños, pero sé que llueve por esa fecha. ¿Abril? Sí, creo que es en abril. Tengo una hermana, Sonia, que vive en el piso de arriba de mi madre. Esto me hace pensar en los polvos que echará con su marido... ¿Los oirá mi madre? Ew. Mi abuela compró varias propiedades en Madrid. Cuando murió se las dejó todas a mi madre. No es su única hija, pero sí la única a la que quería. Así que toma todo el dinero. Algunas viviendas están alquiladas y en otras vivimos nosotras. Yo, en este cuarto sin ascensor por Vallecas; mi madre, en un segundo por Argüelles y mi hermana, en el tercero del mismo bloque, follando bajito para que mi madre no la oiga. A sus casi cuarenta años que tiene, con una hija de tres, y follando bien callada. No sé de qué me quejo, al menos folla. ¿Cuándo fue mi última vez?

La abuela falleció hace unos, no sé, ¿diez años? Estaba unida a ella, me sentía querida. Y yo era otra, otra persona que sabía querer, y eso facilitaba las cosas. Mi abuela era el pegamento en el árbol genealógico, la única que nos mantenía unidas. Ahora somos simples piezas intentando averiguar el dibujo de un puzle. Recuerdo que mi abuela siempre le explicaba a todo el barrio de Vallecas que yo llegaría lejos. «Es actriz, mi nieta es actriz», y la gente asentía maravillada. «Llegará lejos, la próxima estrella». Entonces, las vecinas se reían y comentaban: «Dolores, a ver si protagoniza la telenovela». A lo que mi abuela contestaba: «Ay, ojalá, niña», mientras me apretaba el brazo. A mí me sorprendía la fuerza que tenía en las manos a sus casi ochenta años y cómo le brillaban los ojos cuando me observaba. Era su nieta favorita, eso lo sé. Con mi hermana nunca tuvo un vínculo muy estrecho. A mí me daba dinero a escondidas para que me comprara unas chuches. A mis veinte años. «Toma, niña, para unas chuches», y me daba cincuenta euros. Cincuenta euros. No sé qué tipo de chuches quería que me comprara, la verdad, pero ella vivió los setenta. Ahí lo dejo.

Cuando murió, llovía. Le dio un infarto mientras roncaba. Los médicos dicen que ni se enteró. Ahora siento envidia, yo podría morir así, ¿no? Sería maravilloso. Acostarme hoy y mañana perrear en el mundo de los espíritus.

A partir de ahí, todo fue en decadencia. Mi hermana se casó, tuvo una hija y se dedicó a ser la casi cuarentona amargada que todo odia y nada acaba. Su marido tiene dinero, así que ella se dedica a empezar negocios desde su ordenador que nunca ven la luz. Un mes es diseñadora de zapatos, otro vende productos ecológicos, otro hace comercio justo con unos pañuelos de la India. Me reúno poco con mi familia, poquísimo. Navidades, cumpleaños y ya. Lo evito porque odio la pregunta que viene después de las ochocientas ideas de mi hermana, la «empresaria». «¿Y tú, Ruth? ¿Algún papel?». El protocolo es agachar la cabeza y negar. Se instala el silencio. A continuación, Sonia exagera una idea brillante que rompe la tensión escénica: «¡Hagamos galletas!», «¡Vamos a preparar el postre!». De ese modo, todo vuelve a la (falsa e hipócrita) normalidad.

En mi rutina diaria, cuando cae la noche y después de recorrer todo Instagram, TikTok y Pinterest, abro la aplicación del tiempo. Me gusta guardar países para visitarlos aleatoriamente cuando oigo el caluroso viento colándose por la ventana. Entonces fantaseo con el frío que estaría pasando en Argentina, con la lluvia que mojaría las calles en Londres o con la brisa suave que mecería mi melena en Tailandia. Fantaseo con la meteorología de muchos rincones del globo, cierto, menos con los putos cuarenta grados que azotan Madrid. Fantaseo más con el tiempo que con mi vida sexual.

Para ese entonces apuro mi cuarta cerveza. Si ha sido un mal día, la sexta. Si ha sido uno bueno —¿eso existe?—, me entra un brote de optimismo al atardecer. Enciendo las velas, me preparo un bocadillo de lo que sea mientras escucho música y después me acomodo en el sofá. Me río con ese capítulo de *Friends* que he visto diez veces. Conozco las bromas, pero me dejo sorprender y a veces encuentro un detalle nuevo que me saca de mi propio control. De repente conecto con el pensamiento de que, incluso dentro de la rutina, el caos también gobierna, y a partir de ahí vuelve la decadencia. Pienso en las decisiones que he tomado en la vida, en aquellas tan malas que me han traído hasta aquí. Casi siempre olvido las buenas. Entonces, derrotada, apago la televisión y soplo una a una todas las velas que he encendido por costumbre en mi monótona —y superficial— velada romántica. Me recuerdo el odio que siento por este mundo y lo vacía que estoy por dentro.

Me lavo los dientes y me acuesto. A veces vuelvo a masturbarme estilo «oh», contracción y listo. Otras me acurruco con la gata, que pide amor y casi nunca lo encuentra.

Y existen noches en las que pienso en él y en lo que fue. David, mi ex. Sí, sé lo que estás pensando: siempre el puto ex. Joder, yo también lo pienso. Parece que orbiten en tu vida, que no se acaban de ir, como si siguieran vinculados por el hilo rojo de los cojones; dan por culo hasta cuando ya no están.

David y yo nos conocimos en un casting cuando yo todavía hacía esas cosas. Entré en la sala y me invadió el terror, el miedo, porque estaba rodeada literalmente de las mujeres más altas, más guapas, más atléticas y más buenorras que he visto en mi vida. Y yo ahí, en tejanos, mi marcada delgadez, el pelo rizado encrespado y sin una gota de maquillaje. Al final de la sala había una silla, me senté. Justo se me cayó el portfolio al suelo y, cuando lo fui a coger, el bolso siguió el mismo camino (como cuando vas a la lavadora con un montón de ropa, se te caen los calcetines, los coges; se te caen las bragas, las coges; se te caen los calcetines, los coges, y así hasta que te mueres).

Del bolso salieron disparados el pintalabios, el móvil, las llaves, los condones (¿para qué los llevaba?) y los tíquets convertidos en pelotas. Todo el elenco de diosas clavó los ojos en mí, y yo parpadeando sin parar (flash, flush). Me agaché, lo recogí todo excepto los condones. El chico que estaba a mi lado me los dio. «Me parece que esto es tuyo». Mi cara estaba rojísima, ¡imagina! Cogí los condones, me reí y los guardé. Luego, me pidió un café (¡aaargh!). Los usé esa misma tarde en el baño del bar. Follamos sin descanso durante todo el fin de semana y, pollazo tras pollazo, nos enamoramos. Era como la heroína, la adicción perfecta. Salimos un par de años; después lo pillé con otra actriz más guapa, más famosa, más sexy, más protagonista. Y adiós, Ruth.

Otro día más. Suena el despertador a las ocho y media y automáticamente recito mi pensamiento positivo de costumbre, puesto que hoy va a ser un gran día. Me levanto. Me quiero hacer un par de tostadas con pavo, pero me doy cuenta de que se ha acabado. No pasa nada, esto no me va a joder. Cojo algunas galletas rancias del fondo del armario y luego la gata me mira adormecida desde el sofá. No paro de reírme con los vídeos de TikTok hasta las once y media. En ese momento, me viene un momento de lucidez de hija responsable y preocupada que ama a su familia. Escribo a mi madre: «¿Cómo ha ido?». Me llama de inmediato. Uy, esto es raro.

—Ruth, cariño, tenemos que hablar.

# IV

## Sabor a sal

Cómo actúa el cuerpo cuando te dan malas noticias, ¿eh? La respiración entrecortada, el corazón bombea como un loco. El pulso tiembla, la boca seca y los ojos fijos en un punto absurdo del campo visual. Los oídos escuchan, pero no sienten; el tacto es inexistente. La verdad se atraganta en un millón de cuchillos que te atraviesan por dentro. Qué coño haces cuando no sabes qué hacer, dime.

—Pero ¿no te dijeron que era gastritis? —insisto.

—Ruth, mi niña, eso dijeron, pero las pruebas han dado otros resultados.

—Mamá, pero cómo va a ser cáncer.

—Lo es, hija, en la endoscopia vieron un tumor y la biopsia dice que es maligno.

Trago saliva. La lengua se me enreda en la boca y me quedo callada.

—Pero estoy bien, Ruth, no te preocupes. Va a salir todo bien. Empezaré la quimioterapia mañana... No quieren que espere mucho tiempo. A veces el cáncer de páncreas es un poco cabroncete. —Se ríe.

—Mamá, no te rías, esto no es para reírse.

—Ruth...

—No, mamá, esto es serio.

—Lo sé, pero ¿qué hago, hija? Tenemos que estar juntas en esto. Nos esperan muchos médicos por delante y un tratamiento un poco fastidioso. Te necesito a mi lado, mi niña, por favor.

—Sí, mamá. Ahí estaré. ¿Dónde está Sonia?

—A mi lado, estamos volviendo a casa.

—Pásamela, por favor.

Un ruido inconexo me indica que está cambiando el oído que escucha mis lamentos. A lo lejos, oigo a mi hermana preguntar qué coño quiero y mi madre intenta calmar el fuego.

—Ruth, estoy conduciendo.

—¡¿Qué es eso de que mamá tiene cáncer?!

—Ya te lo ha dicho, Ruth, si hubieras venido al médico te habrías enterado de las cosas.

—No me eches mierdas en cara, Sonia; ahora no.

—¿Qué quieres, Ruth?

—¿Es verdad?

—¿El qué?

—Lo de mamá.

—¿Estás de broma?

—No.

—Pues claro que es verdad, ¿por qué te iba a mentir? —Oigo a mi madre pidiendo que bajemos el tono un poquito. Hace tiempo que la relación con mi hermana está más que perdida, pero a falta de la abuela, ahora mi madre es lo único que nos une.

—Joder, ¿es grave?

—Bastante, Ruth.

—Mamá dice que no.

—Qué te va a decir.

—Mañana puedo ir a quimioterapia con ella.

—No te voy a hacer una fiesta por preocuparte por tu familia. Te paso con mamá. —Qué gilipollas es mi hermana.

—¿Ruth?

—Mamá.

—Dime, amor.

—Mañana voy a quimioterapia contigo, ¿vale?

—Vale, cariño, muchas gracias. Ya te mando la dirección. Te quiero mucho.

—Y yo a ti. —Esta vez sin mentiras.

Cuelgo el teléfono y no puedo respirar, ni llorar ni reír ni gritar. No sale nada de mí, ¿tal vez indiferencia? Mi madre tiene cáncer de páncreas y yo hace dos días estaba deseando morirme. Por qué no me ha tocado a mí. Quién elige esto, ¿Dios? ¿El azar? ¿El destino? ¿La tómbola? ¡¿Quién, joder?!

Abro la nevera, cojo una botella de vino blanco y bebo sin copa, para qué. Es la crónica de una muerte anunciada. Que no puede ser, me niego, quiero que esto pare, ¡ya basta! La broma estuvo bien hasta cierto punto, pero ahora, mierda, ahora no puedo más. ¿Alguna vez has pensado que ya has tocado el lodo y que el pozo no puede ser más profundo? Pues bien, existe más fondo y es capaz de enterrarte entera.

En este momento necesito gritar o pegarle puñetazos a algo, ahogarme en un tequila rancio del bar mientras los jubilados me miran con cierta empatía —y lástima, porque tan joven, tan maja y tan acabada—. Somos muchos a los que nos parece que esta vida es una guasa que nunca se acaba o, al menos, no cuando queremos. Somos muchos los cobardes que no nos atrevemos a callar el pulso y que, por lo tanto, nos zambullimos en el caos con bourbon y ginebra. El alcoholismo grupal donde todos sabemos para qué bebemos, pero nadie sabe por qué. Esa es la regla de oro, no preguntar el motivo, sino ser la motivación.

No me salen las lágrimas y ya son las cuatro de la tarde.

Estoy sin comer, me he quedado sin apetito y mi único alimento es el vino, que ya empieza a escasear en la botella y a embotarme la cabeza. Pongo música, bailo en medio del comedor. Cierro los ojos, me rodea la nada. ¿Podría evadirme de esta vivencia aunque sea solo por un minuto? Un minutito solo y, ¡chas!, otra persona. Cambiarme por la chica que da consejos sobre marketing en el vídeo publicitario que aparece en Instagram («¿Quieres mejorar tu negocio? ¡Apúntate a este curso!»). Por la *influencer* que está cansada de viajar de un lado a otro (oh, perdona, qué dura tu existencia entre Cancún y Filipinas). Por la madre que le grita a su hija que no se quiere comer la cena estilo «Andreíta, cómete el pollo, coño». Por el ejecutivo cansado que apoya los codos en la mesa y desea que acabe la jornada laboral. Por esa Ruth de hace dos días que fantaseaba con suicidarse sin tener un verdadero motivo.

Alzo los brazos y los mezo lentamente de un lado a otro para embriagarme, por un segundo, de la pausa. Respiro y, mareada por el vino y/o la ansiedad, me paseo por la casa sonriendo. Sueño que estoy en un piso con un hombre que me mira tumbado en el sofá y piensa en lo bella que me veo en este momento. Se ríe mientras acaba de liarse un porro. Está descalzo y en tejanos, sin camiseta, sin calzoncillos. La luz se torna de un color rosado y de un destello dorado sutil, apenas apreciable, como un filtro de Instagram. Las partículas de polvo desafían a la gravedad. Un olor a jazmín sale del ambientador automático; siempre me asusta y él se troncha de risa. «Qué tonta soy, ja, ja, ja, nunca me acostumbro», le digo. Él me observa con esos ojos que saben cómo me miran y yo me derrito en esa mirada intimidante. Y no hay nada que perturbe nuestra existencia, nuestra vida, porque soy otra en una realidad distinta. Una Ruth que enamora en los castings, con un novio buenorro y loco por mí. Una Ruth que celebra con su familia el amor que se tienen, que cuida de su madre y de su hermana. Una Ruth que sabe que está siendo observada y aun así lo disfruta. Qué bien se está en ese lugar, dondequiera que se encuentre. Me voy a quedar aquí, solo un momentito. Prometo volver a la realidad, pero aquí se está taaan bien... Siendo otra persona, otra Ruth. Una mentira a medida, qué gusto, coño.

La esquina de la mesa de centro me devuelve a la realidad. Un golpe en el dedo meñique del pie, un dolor insoportable y las ganas irrefrenables de gritar. Le pego patadas a la mesa, buscando una pelea que jamás se producirá. Caigo al suelo, me tumbo boca arriba y ahí está. Una lágrima que pasea por la mejilla. Sabor a sal.

# V

## La tienda de pelucas

Acompaño a mi madre por segunda vez a quimioterapia. Tenemos nuestra propia rutina: desayunamos un café con cruasán (bueno, eso yo; ella a duras penas puede mantener en el estómago una infusión y una tostada). Pasamos horas en la sala con otras personas a las que ya conocemos. Conectan a mi madre a una máquina con tantos cables y vías que prefiero no mirar. Leo alguna revista del corazón y añado mis comentarios particulares, algo que a ella le hace mucha gracia. Después de una larga jornada, nos vamos a casa. Ella se queda dormida y pasa unos días escupiendo el veneno que le han inyectado por dentro. Y vuelta a empezar.

Ayer me llamó y me pidió que la acompañara a una tienda de pelucas, que ni de coña saldrá calva a la calle o con un pañuelo en la cabeza. Acepto. Desde que me enteré de la noticia del cáncer intento pasar más tiempo con ella, a pesar de que todo esto me sature. Estoy cansada y el reto no ha hecho nada más que arrancar. No puedo evitar sentir que el reloj ha empezado la cuenta atrás sin saber cuándo va a parar. Tictac.

Es miércoles por la tarde y nos acercamos a una tienda pequeñita que está en pleno centro de Madrid. En pocos días la salud de mi madre ha cambiado radicalmente. Pasó de tener un dolor de estómago a estar muy delgada, débil y con un tono extraño en la piel. Es como si su cuerpo hubiese colapsado cuando le dieron el diagnóstico. «Aaanda, o sea que era eso, cáncer. Y yo pensando que era gastritis, ja, ja. Pues, chica, sigue tú, que yo ya». Y ahí está ella, arrastrando un montón de huesos y carne que pesan más que nunca, como un preso que tira de la herropea que materializa su condena.

La tienda se llama Marjorie y está cerca de Ópera. Mi madre me coge del brazo y caminamos muy lentas entre el gentío habitual de pleno junio en Madrid, donde la gente que acaba su jornada laboral se va al bar a beber cañas con los mismos compañeros que llevan viendo todo el santo día. Las terrazas están muy concurridas, las Mahou de lata protagonizan el nuevo romance entre los jóvenes. Todos felices, todos contentos, tan ajenos a este lado oscuro de la vida en el que me encuentro. O, mejor dicho, nos encontramos. Aunque mi madre se esfuerce en estar feliz y contenta, debe de estar cagada por dentro. Sí, he estado leyendo en Google y las probabilidades de supervivencia de un cáncer de páncreas son bajas. Pero, vaya, para Google un dolor de cabeza puede ser «un posible ictus llama ahora mismo a la ambulancia por Dios que te mueres que no es una cefalea tensional que te vas al otro barrio, estúpida».

Nuestro destino hace esquina y tiene un escaparate enorme lleno de pelucas de todos los colores, formas y tamaños. En este momento, veo a mi madre emocionada. En mis adentros no puedo evitar sentir que estamos eligiendo el look que llevará en el féretro. Ella lo sabe también; tal vez sea eso lo emocionante: encontrar el pelo perfecto para dejar este cuerpo ahí, expuesto y muerto. «Que os jodan a todos, mirad qué guapa me voy».

—¡Mira, niña, qué bonitas estas pelucas! La rubia me gusta.

—Mamá, pero si nunca has ido de rubio.

—Por eso, hija, ahora es el momento de probar cosas nuevas, que la vida son dos días y a mí me queda medio.

—Mamá, no bromees.

—Ruth, un poco de humor, anda. Vamos p'adentro, que quiero probarme la rubia.

Me tira del brazo e intenta abrir la puerta de cristal. Pesa un poco, la ayudo. Un tintineo delata nuestra presencia y enseguida se acerca una mujer de unos cincuenta que nos sonríe y nos mira.

—Hola, buenas. Bienvenidas —dice.

—Hola, corazón. Estamos buscando una peluca para mí porque me voy a quedar calva y eso no puede ser —explica mi madre. Pongo los ojos en blanco, la dependienta se ríe en su justa medida: ni muy explícita para que no se pueda sentir ofendida, ni muy escueta para que no pueda parecer incómodo. Eso me da a entender que tiene experiencia en este tipo de comentarios, lo cual me genera cierta lástima.

—¿Has visto alguna que te guste? —pregunta.

—Sí, la melena rubia que tienes ahí —señala mi madre.

La dependienta se acerca a la vitrina y oigo como hablan sobre el tipo de pelo y sus características. Yo observo maravillada este lugar. Me siento un poco extraterrestre analizando la vida del ser humano y su fascinante imposición mundial. Unos ¿animales? más evolucionados que han hecho de este mundo un lugar a medida. Tiendas para vestirse, beber, comer, comprar camas; tiendas para el hogar, para las gafas, para peinarse, para maquillarse, para las uñas; tiendas para las tiendas; tiendas de dinero, de habitaciones por horas; tiendas para descubrir tiendas en otros lugares de la Tierra, para controlar el tiempo, para drogarse con azúcar, para escuchar música, para socializar, para la tecnología...; tiendas para comprar pelo natural.

—Ruth. —Me vuelvo—. ¿Te gusta esta?

Mi madre se prueba una melena rubia lisa y larga, le llega por debajo del pecho. No es, digamos, una mujer muy corpulenta, más bien al contrario. He heredado su delgadez, sin duda. Mujeres que estamos al límite entre la piel y el hueso, intentando no perder la poca grasa y musculatura que tenemos. Ella ya ha sobrepasado con creces esa línea roja.

—Mamá, ¿no es demasiado larga?

—¿Pooor? —dice, como si fuese una niña pequeña que tratara de justificar la obviedad—. Siempre he querido tener el pelo largo, pero no me crecía.

Eso es cierto, yo llevo el pelo rizado ligeramente por debajo de los hombros. Llevo años con esa medida sin cortarme ni un solo centímetro. Y ahí está, el hijo de puta, que dice que no crece más. Mi flequillo rizado sí que lo tengo que ir controlando, el muy salvaje.

—¿A ti te gusta? —pregunto.

—Sí, pero quiero probarme más, que esto es muy divertido.

Miro a la dependienta, que no para de sonreír. Entiendo que tampoco es la primera vez que hacen un pase de pelucas en la tienda. Mi madre empieza a caminar por los pasillos de cabezas con pelos azules, rojos, amarillos, negros, castaños, morados, rizados, lisos, afros, cortos, largos, trenzados... Yo la sigo, ensimismada por este rincón tan peculiar. Me desvío por un pasillo de cortes bob y la veo: ahí está. Una peluca roja con un flequillo recto y un corte liso justo entre las orejas y los hombros. Un estilo cabaret de los años veinte reinventado en su versión más puta. Cojo una goma de pelo que siempre llevo en la muñeca —especial y necesariamente en verano— y me hago un moño lamentable. Cojo la peluca con sumo cuidado y me agacho para que nadie me vea que me la estoy probando. Palpo para que todo el cabello, fino y frágil, se quede dentro de este nuevo yo que me envuelve el cráneo. Asomo la cabeza, veo a mi madre en el pasillo de al lado. La sigo por la espalda con sigilo hasta que:

—Perrrdona, señorrra, soy Electrrra, espía rrrusa. Busco a Vladimir.

Mi madre se voltea, me observa y se empieza a reír como una loca. La agarro del brazo y la empujo hacia el suelo con una facilidad espantosa. Me doy cuenta de su debilidad, pero, al mismo tiempo, sus ojos brillan y la sonrisa no le cabe en la cara. Sigo con el juego.

—¡Shhh! Usted al suelo señorrra, me están buscando.

—¿Quién te busca, cariño? —dice mi madre.

—La mafia, señorrra, la mafia.

—Ah, vale, vale. ¿Y qué hacemos? —susurra mi madre.

—Señorrra, la necesito en esta misión. Tenemos que desactivarrr la bomba.

—¿Hay una bomba? —grita mi madre. La dependienta nos observa a lo lejos. Asomo la cabeza, veo que nos está mirando. Me agacho con rapidez para que no nos pille. Estoy totalmente metida en el papel. Lo bueno de ser actriz, aunque no ejerza.

—¿Ve ese timbrrre que hace rrring, rrring? —exagero las erres una barbaridad y ella colapsa de la risa cuando señalo un timbre antiguo que está encima del mostrador. Mi madre asiente—. Bien, esa es la bomba. Para desactivarrrla, necesito que prrroteja mis espaldas, señorrra. Yo tocarrré la bomba, pero que nadie nos vea, ¿entendido?

—Sí, Carmela, entendido.

—Soy Electrrra.

—Eso.

—Cuando cuente hasta trrres. —Mi madre se descojona, así que decido añadir más erres a mi discurso, aunque sea inconexo—. Perrro, antes, rrrecemos.

—¿Rezar?

—Sí, rrrepita conmigo. —Junto las palmas de las manos cerca del pecho, ella me imita. Cierro los ojos, hace lo mismo. Inspiro y...—. El perrro de san Rrroque no tiene rrrabo porque Rrramón Rrramírrrez se lo ha corrrtado.

Las carcajadas de mi madre rebotan por toda la tienda. La dependienta nos pregunta si va todo bien. Asentimos con una onomatopeya («ajá») y seguimos con nuestro juego particular.

—Vamos a desactivarrr la bomba, señorrra. ¿Prreparrrada?

—Sí, Carmela. —Suspiro. Mi madre y los nombres, una relación tóxica.

—Prrotejáme las espaldas, señorrra. Trres, dos, uno...

Salgo corriendo por la tienda. Bueno, corriendo a una velocidad lo bastante baja como para que mi madre me pueda seguir de cerca. Pasamos por varios pasillos, doy una vuelta completamente innecesaria por toda la tienda, nos chocamos con un cliente. Pido perdón un tanto avergonzada. A mi lado, mi madre sigue esperando el próximo paso. Cierto, sigamos jugando. Simulo una pistola con mis dedos y ella hace lo mismo. Muevo la cabeza de un lado a otro porque me gusta el ligero latigazo de la melena en mis pómulos. El flequillo me hace cosquillas en la frente. Nos acercamos al mostrador y, de golpe, doy un salto y toco el timbre. La dependienta se ríe con nosotras (menos mal, nos podría haber enviado a la mierda perfectamente) y celebro con mi madre la desactivación de una bomba inexistente pero que ojalá retuviera el tiempo en este instante. Nos abrazamos.

—Ay, hija, qué divertida eres. Ya no me acordaba de tus bromas.

Esa última frase resuena en mi interior durante unos segundos, como si fuese el eco de una reminiscencia de lo que un día fui y ya no. Sonrío y le doy un beso en la mejilla. Contengo las lágrimas y doblo este recuerdo en mil pliegues para que me quepa cerca del corazón. Mi madre se queda con la dependienta, se ríe y le pide perdón. Siguen buscando una peluca para ella y yo me desvío para dejar la mía en el lugar donde le corresponde. Justo en ese momento, ese maldito momento, veo mi reflejo en el espejo. Ahí estoy, ¿soy yo? Me quedo quieta, se para el reloj. Los tejanos pitillo y la camiseta de tirantes negra no hacen justicia al estilo de esta peluca; sin embargo, me siento bien. Doy unos pasos hacia la realidad paralela que se refleja en el cristal. La mirada de esa mujer se clava en mis ojos y crea un círculo adictivo de «quién eres tú y por qué estás en mí».

Peino los cabellos enredados y plancho los mechones para que el corte sea preciso y perfecto. La persona que está al otro lado, en ese portal unidimensional y unidireccional, me sonríe. Una sonrisa escueta, sexy, segura y fraccionada. Un golpe de su comisura derecha basta para que me dé cuenta de su poder, de su seducción, de su fortaleza, de su sensualidad, de su vida tan ajena a mí, tan perfecta ella. Su delgadez no rezuma flaqueza, al contrario: es erótica. Una piel que radiografía los huesos, los ángulos expuestos bajo la ligereza del algodón y el espesor del tejano. Levanta el cuello, deja ver sus anhelos; todavía se pueden percibir los besos de hombres y mujeres que ahogaban en esperanza su necesidad de poseerla y adoraban cada centímetro de su erogeneidad. Aunque ella supiera que no era de nadie más, le gustaba que cataran el usufructo, aunque fuera por un segundo, aunque fuese por un momento.

Siento en mi interior todos los recuerdos como si me pertenecieran a mí también. La vida soñada sin obstáculos ni barreras, sin lamentos ni pérdidas, sin depresiones ni condenas; con besos, suspiros, ansias, alegrías. Con sexo, desenfreno y mañaneos. Siendo intocable, inquebrantable, inigualable, inimaginable. Siendo otra, eso es, así de sencillo: otra.

—Ruth, cariño, ¿te gusta cómo me queda?

—¿Eh?

—Si te gusta esta. —Mi madre se ha puesto otra peluca rubia, sí, pero con una longitud un poco más corta.

—Me encanta, mamá.

—Pues me la llevo. ¿Tú te vas a llevar esa? Te queda bien.

—¿Yo? No, no. Ha sido para hacer la broma, ya me conoces.

Me quito la peluca, la dejo en su sitio. Nunca me gustaron las despedidas, así que no le dedico ni un segundo de mi lamento. Doy media vuelta y regreso con mi madre, que ya está pagando su próximo look. Agradecemos a la dependienta toda su —bendita— paciencia. Salimos al bullicio madrileño, mi madre me coge de la mano y sonríe.

—Estoy contenta, hija.

—Y yo, mamá.

Si pudiera parar el tiempo, joder, revivir este momento una y otra vez. Escuchar esa frase en mi cabeza resonando con la misma intensidad, con el mismo tono, con la misma felicidad. «Estoy contenta, estoy contenta, estoy contenta», en un bucle infinito de cercanía y realidad. Me siento como si quisiera guardar todos los pequeños detalles que me ofrece la vida a su lado, recolectando los segundos que servirán para después plantar recuerdos.

—Te acompaño a casa, mamá.

—Ay, hija, no hace falta, tranquila.

—Que sí.

No charlamos de nada interesante durante el trayecto de metro. Quiero que me cuente cualquier cosa, hasta hablar del tiempo. Yo sonrío y asiento constantemente, y la miro, y la retengo. No te vayas, mamá, por favor te lo pido. No te vayas y me dejes sola con este tormento.

—¡Esta es nuestra parada! Cariño, no estás atenta, que casi nos pasamos. —Se ríe.

Caminamos mientras el atardecer tiñe el cielo de rosa. Ella lo mira asombrada y yo la acompaño, intentando igualar el deslumbramiento. Pero es imposible. Supongo que cuando sabes que te queda poco en este videojuego, vives el mundo con otro entusiasmo, a destiempo del resto.

—¿Quieres subir?

—No, mamá, me quedo aquí.

—Pero sube y saluda a tu hermana.

—Prefiero que no, mamá. Venga, dame un beso.

—Pero...

La abrazo y ella ahoga la palabra entre mis brazos. Hacía años que no abrazaba así a mi madre y ella lo sabe y lo disfruta; se sumerge en mis costillas, me aprieta el cuerpo. La escucho respirar pausada y calmada. Quiero que traspase este templo y acorazarla en el interior de mi alma. No sé si podré soportar más dolor, te juro que no lo sé.

—Gracias por esta tarde. Te echaba de menos, Ruth.

Ignoro la última frase.

—A ti, mamá. Venga, a casa.

Abre la puerta, se despide feliz y contenta, como si de repente fuese una colegiala con ropa nueva. Sonríe y se marcha mientras me quedo quieta en medio de la calle, empujada por el gentío que me aparta sin demasiado éxito.

Deshago el camino, vuelvo al metro y, durante el trayecto, no paro de pensar en cómo abrir un agujero que me conecte con otra realidad. Qué puedo hacer para respirar aire fresco por un segundo, solo por un segundo, joder. Sentir que mis pezones se endurecen bajo el pequeño y para nada necesario sujetador. Elevar los brazos al cielo, lanzar una risotada y que se convierta en un torbellino de pasión y desaliento, que abra una puerta entre la pesadilla y el sueño. Quedarme hecha un ovillo y encontrar el hogar en esta casa embrujada. Mmm..., tan a gusto, tan liviana, tan fácil. Caminar por la hierba, sentir el roce de la tierra, esnifar el viento que mece el pelo. El pelo, ese pelo. Qué pelo. Cuál.

No, no, no. Espera, un momento.

# VI

«¿Y si lo hacemos?»

Abro la puerta de casa; las llaves crean una melodía estridente debido a mi temblor. Cierro de un golpe, como si alguien me persiguiera, como si pudiera detener la idea que se ha instalado en mi cabeza con un portazo. Espero unos segundos, atenta a cualquier indicio de su presencia. Escucho mi respiración agitada y trago saliva, que me cae a trompicones por la garganta seca y deshidratada. Esta paz no dura demasiado. Efectivamente, ahí está, de nuevo, susurrando en mis adentros. «¿Y si lo hacemos?», repite. A veces tengo la sensación de que cuando Dios repartió la chispa de locura entre los seres humanos, conmigo tuvo una distracción y echó de más. «Hostia, me he pasado —dijo—. Bueno, mira, que se apañen ahí en la Tierra, a tomar por culo, estoy cansado ya de trabajar». Se acariciaría la barba blanca y se sentaría en un trono de nubes y mármol a beberse una cerveza celestial.

«¿Y si lo hacemos?».

Controlo el parpadeo, aprieto fuerte la mandíbula, me duele el hueso. Camino por el pasillo hasta llegar al comedor, ahuyentando pensamientos. Dejo el bolso tirado en el sofá, mi gata me saluda con un maullido largo, aunque yo ni siquiera la miro. Me siento, resignada y cansada. Me llevo las manos a la cabeza y apoyo los codos en las rodillas, como si ese gesto tan dramático, tan cinematográfico, pudiera silenciar la incoherencia de mis adentros. «Por favor, por favor, por favor, que se calle ya». Pero no, no iba a ser tan sencillo. Ahí sigue ese susurro, esa voz inocente y tierna que es capaz de estallar por los aires mi universo. Estoy loca, ¿lo estoy? Tal vez un poco, vale, lo asumo; pero ¿acaso esto es taaan loco? ¿O simplemente una forma de divertirme, de salir de la ru(t)ina? Quizá de retomar mi carrera como actriz y ejercer, aunque no cobre una mierda, está claro. Una puerta, la que buscaba, que me conecte con dos mundos, que me saque del lado oscuro, que me acerque a la luz, aquella cuyo color ya ni recuerdo, la misma que me obligaría a entrecerrar los ojos porque no puedo con tanta blanquitud. Fogonazo, estallido, liberación, ¡flash! «¿Y si lo hacemos?».

Me dirijo apresurada a la nevera y cojo una ronda rápida de consejos enlatados y fríos. Abro el primero, me lo bebo de un trago. «Venga, joder, actúa, dime algo. Qué hago, dime qué hago». No hay respuesta. Estrujo la lata con fuerza y la tiro a la basura. Voy a por el segundo, que enseguida cae en mi interior. Ahí empiezo a ver un poco de apoyo; es el camino, lo estamos consiguiendo. El tercero ya sabe a inteligencia emocional y a coaching motivacional. Me tumbo en el suelo, miro al techo. La idea sigue dando vueltas, una y otra y otra y otra. «¿Y si lo pruebas? Solo por una noche, solo por un ratito», me suelta. ¿Acaso estaría haciendo algo malo? Sería un pequeño respiro dentro de esta prisión en la que me encuentro, dentro de la presión a la que, de repente, me he expuesto. Abrir la puerta, respirar aire fresco y cerrar. Solo unas horas, solo por un tiempo, solo una noche. Eso es, una noche y ya está.

La negociación llega a un punto en común, sin demasiado sentido. Automáticamente miro la hora, son las ocho y media. Mierda, es tarde. Arrugo el latón de esta tercera compañera y me resigno a dejar que pase el tiempo. Gateo hasta el bolso, cojo los auriculares, los conecto. Sigo en el mismo lugar con el mismo tormento, pero como mínimo tengo una buena posibilidad de ponerle banda sonora a este instante. «Decisiones gilipollas» parece una *playlist* tremenda, pero «Días en los que te das cuenta de que se te ha ido la puta cabeza» le hace la competencia. Después de esta seguro que me llaman para ponerle música a las películas, lo cual me llevaría claramente a ganar un premio —inexistente— de Spotify a la Mejor Creadora de Listas Musicales Para Cortarte Las Venas Y Ahogarte Con Tus Mierdas («¡Guau, Ruth, enhorabuena por el éxito!»). Millones de personas escucharían las canciones de pena que protagonizarían sus momentos tristes; eso es, una *playlist* motivacional para acabar con lo que yo no puedo, con eso que me da tanto miedo.

Ahora que tengo un motivo, voy y decido que es mejor seguir, aunque no de cualquier modo: encontrando el escondite que me hará invisible durante unas horas, consiguiendo ese deseo que siento tan adentro; abracadabra, y ya no existo. La magia de desaparecer: «¿Lo ves?, ahora ya no lo ves». Un movimiento rápido, una cortina de humo, un conejo de la chistera, una paloma blanca que huye, un cuerpo que se parte en mil pedazos y la sorprendente facilidad con la que vuelve a su estado inicial.

No sé ni qué cojones estoy haciendo, la verdad, pero por un mísero momento he sentido que había muerto y que era otra en otro tiempo. Sin problemas, sin lamentos, sin ojos tristes que aguardan en el firmamento, sin sonrisas rotas, sin que las ilusiones emigren a un país de nuevas oportunidades (*Bon voyage!*), sin fugas en el cerebro, sin parpadeos. Podía sentir lo que era la inmensidad, albergar otros recuerdos, aparentar felicidad sin complementos macerados en reservas de doce años que te adentran en el suave pestañeo del tiempo. Qué bien sienta la vida cuando es ajena y no cargas con ella, qué bien sienta la sonrisa cuando se refleja en otro rostro que te resulta familiar, pero que no conoces. En serio, qué bien se está cuando se deja de estar, ¿verdad? Cuando dejas que el cuerpo flote en un mar muerto y te meza con la calma del bienestar, con la posibilidad del renacer, con la tranquilidad de que hay más, mucho más; con la garantía de sumar y, por fin, dejar de restar. Con un sueño en el horizonte que no quiere despertar. Con un cuerpo reformado en el que poder, al fin, habitar.

# VII

## La posesión del primer cuerpo

Apenas he dormido y, por primera vez en mucho tiempo. no tengo sueño. Hoy va a ser un gran día, lo presagio. Y sí, ya sé que mi instinto está un poco defectuoso y que normalmente no acierto, pero hoy sí, hoy es el pequeño atajo que me saca del juego, la combinación de «Alt + Shift + a la mierda» que me cambia de pantalla. Lo voy a hacer, sí, está decidido.

Paso toda la mañana sumergida en trucos de maquillaje, vestidos de escándalo y looks que podrían ser los elegidos. Siento que esta noche me caso con el fuego y solo espero no quemarme. Después de un desayuno que dura horas, cojo el bolso y me adentro en el metro. Llego a ese lugar otra vez, y no pienso demasiado en lo terrible que es esta idea o en si existe una posibilidad —por remota que sea— de que se me haya fundido el cerebro. Solo abro la pesada puerta y suena el mismo tintineo, la misma sonrisa amable, el mismo recibimiento.

—¿Qué tal? ¿Está todo bien con...?

—Sí, sí —interrumpo—. Solo vengo a buscarla a *ella*.

La mujer me sonríe y esta vez no sabe controlar el gesto. Se pasa. Me conmueve el caos que he generado. Recorro el mismo camino, ya conocido, y me paro frente a *ella*. La toco con cuidado y disfruto de una posesión a punto de suceder. Como cuando en las películas de suspense aparecen asesinos en serie que, justo antes de matar a sus aterrorizadas víctimas, les tocan el pelo y dilatan el tiempo. Esa taquicardia en el pecho, esa respiración innecesaria que te induce un ligero mareo. Esa excitación que sientes en la entrepierna por estar haciendo algo poco ético pero, al mismo tiempo, esa maldita sensación de estar más viva que nunca. La persona, cagada de miedo, observa esos ojos que seguramente sean los últimos que vea en esta vida. Ellos lo saben, claro que sí, por eso siempre van con los párpados bien abiertos: «Míralos, que ni alma tienen».

A veces me sorprende la claridad de mis pensamientos, en especial aquellos más tortuosos y terroríficos. Supongo que en este instante no puedo controlar lo que siento, porque de verdad percibo que poco me falta para quitarme la vida, de cumplir ese sueño sin dolor, sin sangre de por medio, sin disgustos familiares, sin forenses, sin féretros.

—¿Te puedo ayudar en algo? —me preguntan.

—Eh, sí, eh... —Me repongo del susto y sacudo ligeramente la cabeza para acabar de deshacerme de las malas ideas—. Me gustaría llevarme esta.

—Sí, te la vi ayer. Te quedaba genial, la verdad.

La coge con cariño y se la lleva al mostrador. La guarda en una bolsa de papel y pago con la tarjeta de crédito. Menos mal que recibo una buena asignación mensual por la herencia de mi abuela y las rentas de los alquileres. Vuelvo a casa en metro y, al llegar, me doy un largo baño de sales y esencias. Recuerdo que mi yaya me las regaló unas Navidades para que me sumergiera en ellas cuando me pesara la vida. Ahora necesitaría toneladas.

Inspiro con fuerza y retengo el aire. Sumerjo la cabeza y encojo el cuerpo como si fuese un acordeón. El silencio se hace eco y, a través de él, se amplifican los latidos que intentan salir de esta coraza. Alzo el pecho y esto hace que las pocas tetas que tengo se muevan y que los pezones apunten al techo. Los pelos del coño se mecen por las ondas del hundimiento y siento algo de tiricia en los pies al notar el hierro fundido pintado de blanco capaz de contener todos los sentimientos a temperatura ambiente. Se me eriza la piel debido al frío y se me arrugan los dedos por la humedad. Esto me hace pensar que, si me hubiese suicidado en la bañera, habrían encontrado el cuerpo hecho una pasa, ¿no? Tanto que no se distinguiría el paso del tiempo.

Saco la cabeza del agua y lleno los pulmones de un oxígeno que, por primera vez, anhelaba. Observo el reloj digital a lo lejos; es el momento. Me seco con el albornoz, rocío todo el cuerpo con un aceite que lleva milenios guardado en el armario. Huele a jazmín y a rosas, algo que me hubiera generado cierto rechazo cualquier otra noche, excepto esta. Con la piel suave, depilada e hidratada a la perfección y el pelo seco, me hago un moño. Me pongo la rejilla que me han regalado en la tienda y oculto cualquier indicio de verdad que pueda asomarse en formato cabello. Desempolvo el maquillaje, seguramente caducado, que guardaba en el cajón del éxito y me maquillo durante una hora, sin prisas y siguiendo los tutoriales de YouTube. Un ojo ahumado en negro, unas pestañas postizas que exageran mi parpadeo incontrolable, provocado por el miedo. Unos labios rojos y unos pómulos marcados con un colorete melocotón. Un lunar falso encima del labio, en el lado derecho.

Me enfundo en un vestido rojo muy estrecho y con unos finos tirantes que afilan los ángulos de unos hombros casi al descubierto. Hacía años que no me ponía este vestido, escondido al fondo de los recuerdos de una vida tan feliz que parece ajena. Un collar de oro con una pequeña perla, parte de la herencia material que me dejó mi abuela. Me subo a unos tacones negros que domestico como si fuera un cervatillo a punto de dar sus primeros pasos. Creo que ya no me acuerdo ni de caminar, pero da igual, porque por esta noche todo se esfuma. Papel en blanco y a diseñar otra vida, en otro lugar.

Repaso las uñas rojas que me he pintado con delicadeza mientras me arrugaba en ese baño eterno. Encuentro el equilibrio en estos zapatos y me acostumbro al límite de un vestido que me acorta el meneo. Cojo la bolsa de papel apoyada en la silla del comedor; la sangre bombea feroz por mis adentros. «Pum, pum», riega cualquier sentido de coherencia y convierte mi cuerpo en otro nuevo, como cuando los superhéroes encuentran por fin su traje elástico y su villano favorito.

Observo mi silueta en el espejo y, como si de un ritual sagrado se tratara, poco a poco ajusto la cabeza en su interior; me corono con su poder rojizo y su corte estricto. Cierro los ojos para dejarme impactar por el reflejo. Palpo si ha quedado algún pelo suelto y reviso que todo está en orden. Parece que sí. Inspiro profundo. Joder, qué coño estoy haciendo. Abro los ojos. Y ahí está ella, otra vez.

Me sonríe con esa sonrisa tan sexy, una simple mueca que es capaz de empalmar al universo. Tan sexy, tan poderosa y tan viva. Un vestido rojo rodea su erótica delgadez y muestra los huesos por los que tantos hombres se han colado. Su piel rezuma un embriagador aroma a jazmín y rosas que, mezclado con un perfume fuerte y oscuro, materializa su interior bipolar.

Electra, que no sabes si te ama o te envenena, que no conoce el límite entre morir de amor o amar como la muerte.

Electra, cuya vida cabalga entre la locura y el desenfreno, entre el sexo expuesto y el exhibicionismo sin motivo alguno.

Electra, que besa a Satanás y aun así tiene pase directo al cielo, que mezcla los colores del bien y del mal hasta conectar el Big Bang con el nacimiento de los sueños.

Electra, que no conoce escalas en la vida porque todo le sabe al puto *carpe diem* con un toque ardiente.

Electra, quien ahora acaricia mi cuerpo para adueñarse de mis adentros, que acecha en cada esquina hasta conquistar por completo todo mi intelecto.

Electra, que serpentea por mis pies y me lame el coño, gobernando así cualquier intento de aplacar su falta de argumento. Succiona y succiona hasta llevarme al punto de afirmar cualquier locura con tal de que no pare este movimiento.

Electra, que me aprieta las entrañas, que se agarra a mis costillas, que se acomoda en el vacío que hay en mí y llena un agujero negro que ahora parece una simple molécula en medio del firmamento.

Electra, que abre la puerta de metal donde tengo encerrado *el Sueño* y lo mata con tan solo un golpe en el cuello, instalando ahí todo el personal del infierno.

Electra, que me cala por dentro y toma posesión de cualquier intento de salir corriendo.

Electra, que ya no es *ella*, sino *yo*, que me encuentro aquí. Yo, que me observo en el espejo y estoy, por fin, en su cuerpo.

# VIII

## Electra

El rojo de mi pelo combina con los labios y el vestido, lo que crea una armonía del pecado. Cojo el bolso de mano y mi gata me observa con los ojos bien grandes. ¿Sabrá que soy yo? Pero ¿quién soy?

Bajo la escalera y paro un taxi a pie de calle. No tarda en frenar. Siento que me observa a través del retrovisor y no puede dejar de mirar mi sonrisa tan sexy, una mueca capaz de llevar al límite al mundo entero. Siento el poder que conlleva y por eso me gusta sacarla en todo momento. A la mierda la responsabilidad.

—¿A dónde vamos?

—Vamos a tomarnos unos cócteles al Comercial —suelto con una voz rasgada y sexy. Él sonríe como si hubiese triunfado, como si tuviese un pequeño atisbo de esperanza de poseer mi piel, mi coño, mi cuerpo. Me encanta que los hombres sean tan gilipollas.

—¿Te molesta la música, señorita?

—No, al contrario, súbela. Esta canción me encanta.

Él obedece, obviamente, y sube la radio. Suena «Tell Me Why» de Supermode y bajo la ventanilla para que el aire me agite el corte de pelo. Saco los brazos y los ondeo con el viento por las calles de Madrid mientras veo la ciudad con otros ojos, con unos nuevos. Siento el aire que se cuela en mi entrepierna; por primera vez en mi vida no llevo ropa interior, pero me da igual porque Electra nunca la lleva. De este modo, el acceso es más directo. Madrid brilla más que nunca. Las noches de verano llenan la ciudad de ambiente, de jóvenes y locuras, de vida, alcohol y besos fugaces. Y yo me derrito en cada esquina y me enamoro de una ciudad que me vio nacer dos veces.

Llegamos al Comercial y está abarrotado de gente fumando en la puerta. Pago al taxista, que espera una invitación que nunca llega, aunque compenso su espera con un guiño fugaz. Él mueve la cabeza con un gesto de «madre mía, qué buena está», y yo me deleito porque hacía muchos años que no provocaba algo así. Me bajo del taxi y piso la calle; la gente se vuelve y me observa. Sacudo el pelo con un golpe seco y avanzo despacio, flotando en medio del deseo. Sonrío a un grupo de hombres que fuman en la entrada y me evaporo por la puerta giratoria tan clásica del local. Hoy, por lo visto, hay concierto. En la entrada, la mujer me observa y se queda presa del silencio que se ha instalado entre nosotras. Siento la jerarquía entre las personas y adoro el poder; es tan adictivo...

—Voy arriba, ¿vale? —No doy pie a una respuesta, ella simplemente asiente.

Subo la escalera del Comercial mientras saco culo y luzco una delgadez que ahora resulta erótica. Qué bien se está en este cuerpo, joder. Escucho la locura de un concierto electrónico muy peculiar y la gente colapsa frente al DJ en un subidón que resulta en una explosión de felicidad. Hay vida en cada esquina y miradas furtivas que me abren en canal. Yo simplemente soy una esponja de seducción, de pasión, de quiero y no puedo, de quién es ella y por qué tengo esta necesidad. Me siento en la barra y pido un manhattan. El camarero me sonríe y saco a pasear de nuevo esa ligera mueca que ya forma parte de una rutina nocturna recién inaugurada. Me prepara el cóctel y me lo sirve mientras clavo las pupilas en sus ojos negros. Me acaricio el pelo, mantengo la mirada en sus hombros y me doy media vuelta para disfrutar del concierto. El olor a sudor me excita, me embriaga. Bebo un sorbo del manhattan y elevo la cabeza para denotar poder. El ardor me baja por el pecho, cruzo las piernas a lo *Instinto básico* y me siento como Sharon Stone con todo el mundo intentando adivinar si llevo ropa interior o no. Hay grupos de hombres que me sonríen desde todas las esquinas y rezumo tanto sexo que no quiero ni puedo contenerlo en mí. Que se jodan, esto le pertenece al mundo. No pasa demasiado tiempo hasta que se acerca el primero, un jovencito tembloroso que se arrima a mi cuello. Yo agacho la cabeza y se me escapa el puto pestañeo, pero lo detengo.

—¿Por qué estás tan sola? —me pregunta. Aparto la cabeza de forma violenta, lo observo de arriba abajo. Me tomo mi tiempo y analizo todo su cuerpo. Va bien vestido, con unos tejanos y una camisa de pico. Es moreno y lleva el pelo repeinado hacia atrás; un Cayetano más que se ha dejado caer por aquí (como todos los demás).

—¿Tan poco valoras tu presencia que, aun teniéndote aquí, dices que estoy sola? —le suelto. Se queda callado, sonríe y decide que no puede conmigo. Efectivamente, no va mal desencaminado.

Saboreo el último trago y le pido al camarero otro, pero esta vez más cargado. «¿Más?», me responde. Ni tan siquiera me digno a contestarle. Enseguida siento una ligera brisa en el lado izquierdo, clara evidencia de que me ha hecho caso. «Aquí lo tienes, preciosa», dice mientras me guiña el ojo de nuevo. Yo sonrío con cierta frialdad y cato su obra de arte. Él espera impaciente mi reacción, como un perro faldero que quiere sus toquecitos en la cabeza en señal de aprobación. «Muy bien, bonito, muy bien». Me cago en la puta con lo fuerte que está el trago, pero me callo y retengo el ardor estomacal. Lo bueno de llevar años estudiando interpretación es que conozco mi cara de neutralidad absoluta. Aquí no ha pasado nada; yo no he sido. Volteo ligeramente la cabeza, mantengo la mirada. Él se acojona, lo noto en el pálpito repentino de su labio superior. Traga saliva y yo me limito a sonreír, elevo la copa al techo y me la bebo de un trago. Doy un golpe en la mesa; él se queda alucinando.

—Ponme otra, anda, bonito.

Su boca sigue abierta y seguro que también se le ha empalmado la polla. Me muerdo el labio con sutileza y sigo disfrutando del caos. Esta vez siento la brisa detrás del cuello: se me eriza la piel. Su aliento está tan cerca que mueve mi cabello rojizo.

—Aquí tienes, bonita —me susurra.

Inspiro excitada y abro las fosas nasales como si fuese un gesto digno de apareamiento. Esta situación se parece a aquel documental que vi, un domingo por la tarde tirada en el sofá, sobre las gilipolleces que hacen los machos y las hembras para ponerse a follar como locos. A mí me cansan las gilipolleces, la verdad.

Me doy la vuelta; nuestros cuerpos están muy cerca, más allá del límite que establece el protocolo, más allá de lo que un camarero puede estar de su clienta. Cojo el manhattan, bebo un poco y me humedezco los labios en bourbon y vermut con un toque de angostura. Él está hipnotizado por el carmín, que sigue intacto (¿será porque está caducado?). Se genera una espera agonizante para conocer cuál será el próximo movimiento, a quién le toca mover ficha en este tablero. Suelto la mueca que causa infartos y me limito a repasar cada ángulo de esta víctima a la que estoy a punto de aniquilar a polvos. Me hace falta solo un gesto, una elevación de la ceja izquierda y un movimiento de cabeza para que me siga cual perro fiel. Entro en el baño descaradamente y él intenta disimular, a pesar de que nadie nos mira porque la gente está demasiado entregada a la fiesta y al alcohol.

Cuando me vuelvo, ahí está. Con el pelo repeinado hacia atrás y los laterales rapados. Una barba que parece un colchón, mullida y suave. El uniforme del Comercial —una camisa blanca con unos tirantes negros estilo años veinte— le queda para comprar una panadería entera y mojar pan.

Me adentro de espaldas en el primer váter que encuentro libre y lo atraigo hacia a mí tirando de su ropa. Él se deja llevar, está bajo mis órdenes y eso me encanta. Cierro de un portazo, echo el pestillo. Aparto la cara porque paso de los besos y de las caricias; toco su polla, que está dura bajo el pantalón negro. Él me sube el vestido y cuela una mano en mi entrepierna con una sonrisa al darse cuenta de que el camino es directo, sin estorbos. Además, mi coño está mojado, lo percibo, y él se excita todavía más al notarlo tan caliente, tan hogar, tan adentro. Saco un condón del bolso y se lo pongo; él apoya las manos, una a cada lado del pequeño cubículo en el que estamos a punto de follar. En realidad, si me fijo en el panorama, es muy poco excitante: un tío con la cara deformada por el calentón —¿por qué a veces ponen caras tan raras, joder?— en un baño meado por todos lados —¿la gente no sabe mear dentro del puto váter?— y yo intentando no matarme con los tacones mientras calibro su polla para que no entre en mi ano.

Apoyo la cabeza en la pared de baldosas doradas y me levanto el vestido para que pueda penetrarme a gusto. Pongo el tacón contra el váter y elevo la pierna ligeramente. Él me coge del culo con las dos manos, lo mira y suspira para alargar el momento. Eso me pone mucho, joder. Retrato el instante de reojo, con la cabeza pegada al frío de la cerámica. Él hace el mismo gesto que el taxista, estilo «madre mía, qué buena está». Entreabro los labios —los de arriba— para que vea lo cachonda que estoy —que lo estoy—. Me mete la polla de un golpe, contengo el impacto en mi interior y, acto seguido, empezamos a follar como salvajes mientras hace el intento de agarrarme del pelo. Me paro de golpe, detengo el vaivén y con mucha rabia le suelto:

—Mi pelo ni se toca, ¿de acuerdo? —Él asiente sin remedio.

Nos cuesta volver a la esencia después de este fogonazo. Sus manos sostienen mi cintura, pero siguen sin encontrar la posición correcta, así que se apoya con la derecha en mi hombro para empujarme contra él. Lo cierto es que folla muy bien, y yo llevaba mucho —pero mucho— tiempo sin sentir a nadie dentro de mí. Me gusta esto, sentirme así: tan adorada, tan admirada, tan poderosa.

Ahogo los jadeos en la garganta y él sigue moviendo las caderas con un compás de cuatro por cuatro. Un, dos, tres, cuatro; un, dos, tres, cuadro. La misma dinámica que no cambia, que no se modifica, que no avanza ni se retrasa. Siempre lo mismo, siempre igual; el mismo empujón, la misma intensidad.

El aburrimiento que me genera llega a su fin cuando me susurra al oído la detallada predicción de su clímax, como si necesitara ayuda inminente («¡Auxilio, socorro, me voy a correr!»), como si cayera al precipicio de su inmediata eyaculación. Yo muevo las caderas con más salvajismo, lo que genera un estruendo muy perceptible que rebota por todo el baño. Sin duda, las personas que entren deben de escuchar nuestro apareamiento de documental. Me agarra de los brazos con fuerza —¿demasiada, tal vez?— y se pone a penetrarme al estilo del conejito de Duracell: con una velocidad sorprendente, todo hay que decirlo, pero poco excitante.

—Oh, joder, menudo polvazo —me babosea en la oreja.

Tal vez Ruth se hubiera quedado a charlar un poco, pero Electra no. Electra se limpia y se pira por la puerta. Y eso hago. Cojo un trozo de papel para no llevarme los restos de ese lubricante pegajoso que dejan los condones. Lo echo al váter, tiro de la cadena y él me mira, todavía entre la agonía y el placer. «Qué cojones es esa cara», me pregunto. Da igual, lo aparto con amabilidad, le doy un golpe en el hombro y le guiño el ojo. «Buen trabajo», me falta decir. Abro el pestillo y salgo por la puerta digna, follada y un poco borracha. Le pido a otro camarero, que ha relevado a su recién eyaculado compañero, un manhattan bien cargado. Intenta ligar conmigo, pero mi cara de borde le quita cualquier atisbo de esperanza. Me sirve el cóctel —estoy seca—, le pego un buen sorbo y me lo llevo a la pista de baile. Me recoloco el tirante del vestido, que se ha caído debido al empotramiento, y me muevo al ritmo de un *beat* erótico en extremo. El tejido satinado me acaricia por dentro y todo se vuelve ligero y sorprendentemente denso a la vez. Los tacones empiezan a joderme el dedo meñique; me quedan pocas horas para enviarlos a tomar por culo y pisar el suelo.

Muevo las caderas de un lado a otro, elevo los brazos al techo y cierro los ojos. Ya no hay un hombre fumándose un porro en tejanos, sin camiseta ni calzoncillos, no. Hay una decena de ellos que me quieren conquistar y penetrar, que me quieren tener y poseer. Miro a uno que está en la esquina y no me puede aguantar la mirada, a otro que está con los amigos susurrando algo sobre mí y a otro que está sentado en la barra y se limita a contemplarme. Decido bailarle esta canción a él, con todo mi erotismo y mi poder. Estoy en medio de la pista y aun así se ha abierto un pequeño túnel que conecta nuestras almas. Él se muestra impasible, con sus gafas redondas y su pelo oscuro, con unos mechones que le acarician el lóbulo de las orejas. Lleva una camisa de lino y unos pantalones un poco retro sujetos por un cinturón que muestra orgulloso. Su brazo está apoyado en la barra y sus piernas, ligeramente abiertas, como si a él y a mí nos conectaran los sexos a pesar del espacio que hay entre ellos.

Mi cabeza gira de un lado a otro y el corte bob detiene la gravedad por un momento preciso, lo que crea una línea roja horizontal tan perfecta que parece irreal. Nuestros ojos se encuentran en innumerables ocasiones y se sostienen la mirada ante la inmensidad de la atracción y el desconocimiento. Quién es este tío que no se inmuta, que no tiene miedo, que no siente deseo. La canción se acaba y yo me canso de seguir exhibiéndome, así que me vuelvo y me acabo el manhattan. Voy hacia la barra, con las pupilas fijas en sus gafas, que reflejan las luces doradas de la sala. Paso por su lado y dejo la copa vacía encima del mármol. Me atiende el camarero que me he follado en el baño hace ¿diez minutos? Sonríe, yo hago como si nada. «Gracias» y listo. Invado claramente el espacio de este hombre, que sigue ahí, sin intentar cazarme. Está tranquilo, sereno, equilibrado, ¿casado? No seré yo quien dé el primer paso, por lo que me dirijo de nuevo a la pista de baile para escoger otra víctima, un nuevo cachorrito al que devorar. Pero, tal vez, los ojos oscuros del hombre postrado en la barra siguen clavados en mi espalda. Me volteo y ni se inmuta, ni se mueve, ni se abalanza, ni se achanta. Se queda quieto, observando con entusiasmo cualquier alteración que pueda provocar con mi cuerpo en el espacio.

No sé si es mi estado un poco etílico, las luces (que ahora se han vuelto más oscuras) o la bajada de adrenalina, pero es obvio que me mira a mí, o eso creo. Acto seguido, unas manos me acarician las caderas. Las aparto de inmediato. Qué puta manía tienen de tocar sin consentimiento, joder.

—Perdona, no quería molestarte —me susurra.

—Qué quieres.

—Conocerte, ¿puedo?

Me retiro un poco y escaneo su físico. No está nada mal, la verdad. Rondará los cincuenta muy bien llevados, con el pelo canoso y unos brazos fuertes. Lleva una camisa un poco desabrochada para demostrar que él sí que aprovecha la mensualidad del gimnasio —no como tú—, y huele a un perfume que denota y refuerza su masculinidad. Tiene arrugas y una piel ligeramente caída y fina fruto de la edad. No adivino el color de sus ojos porque tiene las pupilas muy dilatadas. La droga, supongo. Sonríe mucho... Pues está claro. Le daré una oportunidad, a ver qué me depara el resto de la noche.

# IX

## Cocaína, pollas y aquella mirada

En qué momento te das cuenta de que todo lo que te quedaba por perder ya lo has perdido, que estás en una caída libre y sin frenos («¡Mira, mamá, sin manos!»), que no hay nada que te retenga. La colisión que está a punto de suceder es tan grande que ni los sesos se te quedarán dentro del cuerpo. Hay una línea, sí, la veo; pero es tan estimulante saltarla una y otra y otra vez como si de la comba se tratara («el cocherito, leré, me dijo anoche, leré»). No sé parar esto, pero qué más da, es solo una noche. Una noche y ya.

—¿Cómo te llamas? —me pregunta el hombre de las pupilas dilatas.

—Soy Electra.

—Te pega mucho —se ríe. ¿De qué se ríe?—. Ahora en serio, dime tu nombre.

—Te lo estoy diciendo, soy Electra —insisto.

—¿Electra es tu nombre real?

—¿Eres gilipollas o no entiendes las cosas? —espeto. Él abre los ojos con mucha efusividad y siento que en algún momento me van a absorber. Recuerdo que mi abuela me miraba igual cuando le contaba las aventuras con mis noviazgos de adolescente. Ella siempre repetía: «Prometen, prometen hasta que te la meten. Y una vez *metía*, se acabó lo *prometío*». Qué puta razón tenías, abuela.

—Vale, hemos empezado fatal, Electra, perdona. ¿Qué te trae por aquí?

—Supongo que lo mismo que a ti.

—¿Y qué es?

—Olvidarnos de nuestra vida real. —Le suelto una mirada de cachorrita con un toque de zorra salvaje de los bosques de Canadá. Él vuelve a abrir los párpados («¡Vaya, lo que me ha dicho!»).

—Y tú, ¿cómo te estás olvidando de la realidad? —intenta indagar.

—Bebiendo un manhattan y bailando.

—¿No te apetece nada más, Electra? —A partir de aquí, se abre un universo de posibilidades: A) Quiere metérmela. B) Quiere ofrecerme droga. C) Quiere ofrecerme una copa. D) Todas son correctas.

—¿Qué me ofreces?

—Mira, este lugar está abarrotado... La fiesta está decayendo y lo sabes. —Hago un inciso porque este «y lo sabes» me recuerda al meme de Julio Iglesias en el que sale con la cara llena de bótox, una sonrisa tan blanca que resulta artificial, los ojos perdidos por los excesos y el dedo señalando al frente; ese meme que, con tan solo mirarlo, ya te quedas preñada—. Justo estaba hablando con mis colegas de irnos a una pequeña reunión en un ático cerca de aquí, ¿te apetece?

—¿Qué hay en esa fiesta?

—Alcohol, música, un poco de perico... Lo que te apetezca, Electra, yo te lo doy.

Aprendí la jerga de las drogas muy rápido; el mundo del artisteo es lo que enseña. La primera vez que me topé con esa sustancia blanquecina fue a los diecisiete. Estaba en casa de una de las compañeras de interpretación y, de repente, sacó un trocito de bolsa de supermercado cerrado con un alambre en color azul. En su interior había una piedra blanca. «¿Sabéis qué es esto?», preguntó. Frente a nuestra negativa se hizo la marisabidilla: «Es cocaína, una droga, ¿la queréis probar?». En ese momento te juro que me cagué viva. ¿Qué podía hacer? Si decía que no, me iban a mirar raro, y yo ya era un bicho digno de exposición. Si decía que sí, joder, iba a probar una droga que solo conocía de los narcotraficantes que aparecían en algunas noticias donde decían que habían incautado kilos de esta sustancia, o de los malos de las películas de acción que se hacían rayas en el culo de rubias despampanantes. Nadie me había informado sobre sus posibles efectos secundarios, sobre lo que mi cuerpo podría experimentar o si iba a quedar como una estúpida en ese grupo de populares en el que tanto me había costado entrar. Acepté y me metí por la nariz la raya peor trazada de la historia, con unos trozos tan grandes que casi me desgarran la fosa nasal. A partir de ahí, me la volví a encontrar en baños de discotecas, camerinos, noches de juerga y, en los casos más desoladores, a plena luz del día. Coca, nieve, dama blanca, talco, perico, perica, farla, farlopa, loncha, raya, merca, ella, falopa, farra, fariña, manteca, pollo, polvo... En fin, la jerga española y su capacidad de llamar a la misma mierda de distintas formas.

A todo esto, y volviendo a la escena principal, como sabiamente habrás intuido, sí, la respuesta correcta era la D.

—Vale, no tengo nada mejor que hacer —respondo con indiferencia a pesar de estar conteniendo los parpadeos que denotan el miedo que me entra. Dónde me voy a meter, no tengo ni idea, pero allá vamos. Electra no siente terror, más bien todo lo contrario: esto le/me pone cachonda.

«Eh, colegas, nos largamos. Vamos a tu casa, Joselito», grita el hombre de las pupilas dilatas —del cual no sé o no me acuerdo de su nombre—. Su grupo de amigos podrían protagonizar tranquilamente cualquier película casposa de los 2000 en España. Uno con marcas de acné se acerca al hombre que he decidido que será mi zona de seguridad, aunque no sé si por mucho tiempo.

—¿No nos vas a presentar a tu amiga? —le dice, y el otro me exhibe a sus amigos encocados y borrachos como si fuese su puto trofeo de macho alfa encocado y borracho.

—Se llama Electra, pero, tse, cuidado con ella porque es de las que muerden. —La polla te voy a morder, imbécil.

Ambos se ríen y yo fuerzo una mueca de hartazgo y desánimo. Tantos años de lucha para que todavía existan las mismas mierdas, para seguir escuchando las estupideces de siempre que nos limitan y nos encorsetan.

—No sé ni tu nombre —le digo al hombre de las pupilas dilatadas.

—Soy Rodrigo —me contesta mientras me pasa el brazo alrededor del cuello. Muevo las escápulas en señal de rechazo. Pilla la indirecta.

Se organizan fatal y me empiezo a cansar de estar esperando a que cuatro orangutanes se pongan de acuerdo. En ese instante, giro la cabeza para alejarme, aunque sea mentalmente, de las disputas sobre camellos y casas..., y vuelvo a sostenerme en su mirada, aquella que no ha dejado de atravesar la sala y que se me clava a través de sus gafas. Aquella que no descansa, que sigue presionándome sin decir nada, que sigue aferrada a mis vaivenes por el espacio, que se limita a observar hasta dónde llega esta farsa. Lo contemplo con detenimiento como si fuese una estatua en un museo de arte: una postura de sabio filosófico a punto de gritar «¡Eureka!», unos pantalones con las pinzas muy marcadas, las manos apoyadas en el mentón, el pelo que descansa sobre la cara. Quién es ese hombre y por qué me mira como si me amara.

—¡Electra!

—¿Eh?

—¿Vienes o qué? —dice Rodrigo. Asiento y vuelvo a mi personaje al mismo tiempo que me despido de ese director que, desde la distancia, parece orquestar con tan solo una mirada.

Salimos fugaces del Comercial con un grupo de unas siete u ocho personas. Los tacones me están destrozando los pies y pienso seriamente en que esto podría ser una tortura digna del medievo. Rodrigo me busca con una sonrisa y, por una milésima de segundo, tengo un atisbo de esperanza en él.

—¿Estás bien? —me susurra.

—Sí, ¿por?

—Bueno, no nos conoces de nada, quería asegurarme, Electra.

—No te preocupes por mí, estoy bien; preocúpate por ti.

—Yo también estoy bien, vamos, de puta madre. —Suelta una carcajada de esas que te llenan el estómago y hacen que te tiemblen los carrillos sueltos y débiles de la cara.

Me fijo en el grupo: es curioso. El hombre de las marcas de acné con aspecto navajero encabeza el rebaño, por lo que entiendo que debe de ser ese tal Joselito, propietario del ático por aquí cerca. Hay un par de chicas que van cogidas del brazo y un poco desequilibradas. Se ríen porque son incapaces de seguir una línea recta a pesar de que las dos llevan zapatillas. Tres tíos altos van por delante de nosotros, no consigo verles la cara; y después estoy yo, borracha y pidiendo a gritos que me amputen los pies, junto con un tipo que estoy casi segura de que tiene en su foto de perfil de WhatsApp la bandera de España.

—¿Estamos muy lejos? —pregunto.

—No, qué va, aquí al lado.

—Aquí al lado cuánto es —insisto.

—¿Qué pasa? ¿Te estás meando? —se ríe. De verdad, qué puñetazo tiene. Lo miro con condescendencia e intento proseguir mi camino en línea recta—. Electra, joder, perdóname. No consigo hacer las paces contigo.

Justo en ese momento, uno de los tres hombres que van delante se vuelve. Al verme, me regala una sonrisa y toda esa belleza que parecía dormida, se despierta. Es de esos chicos a los que tienes que mirar dos veces para que te sorprendan, porque la primera no genera ninguna respuesta, pero la segunda... Ay, la segunda. Esa te impacta, te retiene, te secuestra. Solo quieres provocar la misma reacción, una y otra vez, para ver ese fenómeno de pasar de ser invisible a ser imprescindible. Unos ojos castaños que transcurren desapercibidos hasta que te encuentran. Una sonrisa que no llega a ser perfecta porque el colmillo rompe con la armonía, pero aun así se hace adictiva. Unas marcas de acné que parecen invisibles porque la barba las oculta muy bien. Una nariz aguileña y unas cejas cuya opacidad está por debajo de la media. Una melena de rizos rebeldes que le acaricia los hombros. Lleva unas zapatillas deportivas blancas que parecen negras de la mierda que tienen, unos calcetines que se asoman por debajo de los tejanos y una camisa hawaiana estilo cuarentón que quiere retener el tiempo. Es alto, delgado, pero con una estructura ósea ancha.

—¿Qué tal? Me temo que no nos han presentado. —Sonrío con efusividad, quizá demasiada, pero no puedo contener las ganas de lo que sea.

—Bien, soy Electra.

—Vaya, qué nombre, parece de película. —Vuelve a generar ese pequeño tsunami en mi entrepierna con tan solo la elevación de sus comisuras.

—¿Eso es un halago? —pregunto.

—No lo sé, ¿lo es? —responde.

—Supongo. —Para entonces, Rodrigo se ha dado cuenta de mi fijación por este ser tan extraño, este bicho raro que corresponde a mi misma especie (normalitos que pasamos desapercibidos pero que ganamos en distancias cortas), y se limita a desplazarse como si flotara por la superficie hasta llegar a las dos chicas que van trazando ondas en el suelo—. ¿Cómo te llamas?

—¿Yo? Soy Agustín. —Qué nombre, ¿eh? Agustín; tiene el mismo significado como adverbio que como sujeto.

—Un placer.

Ahogo la carcajada en la garganta porque reírme sin motivo alguno del nombre de una persona ajena es de mala educación. Cada paso que doy es un suplicio para mis pies y siento como si un millón de cuchillos se me clavaran en la suela. Me contemplo en un peregrinaje de camino a ese ático que nunca llega pero siempre está aquí al lado, porque para Madrid aquí al lado puede ser la otra punta de la capital; igual que «estoy llegando» significa que te queda todavía media hora como mínimo. Qué cojones nos pasa a los madrileños.

Agustín —ja, ja, ja, esta broma solo me hace gracia a mí— percibe que cada vez voy más lenta porque el dolor de la femineidad impuesta aumenta. Se fija en mis tacones y yo observo que su melena se entromete en su campo de visión. Supongo que está tan acostumbrado a tener obstáculos que interfieran en ella que calibra el enfoque de las pupilas.

—Estamos cerca. —Sonríe y toda su cara cambia.

Siento un soplo de aire fresco, como si estuviera subiendo la escalera para llegar a lo alto de ese monumento y, cuando lo consigo, las vistas compensan el sufrimiento. En una primera instancia, le veo la cara y no tiene absolutamente nada: resulta poco armoniosa y me genera ansiedad. Pero después hace ¡chas!, sonríe y la calma se instaura. Pienso en clasificarlo en el montón de los feos, pero, de repente, coño, se me caen las bragas.

—Eso llevan diciendo desde hace diez minutos.

—Sí, pero esta vez es de verdad. —Vuelve con la artillería, ¡zas!, en toda la raja.

—¿Eres de Madrid? —pregunto, por preguntar algo.

—No, soy de Mallorca, pero llevo aquí veinte años. ¿Y tú?

—Vaya, entonces ya tienes el carnet de madrileño convalidado.

—Ja, ja, ja, gracias. —Me pondría a hacer gilipolleces como un monito de feria con tal de volver a deleitarme con su carcajada—. ¿Y tú? ¿De dónde eres?

¿De dónde soy? En esencia soy de Madrid, o eso diría Ruth. Pero ¿y Electra? Puedo ser rusa; resulta buena idea excepto porque no tengo acento. Quizá nací en Rusia y mis padres emigraron a Madrid, por lo que me crie como madrileña por adopción. Si me pregunta por mi apellido, lo tenemos jodido, porque no tengo demasiada idea de apellidos rusos y mucho menos de su pronunciación. Tan solo recuerdo un par: Putin, pero la mentira sería demasiado evidente; o Vladimir, por el dicho ese de «una paja y a dormir». Difícil elección, la verdad.

—Soy rusa, aunque mis padres vinieron a Madrid cuando era pequeña.

—¿En serio? ¡Vaya, qué casualidad! Annika también es rusa. —¡Oh, vaya, no me putojodas!

—¿Y quién es Annika? —pregunto.

—¡Annika! —grita en medio de la madrugada. Me pilla con la guardia baja. Una de las chicas que ahora cargan el peso de Rodrigo se vuelve. Tiene una melena castaña muy larga y una cara que parece modelada por los dioses. Malditas sean las rusas de verdad.

—Dime, Agustín.

—Ven, no conoces a Electra, ¿verdad? —Ella se separa del grupo con una sonrisa y nos espera con paciencia ya que, debido a mi velocidad y al dolor que siento en mis extremidades inferiores, debo reducir el paso casi a la mitad; tengo que meditar y respirar hondo cada vez que mis suelas rozan el suelo y, por ende, los cuchillos afilados—. Es de Rusia, igual que tú. Qué casualidad.

Ni que lo jures.

—¿En serio? ¡Vaya! ¿De qué parte?

Qué buena pregunta, deja que me cague en todo antes de contestar.

—Clásico, de Moscú.

—*Ya tozhe, kakoye sovpadeniye. Moi roditeli do sikh por tam zhivut, a vashi?* —No borro de mi cara la sonrisa que he instalado con toda esta farsa y asiento como si entendiera una mierda de lo que acaba de decir. Ella abre sus ojos verdes y me insiste en que responda. La tensión que se genera en tan pocos segundos me causa náuseas y siento el dolor de pies como si me flagelaran—. ¿No hablas ruso?

—Bueno, lo entiendo un poco, pero hace tiempo que no hablo y, sinceramente, me da vergüenza.

—¿Por? ¡Anda ya, si estás en familia! —suelta Agustín.

Yo me preparo para mi muerte inminente cuando, de repente, el grupo se para en seco. Hemos llegado.

—¡Por fin! —balbucea la otra chica—. Pensé que no lo conseguiría.

Por arte de magia, la conversación se ve suplantada por otra mucho más interesante, con una relevancia básica y primaria: la cocaína. Quién ha llamado al *camel*, cuánto le falta, cuánto queda, a qué distancia, cuántos gramos, cuánto te debo, no llevo suelto, dónde hay un cajero, ya hacemos cuentas mañana. Siempre hay alguien que paga y al que todos deben dinero, y ese es Joselito, el marginado del grupo que no solo pone su casa, sino también la pasta. No tarda demasiado en doblar la esquina un tipo con una sudadera ancha y la cabeza rapada. Tiene cara de buen chaval, aunque la vida parece que le dé la espalda. Se saca del bolsillo la mercancía y la entrega con disimulo a Rodrigo mientras Joselito le da el dinero. Hay un buen fajo, entiendo que la noche —y la mañana— será larga. «Gracias, tío», palmadita en el hombro y se esfuma. Siento cierta revolución dentro del grupo, la excitación de unos peces cuando te acercas a llenarles el agua de una pasta apestosa y deshidratada.

Joselito abre la puerta y subimos en grupos de cuatro por el ascensor. Hacemos dos turnos; yo me quedo cerca de Agustín y deseo en mis adentros que Annika se haya olvidado de la conversación pendiente. Efectivamente, parece que sí. Nunca vi a una rusa tan emocionada con la nieve.

Entro en el ático y me quito los zapatos al momento, dejándolos con violencia a un lado. Que os jodan, cabrones. El piso es muy amplio, por lo que entiendo que Joselito, sea lo que sea lo que haga en la vida para ganar dinero, gana mucho. El hall de la entrada es estrecho, con un pequeño mueble rectangular donde dejar las llaves, los chicles, los tíquets arrugados, las gafas de sol y las demás mierdas que tienes por casa o que traes de la calle en los bolsillos del pantalón. Los primeros muebles que te encuentras en casa son los marginados del grupo —como Joselito—, aquellos que nunca se limpian, que sirven como vertedero y que siempre hacen que te cagues en su puta madre cuando te das un golpe contra el muslo antes de salir por la puerta.

Encima de ese trozo de madera en la que solo se encuentran desperdicios, hay un espejo redondo donde me observo rápidamente. El maquillaje se ha corrido; nada que no pueda solucionar si arrastro los dedos por el párpado superior e inferior. Los labios siguen intactos y parece que el pintalabios caducado se ha fusionado con mi piel, cosa que no me preocupa demasiado. De algo tendré que morir. A la derecha del mueble hay un pequeño perchero con algunas chaquetas, sombreros y zapatos tirados por el suelo; y justo después se abre el maravilloso salón donde se librará la mayor batalla resuelta en una mesa de cristal entre varias personas emocionadas por liarse a tiros. Es curioso, ¿no?, las guerras mundiales en Madrid se hacen a golpe de nariz y a ver quién dispara.

El espacio es de diseño, con buenos acabados y algunos muebles de Ikea camuflados que reconozco con facilidad porque todas las casas de España —incluida la mía— tienen los mismos espacios. El sofá es muy amplio y grande, cabemos todos sentados. Joselito se siente importante porque él ha puesto la casa y la cocaína y ya puede decirle a su madre «que tiene amigos en la capital, que no se preocupe, que son buena gente»; porque Joselito es el buen tío del que todo el mundo se aprovecha. Enciende el equipo de música de dos mil pavos y pone una melodía animada, pero no demasiado, para así dejar margen de maniobra y que la fiesta acabe siendo una locura.

Rodrigo se sienta y empieza a trazar rayas encima de la mesa de cristal que, según me fijo, tiene marcadas líneas inconexas que rememoran todas las narices que un día esnifaron este cemento que te venden a sesenta euros el gramo. A este hombre experiencia no le falta: su habilidad de picar bien la roca y que quede un polvo suave, delicado y sin resentimientos es evidente. Con la tarjeta del metro de Madrid —que si la incautara y analizara la policía nos íbamos a reír todos, sí, pero desde el calabozo— empieza a cortar con entusiasmo el primer pollo que saca del pantalón. Me fijo en el trozo de bolsa con un alambre rojo y pienso en esas grandes costumbres que es mejor no cambiar si funcionan de puta madre.

Hace trece años estaba con el mismo envoltorio delante, el mismo regalo enfundado en un trozo mal cortado de una bolsa del Carrefour que jamás pensó en su desafortunado destino. Las diseñan para llevar fruta y verdura, y se acaban usando como bolsas de basura, o peor: terminan destrozadas en mil pedazos que protegerán un trozo de roca de MDMA o de cocaína. Sus compañeros fieles son esos alambres cuya finalidad es atar cables de pequeños electrodomésticos o hacer que el muñequito no se mueva de la caja de cartón. Y al final tienen el mismo destino de mierda y acaban moviéndose de un bolsillo a otro, de una mano a otra, de una mesa a un lavabo, de un libro (también olvidado) a un CD de Kiko Veneno (¿de quién?).

Annika está nerviosa, se pone golosa al ver las rayas, esas que nadie quiere pintar, esas que Rodrigo empieza a diseñar como si fuese el jodido Miguel Ángel madrileño que traza el camino para que estemos más cerca del cielo.

—¿Cuántos somos? —pregunta con seriedad sin levantar la mirada, sin dejar de observar ni un segundo su escultura sobre esa mesa de cristal que ha visto demasiado para su edad.

—¿Todos queremos? —insiste Annika. El grupo asiente desde todas las estancias del maravilloso ático en el centro de la capital. Uno desde la cocina, con el tintineo de los hielos contra el cristal y el precinto de una botella de ron a punto de evaporarse; otro desde el balcón mientras observa como todavía duerme la ciudad, y otra saliendo del baño al tiempo que se coloca las bragas en su versión original.

Medito ligeramente mi respuesta en medio del batiburrillo de voces y afirmaciones que inundan la sala de optimismo y ansiedad. Al final vuelvo a reconocerme como Electra, y Electra es una tía a quien le gusta la coca, no hay más—. ¿Y tú, Electra, quieres un tiro?

—Por supuesto. —Sonrío. Annika me choca los cinco y se emociona con tan solo ver las primeras líneas blancas sobre la mesa. Se saca un turulo del bolso, como los profesionales, como aquellas personas que se toman las cosas en serio. Qué coño es eso de coger un papelucho cualquiera y enrollarlo o, peor aún, un billete de cinco euros. No, eso es para fracasados. Annika, como buena rusa, está preparada para las nevadas con el mejor equipo, con el mayor aguante que se haya visto. El turulo es precioso, la verdad, no te voy a engañar. Plateado, perfectamente diseñado para su cometido inicial, no como las pobres bolsas que se preguntan «por qué, Dios, por qué».

—¿Alguien quiere un cubata? —oigo a Agustín desde la cocina con un compañero que todavía no conozco y que debería porque *holacómoestás*, así, todo junto y sin interrogantes.

Me levanto del sofá y voy a la cocina, descalza, con mi vestido rojo satinado y mi carmín que todavía aguanta. Me pica un poco el cuero cabelludo debido a la peluca, pero nada que no pueda controlar y aliviar con pequeños toques.

—¿Qué hay? —pregunto.

—Tienes ron, vodka, tequila y... un poco de ginebra. Creo que en la nevera hay cervezas. —Agustín sonríe. Intento concentrarme en lo que me está diciendo y evitar retomar el máster de «Cómo es posible que una persona cambie tantísimo con un gesto. Introducción al fenómeno».

—Creo que me tomaré un vodka con hielo. —Jamás he

probado esa mierda sin refrescos que atenúen el trago, pero me he metido bien en el papel de madrileña que se quiere hacer pasar por rusa a base de clichés. Anoto mentalmente que, para la próxima —¿habrá una próxima?—, tengo que documentarme un poquito más.

—Vamos fuerte, ¿eh, Electra? Sangre rusa, se nota.

—Vuelve con su «ja, ja, ja» que me produce un «tra, tra» ahí abajo. El maravilloso, y científicamente comprobado, efecto mariposa.

Agustín me prepara con cariño ese vodka con hielo, del cual ya me estoy arrepintiendo. Pero no me puedo negar porque quedaría fatal. Justo cuando me lo ofrece, le rozo la mano con ligereza y sonrío. Chaval, tus cartas también las tengo yo. Él se queda sorprendido y nos observamos como si el mundo se acabara y encontráramos un búnker en la mirada del otro. Oímos los primeros tiros y nosotros seguimos ahí, protegidos de lo que pueda pasar en medio de una guerra, asombrados por encontrar paz en mitad del caos.

—¡Agustín, Electra! —Nos llama desde el comedor una voz que no acierto a personificar, pero que me da igual porque de perdidos al río y yo ya estoy en el mar.

Alargamos unos segundos más este momento y nos despedimos con el anhelo de volver a ser hogar, cobijo, sustento. Nos acercamos al grupo, que se ha relajado en el sofá —una pierna encima de uno, una cabeza apoyada en el hombro de otro—, y me fijo en esas dos rayas que parecen la M-30 de lo largas y densas que son.

—Te has venido arriba —suelta Agustín.

—Joder, si quieres no te la metas, ja, ja, ja. Ya me la meto yo —contesta Rodrigo. Vuelvo a afirmar que es de ese tipo de persona que sale los domingos con un chaleco azulado a pasear por el Retiro, amante acérrimo de esa prenda de ropa que no calienta nada excepto su corazoncito de facha nostálgico.

—Anda, hacedme un hueco. —Agustín limpia el turulo de Annika. El intercambio de mucosas me da muchísimo asco. No solo te estás metiendo una mezcla de matarratas con yeso y un porcentaje chistoso de cocaína, no; también van los mocos de los demás. Si esto no es hermandad, que baje cualquier película universitaria estadounidense de los noventa y lo vea.

—Te toca, bonita —añade Agustín. Es la primera vez que me piropea (¿se podría considerar un piropo o es más bien un deje de su persona?), y me sienta bien, tan bien como para meterme el turulo por la nariz sin limpiarlo en exceso.

Siempre me cago antes de meterme una raya de coca. Me entra un retortijón tan claro que me hace plantearme seriamente si debo continuar o si antes debo atascar el váter de cualquier garito, casa o camerino. Esto lo percibo como una clara señal del universo antes de matarme un poco más —«y ahora, ¡diez años menos de vida!»— cada vez que consumo algo que está claro que es ilegal. De repente mi cerebro se divide en dos e inicia un debate entre el bien y el mal, entre el angelito y el diablo. En cuestión de segundos dos fuerzas opuestas te tiran hacia los lados —«¡no lo hagas!», «¡hazlo!»— y tú estás en medio de la disputa sabiendo que alguien perderá, pero te sabe mal porque te caen bien los dos. La barriga se mueve de forma salvaje y estás a punto de echar por el culo todo lo que has cenado a lo largo de tu vida. El corazón te va a mil y tu conciencia pone del tirón el piloto automático —«mira, yo ya...»—. Pasan los años, pasan las rayas, y yo me siento igual que esa chavala de diecisiete intentando ser la más guay del grupito y dejándose la fosa nasal llena de fisuras. El sabor amargo en la garganta, la sequedad, la inmediata adrenalina y el buenrollismo que te da. La incapacidad de parar, las ganas de bailar y follar, lo cachonda que te pone, lo insegura que estás. La puta basura que alimenta el ego y no sirve para nada más que para calentar la boca y solucionar el mundo, como si mañana fueras a hacer algo de lo que hoy predicas. Las conversaciones entre dos personas que no se escuchan y solo quieren hablar porque se deleitan con su voz y su inteligencia —inexistente, en realidad—. El encuentro entre dos humanos que juegan a ser dioses mientras recargan la batería de sus blablablá gracias a la manivela que tienen en medio de la cara.

Por qué nos drogamos es algo que me suscita interés antropológico. Siento que el videojuego de esta existencia es tan pesado y denso en algunas ocasiones que necesitamos encontrar el *esc* y dejar de jugar. Es curioso, el mundo está diseñado para tener pequeñas fugas mentales y soltar las manos del volante. Por supuesto, podríamos encontrar esta inmensidad de muchas otras formas, seguro: la meditación, el sexo, la espiritualidad, la pasión por una profesión, el amor. Pero nos olvidamos de que, cuando llegamos a esos límites en los que quieres detener el juego y dejar el mando a un lado, deseas entrar en ese estado alterado de consciencia lo más profundo y rápido posible. Y por eso el ser humano se lleva drogando toda su existencia, porque necesitamos dejar de jugar y preferimos la vía de escape rápida, el truco que te hace pasar de pantalla, ¡tachán!

Sin embargo, ¿no resulta fascinante encontrar esas fugas dentro del videojuego, como si hubiese sido diseñado precisamente con ese objetivo? ¿No resulta sorprendente que la propia naturaleza proporcione sustancias que pueden alterar nuestros sentidos, la percepción del tiempo, la presencia del espacio? Son los comodines de la existencia que nos hacen poder seguir jugando en una densidad tan pesada que nos atrapa incluso desde el suelo, en una partida que sueñas con acabar pero, al mismo tiempo, no quieres dejar de apostar. Sabes que ese *Game Over* teñirá de negro tu pantalla, pero te niegas a asumirlo y sigues en el videojuego como si nunca tuviera final; vives como si nunca fueras a morir.

Imagínate, no sé cuántos miles de años atrás y, de repente, estás paseando por un paisaje precioso y ves una planta extraña con unos cogollos verdes aterciopelados y redondeados. Decides coger unos pocos y hervirlos con agua caliente (*why not?*). Te tomas ese té caliente y te pega un viaje astral inolvidable hasta el centro del universo. Por un momento piensas en cómo era tu hogar antes de mudarte a este mundo, cómo era ser alma en un plano ligero, fluido y suelto. Cómo era ser un fractal de Dios sin olvidarte de la importancia de ese vínculo. Observas el cielo y quieres regresar, pero el té hace que flotes por una tercera dimensión en la que tu alma firmó por vivir. Te cagas en todo, pero asumes que forma parte del trato para conseguir subir de nivel. Y ahí, tirada en la hierba de un mundo sin rascacielos ni contaminación, vuelves a los inicios del universo y te sientes parte del todo, y este también está en ti. Por supuesto, al día siguiente invitas a unos compañeros unga-unga a que se hagan un té y volvéis a flipar. Y así cada día, porque cada día vuelves a conectar, como si en la naturaleza encontraras enchufes que recargan tu cuerpo híbrido con el más allá.

Tal vez camines y veas una hoja un tanto extraña que decides masticar y que te quita todos los dolores. O quizá un día veas unas setas con motitas que, si tienes la suerte de no joder la partida de golpe, te teletransporten a una versión del juego con extra de luminosidad, color, sensación y emoción; un portal interdimensional capaz de modificar tu realidad con tan solo alterar los sentidos gracias a una puta seta que crece en medio del campo. O quizá dejaste la levadura más tiempo del que le correspondía y decides que no pasa nada, que p'alante, y te pillas la primera borrachera de la humanidad. Y así vamos descubriendo puertas corredizas que, con tan solo pasarlas, te posicionan en otro lugar distinto, siendo el mismo en realidad.

El ser humano lleva drogándose toda la existencia y, mientras, yo estoy aquí, en medio de un ático en pleno Madrid, intentando no cagarme viva porque voy a añadir otra línea vertical a mi recuento drogadicto en mi pared mental. Me agacho, me meto el turulo en la nariz y cierro el otro agujero para esnifar con facilidad. Me siento como si volviera a tener cinco años e intentase pintar sin salirme de la raya. Es raro percibir cómo entra el polvo por las fosas nasales y ese amargor casi instantáneo que se crea en la garganta, y que forma una pasta de saliva y cocaína que me acompañará durante varios minutos. Dependiendo de la pureza, el subidón puede ser instantáneo o tardar media hora. De momento, solo necesito calmar el acíbar que se repite una y otra vez con un poco de vodka.

La espera hasta que la droga haga efecto es digna de estudio. Están aquellos vírgenes que preguntan cada cinco segundos si alguien nota algo y qué es lo que deben sentir. Puedes ver en sus pupilas el terror, que se sustituirá por una dilatación exagerada. Los hay que se incomodan un poco hasta que sienten los primeros efectos de la sustancia. Esperan pacientes en el sofá con un aura de «a ver si esto empieza de una vez, que me aburro» bastante evidente. Existe otro grupo que decide preparar todo el set para obtener un viaje dimensional de lo más completo. Aquí entra Annika, quien prepara su *playlist* en Spotify en función de su inminente subidón. En mi caso, suelo ser de las que se incomodan y se quedan calladas en una esquina hasta que el chute hace que no puedan parar de bailar, reír, saltar y hablar. Esta vez no quiero estar en el sofá, por lo que decido salir a la azotea. Las ventanas están abiertas y el frescor de la madrugada es un soplo de aire fresco en verano. El cielo sigue teñido de un negro azulado y las estrellas parpadean creando un mapa del tiempo detallado. Bebo un pequeño sorbo de vodka que me obliga a cerrar con fuerza los ojos para intentar compensar el golpe en la garganta.

Me apoyo en la pequeña barandilla y observo las pocas luces del firmamento mientras escucho a unos borrachos que cantan el «Aserejé». Vivo enamorada de la ciudad que me vio nacer; es irremediable. Madrid es hogar para todas las personas, como una amiga que es mejor tener de tu lado porque como enemiga puede ser una hija de puta. Y es que es una ciudad de extremos, de «o lo tomas o lo dejas», de inmediatez, de pensamientos fugaces y de estrellas andantes. Es un sinfín de vidas que se entremezclan entre sí de la forma más surrealista y, a veces, es tan cabrona que, a pesar de la densidad de población, decide que te vas a chocar con tu ex en cada esquina («¡Vaya! ¿Qué tal estás? ¿Todo bien? Me alegra», «¡Ja, ja, ja, ja, no paramos de encontrarnos, ¿eh? Qué casualidad», «¿Otra vez? Venga ya, coño»). Aun con todo, Madrid tiene sus encantos. La luz que se cuela entre los edificios y tiñen de amarillo aquellas fachadas —fachadas, vuelve a leer. Sé que pensabas en «fachas», sí, de eso Madrid también está lleno— blancas de Malasaña. Una luminosidad adictiva que intentas descifrar, pero no consigues encontrar el secreto de su armonía. Madrid es esa ciudad en la que sales una noche y no sabes dónde acabarás o con quién, porque, si te dejas llevar, Madrid es un portal multidimensional. Y eso la hace mágica, ¿sabes?, ya que te hace sentir que estás viva de verdad y que, a veces, la existencia merece la pena. Como esta noche.

—Qué sola estás —oigo tras de mí. Me vuelvo, es Agustín. Respiro aliviada; no me apetecía hablar de política con Rodrigo porque me darían ganas de saltar al vacío.

—¿Sola? No, estás tú aquí. —Es la segunda vez que utilizo este truco y creo que lo estoy quemando demasiado rápido. Por lo pronto, parece que surge efecto porque él se ríe a carcajadas, quizá exageradas.

—Es cierto. Oye, qué sorpresa conocerte esta noche.

—¿A mí? ¿Por qué? —Contengo el parpadeo, pero se escapan un par.

—Me pareces una mujer muy interesante, pero ante todo misteriosa. Además de sumamente atractiva, a la vista está.

—Gracias, bueno, tú tampoco estás nada mal. —Nos reímos.

—¿Qué tal está el vodka?

Vale, aquí tengo que mentir.

—Entra solo, ¿lo quieres probar?

—No, no, yo voy a base de ron. No quiero mezclar —dice el tipo que parece preocuparse por su salud después de haberse metido una loncha.

—¿Tienes pareja? —pregunto sin dilaciones, sin gilipolleces.

—¿De dónde surge ese interés? —Claramente de mi coño, pero vamos a por la segunda mentira.

—Me apetece conocer con quién hablo.

—Ya, pero podrías haber preguntado otra cosa, ¿no? Si tengo algún hobby, mi animal favorito, dónde trabajo...

—¿Qué tenemos, ocho años?

—Ja, ja, ja, tienes razón. No, Electra, no tengo pareja, ¿y tú?

¿Y yo? Aquí no hace falta documentarse demasiado, mi soledad traspasa hasta los personajes ficcionados.

—Tampoco, estoy soltera. —Lanzo una mirada furtiva, la recibe con amabilidad. En ese momento, siento un cosquilleo por el cuerpo, un corazón que acelera el paso y un bienestar muy puro y especial. Annika está bailando con una música muy erótica e intento centrarme en mi personaje y no salirme del papel. Resulta un reto.

—¿Te acabas el vodka y vamos a bailar?

—Hecho.

Sabía que a un cuarentón en camisa hawaiana le iba a gustar eso del bailoteo, pero nunca imaginé que tanto. Sus movimientos son de catálogo: el aspavientos, el pollo sin cabeza, la inmersión sin agua, el corre-corre que te pillo, el aniquilador de cabezas, el pizzero italiano de pura cepa, el bumerán o el famoso «honrando al cielo para que se lleve este tormento». Intenta hacerme un hueco entre su «pim, pam», pero se da cuenta de que debe elegir entre ligar conmigo o mover el esqueleto a su libre albedrío. De momento, se queda con lo segundo, disfrutando del subidón de cocaína al completo. Rodrigo y otra chica están en el sofá charlando sin tregua sobre el cambio climático y las conspiraciones que hay detrás. Él ya está pintando varias rayas cuando no hace ni veinte minutos que nos hemos metido la primera. La velocidad, a veces tan frenética de las fiestas con cocaína, se suele instaurar durante las lonchas iniciales. Y aquí parece que no pierden el tiempo.

—¿Alguien quiere? —pregunta Rodrigo de nuevo. Todos se apuntan, por supuesto, y yo me meto el perico mezclado con los mocos del grupo. Un gustazo, vaya.

La música transita por el R&B y evoluciona favorablemente hacia la electrónica, algo que me apetece mucho escuchar en este momento. Bailo a mi antojo, alzando los brazos al techo, dejando que fluya mi cuerpo de la forma más erótica posible. Me siento tremendamente sexy enfundada en este vestido. Annika se acerca y pega su cuerpo al mío, mientras que Agustín me quita la copa de la mano para rellenarla de ese líquido transparente que parece agua y que no veas cómo calienta. Siento la excitación de inmediato y la sonrisa no se despega de mi cara. Todo se expande, todo se dilata, todo está de puta madre. El cuerpo de Annika es fuerte, pero en tamaño «para llevar». No mide más de metro sesenta y tampoco le acompleja demasiado —o eso intuyo debido a sus zapatillas deportivas sin plataforma—. Ella se acopla a mi ritmo y ondula conmigo a través de una melodía con tintes árabes y un *beat* grave y preciso. No sé qué significa todo esto, pero me dejo llevar. Veo a Joselito, que baja las luces del salón y crea un ambiente tenue y cálido. Mis pupilas se dilatan más para enfocar la cara de falsa inocente que adquiere Annika. En breve, Agustín se une al improvisado dúo y nos fusionamos con la música. La sonrisa de este hombre y la mirada de ella son algo adictivo. Quiero indagar más, ver hasta dónde puedo llegar siendo Electra.

—¿Nos hacemos otra? —pregunto. Rodrigo se vuelve y me sonríe; hay una exaltación grupal positiva. Les caigo bien, me han aceptado: soy igual de drogadicta que ellos.

—Eres de las mías —grita Annika, y estallamos en una risa con diferentes finalidades.

Rodrigo vuelve a centrarse en sus obras de arte contemporáneo momentáneas, que traza con amor y delicadeza sobre la mesa de cristal con la tarjeta del metro. Yo bebo vodka sin medida y atisbo otra vez a ese compañero que hace un rato había visto en la cocina. Me fijo bien y, efectivamente, es atractivo. Le sonrío, me devuelve la sonrisa. Hago un pequeño gesto de «ven, únete a esta fiesta», y se acerca de forma inmediata.

—Te he visto tan solo..., no he podido evitarlo —añado.

—Ah, tranquila, estaba admirando cómo bailáis. —Quien dice «admirar» dice «añadir a mi pajoteca mental esta imagen para pelármela mañana».

—¿Y bailamos bien? —prosigo con mi ritual de seducción.

—Demasiado. —Se lame los labios y me da un poco de repelús, pero a estas alturas de la noche, y con la cantidad de aditivos que llevo en el cuerpo, lo interpreto como un gesto de empotramiento silencioso.

Agustín baila con Annika, que no para de frotar la entrepierna de forma descarada contra su paquete. Él deja la cabeza muerta al ritmo de pim, pam y el pelo se une a ese minucioso y tácito movimiento. Esa melena ondulada que siempre está en medio, pero nadie la aparta ni le dice nada.

—Oye, no nos hemos presentado. ¿Qué tal? Soy Carlos —me dice el otro chico, el atractivo.

—Un placer; soy Electra.

—Electra, qué nombre tan curioso. ¿De dónde eres?

—Soy rusa.

—Ah, claro, ahora lo entiendo todo.

Nunca me han gustado los tipos rubios y altos, pasan totalmente desapercibidos para mis córneas, como si no existieran en este plano y los hubiese engullido el mundo. Son invisibles, por eso me sorprende que tenga ojos para él. Lleva una camisa ajustada que sobresale por encima del tejano oscuro y lleno de manchas. No tiene los dientes bonitos, eso es lo primero que impacta, pero si mantiene la boca cerrada está tremendo. Deduzco que, además, muy inteligente no parece por la forma en la que interactúa con la gente: que si un «ejque» por aquí, un «uala, tío, cómo mola» por allá. El acento madrileño lo lleva pegado al paladar, lo que todavía lo hace más garrulo —si cabe—. Su pelo corto y dorado esconde algunas canas que evidencian la edad. Tiene una perilla sutil pero mal cortada y unos ojos azules eclipsados del todo por sus pupilas dilatadas. Lo que más me sorprende es la nariz; no sé si es su forma natural o que lleva muchas rayas y la cosa pesa, pero está ligeramente curvada hacia la derecha —su derecha—. Es prominente, se ve a primera vista, pero resulta atractiva. Me gustan los hombres con rasgos característicos, con algo nuevo que sobresale de lo establecido. Es delgado, no tiene un cuerpo fibrado y me apuesto lo que sea a que las tetillas le cuelgan un poco, creando así una cara triste y desanimada.

—Menuda raya, ja, ja, ja. —Cuando este chico se ríe, y a diferencia de Agustín, no le cambia nada la cara, más bien todo lo contrario.

—¡Venga! Cuando queráis, aquí las tenéis —dice Rodrigo, que acto seguido deja su obra expuesta y sigue de charloteo con la otra muchacha. A todo esto, Joselito se intenta acoplar a la conversación, al baileteo de Agustín y Annika o al tonteo entre Carlos y yo; pero no encuentra su lugar, y eso que está en su casa. Manda huevos.

Me acerco a la mesa, me arrodillo y saco un poco de culo. Limpio el turulo y lanzo una mirada a Agustín, a quien pillo observando mi trasero bajo el vestido rojo de satén. Veo que se fija con detenimiento, ¿se habrá dado cuenta de que no llevo bragas? Ojalá sí, por lo de provocar y eso. La misma mierda me amarga la garganta, el mismo espesor que me cuesta tragar y los mocos que se acumulan en las fosas nasales y me dificultan la respiración. Sin embargo, me siento más viva que nunca, con tanta libertad y, sinceramente, con muchas ganas de follar. A quién, ya es otro tema. El vodka me sabe a enjuague bucal y aprovecho para rematar las pocas papilas gustativas que quedan despiertas. El chico rubio se hace su loncha y vuelve a su lugar.

—Por cierto, ¿cómo te llamas tú? Ni tan siquiera lo he preguntado —cuestiono.

—Eso es que no te intereso —me suelta mientras pone cara de gilipollas profundo; saca los labios a modo de morritos y abre los ojos como si fuese un perro pidiendo un hueso. ¿En serio alguien piensa que esto es atractivo?

—¿He dicho eso? —Hago como si nada.

—No, pero creo recordar que ya te he dicho mi nombre. Soy Carlos.

—Mierda, es verdad. Perdona, estoy fatal. El vodka.

—Será eso. O sea, que te intereso —me dice, tal vez demasiado cerca, pero, bueno, qué más da.

No contesto, simplemente bailo y disfruto del subidón, esta vez más liviano y contenido. Me acabo el vodka y me preparo otro, sin hielo porque no lo encuentro. Agustín y Annika me cogen y me invitan a su pequeño círculo de intimidad y frotamientos. Me pongo en medio, pego mi culo contra su paquete y rozo mis pezones —porque tetas, lo que se dicen tetas, no tengo— con los de Annika. Ella se retira el pelo castaño con un golpe de cabeza y me atraviesa con una mirada furtiva de cazadora embriagada que intenta calcular el tiro. Me pongo nerviosa, aguanto el pestañeo porque es la primera vez que estoy guarreando con una tía y eso me inquieta. Vale, sí, en el instituto me di unos besos con las amigas, pero en plan broma, de esas bromas que al final te hacen bisexual. En mi caso nunca he sentido un deseo fehaciente hacia una mujer, pero con Annika es diferente, porque no soy Ruth, soy Electra, y a Electra le gusta todo.

—Me estás poniendo un poco cachonda, Electra —me susurra Annika. Yo la miro como si quisiera empotrarla contra la pared e intentara adivinar qué adjetivo puede describir mejor el sabor de su coño, descifrando al detalle la anatomía de su sexo. Ella pone las manos en mi cintura y las sube suavemente por mis —inexistentes— tetas. Oigo tras de mí el jadeo de Agustín, que ya está empalmado.

—Tú a mí también —comento mientras me acerco más a Annika.

Elevo la mirada y, a lo lejos, en el mismo lugar, Carlos nos observa con una mano metida en el bolsillo del pantalón; deduzco que acaricia la puntita de su dura y gruesa obviedad. No aparto los ojos de los suyos, y dejo que se ahoguen en una cara que cada vez se deforma más y más. A pesar de sentir los labios suaves y finos de Annika que se topan con los míos y que buscan aliviar la sequedad, yo sigo crucificando a ese hombre que no puede parar de babear. Agustín pierde el ritmo de la música y lo sintoniza con la antena de su polla, realizando unos vaivenes con la cadera a modo de empotramiento atropellado por sus tejanos. Esos empujones me desequilibran y caigo más sobre Annika, con quien choco los dientes sin querer. A falta de molestarse, se ríe.

—¿Nos vamos a la habitación? —propongo.

Ella me mira traviesa, como si le sorprendiera una pregunta que era evidente. Asiente con una sonrisa y cojo su mano pequeña y delgada, con unas uñas a lo Freddy Krueger que podrían desgarrarme la vagina en mil pedazos.

—Rodrigo, ¿dónde hay una habitación? —pregunto.

Este se vuelve y me observa, como si lo hubiera pillado por sorpresa ser el centro de maniobras de la noche. Joselito se levanta de un salto y se adentra por un pasillo que conduce a varias habitaciones, entre ellas la de invitados. Enciende la luz y nos mira, esperando cumplir su mayor fantasía sexual.

—Gracias, querido —digo mientras me adentro con Annika y le doy la espalda. Él capta la indirecta y se va refunfuñando para sus adentros.

Necesito ir al baño, así que dejo a Annika tumbada en la cama y me disculpo.

—Vuelvo muy rápido, espérame.

—Aquí estoy para ti.

Corro hacia el lavado, meo lo más fugaz posible, aprieto el suelo pélvico e intento que no se me escape ningún pedo. Me limpio de forma minuciosa con la total intención de que me coman el coño y me retoco el maquillaje. Espero que no sea lo único que se corra esta noche. Entro en la habitación, parece que tenemos invitados. Esto se pone interesante.

# X

## Entrelazando cuerpos

La primera vez que entrelacé mi cuerpo con el de otra persona fue a los catorce años. Era agosto y hacía mucho calor en la sierra de Madrid. Allí me encontraba yo, con gafas, el pelo rizado salvaje, mi delgadez nada erótica y unos pantalones cortos que enseñaban mis rodillas huesudas. Nunca fui la atractiva de la clase y mucho menos del campamento de verano. Siempre estaba Rocío, que tenía las tetas enormes; o María, a la que votaron como el mejor culo por tercer año consecutivo. Eso hacían los chicos para elevar o reventar nuestra autoestima, porque por aquel entonces nuestra estima dependía de una clasificación estúpida, sí, pero cómo dolía cuando estabas al final, joder. Y yo encabezaba la lista... en los últimos puestos.

Nunca me consideré una chica digna de cualquier paja, y mira que los chavales no necesitaban una gran excusa para hacerse una —o dos, o tres—. A pesar de mi historial, fui de las primeras en entrelazar mi cuerpo con otro. Ahí estaba él, Roberto, un chico muy guapo de ojos verdes, pelo castaño y rizado. Amigos de toda la vida. Su madre, divorciada, lo dejaba en mi casa cuando tenía alguna cita, nos pegábamos los mocos en las rodillas y solíamos jugar a ver cuánto aguantaba la saliva hasta tocar la boca del otro. Escatológicas, así son las grandes amistades en la infancia.

Roberto creció y encabezó la lista de las primeras fantasías eróticas de las adolescentes, y yo, sin embargo, ni siquiera aparecía en el pensamiento furtivo del más feo del campamento. Pero Roberto estaba pendiente de mí y me abrazaba cuando sabía que estaba jodida o nos soltábamos collejas en señal de amistad. Todo era liviano hasta ese verano, cuando una noche, después de la hoguera, me dijo si quería pasear con él. Y ahí estaba yo, metiéndome entre la maleza, adentrándome en el bosque con mi amigo de la infancia, sin intención de nada más que de tirarnos algún pedo, hacer guerras de eructos y ver la luna llena mientras conspirábamos sobre alienígenas. A mis catorce años seguía haciendo esas cosas cuando otras se maquillaban, se ponían sujetadores *push-up* y enseñaban el tanga bajo el pantalón. Esas se posicionaban siempre en los primeros puestos de la lista, obviamente.

Esa noche fue distinta; Roberto ya no miraba la luna, sino a mí. Y yo, inocente, pensé que me había pegado un moco en la cara, así que me reí. Él se quedó con una cara de bobo que jamás le había visto. Se acercó y cerré los ojos, preparada para el impacto de su lengua contra mi cara, conocido como «el beso de la vaca». Pero no, el beso fue en mis labios, fugaz, rápido y seco. Muac. Me quedé ahí, con los ojos abiertos sin saber cómo encajar eso porque era la primera vez que Roberto me sacaba de mis expectativas. Ni aquella vez que me hizo comer su pedo. Ni la otra que me enseñó la enorme mierda que embozaría minutos más tarde el váter. Ni cuando me metía el dedo lleno de babas en mi oreja. No, ninguna de esas bromas me sorprendió porque era parte de lo nuestro. Pero aquel beso, ¿qué cojones? Se me tensaron los párpados y las córneas me sobresalían del hueco. Él simplemente me miró con esa puta sonrisa de primero de la lista, tan perfecta, tan blanca y sin *brackets*.

Para que te hagas una idea, no llevar aparato dental a los catorce años era como no tener alopecia a los treinta y pico: una posibilidad entre un millón. Roberto era ese uno y me besaba a mí, que estaba en el millón.

«Me gustas, Ruth». A mí me dio un vuelco el corazón; me empezó a latir tan rápido que dudé de si estaba ante los últimos minutos de mi vida y me dio cierta tristeza saber que no podría comprobar si la cosa —mi cuerpo, mi físico— mejoraría con la edad. Antes de que le diese una respuesta a esa pregunta que ni formuló, me volvió a besar. Y ahí sí, noté su lengua que recorría mi boca y fue instantáneo: mi coño se mojó. Sentí la típica sensación de orinar que notaba cuando veía escenas tórridas en las películas. Él me acarició cada rincón, y estuvimos un buen rato dale que te pego con la lengua. Me desabrochó los pantalones y metió la mano en mi entrepierna. Me acarició con sorprendente suavidad para la ignorancia que cargan a sus espaldas los chavales de su edad —en adelante—. Me excité tanto que me corrí. Esa noche fue la primera vez que vi una polla, y me dio un poco de asco. Parecía un gusano gordo y cíclope que me miraba con una lagrimita espesa y pegajosa asomando. Mi ignorancia de manual hizo que casi le amputara el prepucio. Yo no había adquirido el don de la sexualidad, algo que Roberto entendió, así que me enseñó con paciencia y morbo. Se corrió en el campo y observé ese líquido blanquecino, el moco blanco que había salido del estornudo de un gusano cíclope que, segundos más tarde, perdió presencia y fortaleza.

Después de aquella noche, Roberto y yo nos separábamos del grupo y nos metíamos en el bosque. Nos tocábamos, nos rozábamos, nos corríamos sin medida. Cada noche, un orgasmo. Como podrás imaginar, fue el puto mejor verano de mi vida hasta el momento, claro. Una noche, Roberto sacó la lengua y me comió el coño, algo que había visto en esas películas de VHS que Juanito le robaba a su padre para hacerse una paja grupal con los amigos. Las prácticas homoeróticas de los adolescentes son algo que siempre me causó interés, especialmente por la incipiente homofobia que se derivaba después. A ver, amigo, te has hecho varias pajas con tus colegas a un lado y luego desarrollas una fobia irracional a las pollas ajenas, ¿en qué quedamos?

Notar la lengua húmeda y caliente de Roberto fue algo inefable. Me corrí más rápido que nunca, en tres segundos. Me puso tan cachonda que el resto del verano lo tuve entre mis piernas, comiendo postre todas las noches. Yo también le comí la polla, por supuesto, pero me costaba un poco más porque se me clavaban los *brackets* en los labios y me dolía. Él jamás se quejó, al contrario. Cuando llegó el último día, decidimos que nos íbamos a regalar la poca virginidad que nos quedaba. No sé de qué manera consiguió un condón, pero ahí estábamos intentando descifrar cómo cojones se ponía eso. Lo bueno de follar siendo adolescente es que las pollas raras veces se bajan, al revés, te planteas seriamente si eso puede explotar en cualquier momento. La penetración no me gustó tanto, ¿ves? Pensé que era el sumun de la escala sexual, el santo grial del placer. Pero no, era más bien una puta mierda. Me dolió, era incómodo, no sabía cómo ponerme. Al final, a Roberto la eyaculación precoz, propia de los adolescentes, le hizo correrse muy rápido, algo que agradecí. Me prometí que no lo repetiría nunca más. Ja, qué inocente ella.

Siempre se recuerdan las primeras veces o, al menos, les damos el peso suficiente en nuestra vida como para que sean inolvidables. La primera vez que ves una polla, que te comen el coño, que te rompen el corazón, que te enamoras con locura o cuando entiendes lo que es realmente el amor.

Ahora me encuentro ante varias primeras veces a punto de encabezar mi lista: la primera vez que voy a follar con una tía y la primera vez que voy a follar en grupo. Chincha rabincha, mirad lo que hace la fea del campamento, cabrones.

Cuando abro la puerta de la habitación, Annika me sonríe con picaresca, con ese «ups, he sido una chica mala y he sumado dos personas más a nuestra ecuación». Carlos y Agustín están incómodos, lo percibo. Uno está sentado al borde de la cama y el otro, de pie, con el cubata en la mano. Estoy segura de que han entrado con bravura y fuerza, abriendo la puerta de par en par al grito de: «¡Nenas, no os preocupéis! Aquí tenéis vuestras pollas imprescindibles y necesarias para vuestro placer». Seguro que esperaban vernos a Annika y a mí enrolladas, haciendo las tijeritas y gimiendo como locas, aunque nuestros coños ni se rozasen, como en las películas porno de los noventa. Entonces nos perforarían uno a cada una; y pum, pum, y pam, pam, «oh, sí, oh», plash, flush, fundido a negro.

La realidad fue muy distinta, o así me la imagino. Annika miraba al techo mientras yo vaciaba mi vejiga. Ellos tocaron a la puerta, la abrieron despacio y asomaron su patita falocentrista. Ella les dijo que yo estaba en el baño y justo en ese momento salí. Se acababan de incorporar al cuarto sin invitación alguna, pero qué más da, vamos bastante ciegos y todo puede pasar. En otras circunstancias, como Ruth, los hubiese enviado a la mierda. Pero siendo Electra no, porque a Electra le gusta exhibirse, empalmar y que la miren.

—Vaya, tenemos invitados —digo.

—Eso parece. —Annika sonríe.

Me bebo el vodka que había dejado apoyado en la mesita de noche e intento no cagarme encima por los nervios. Soy buena actriz, aunque no me contraten, por lo que nadie percibe nada. Al contrario, parece que soy la directora de este improvisado encuentro sexual. Asumo mi papel, me levanto el vestido rojo de satén y, ahora sí, todos se dan cuenta de que no llevo ropa interior. Me pongo encima de Annika, que me agarra el culo y se muerde el labio. Empezamos a liarnos con mucha lengua y poca atención. Estamos más pendientes de que el numerito quede porno que de escucharnos. Eso nos crea cierto morbo y me acaba excitando sobremanera, con el añadido de que clavo los ojos en los de Carlos. Está de pie en la esquina de la habitación y observa cada detalle con la mano metida en el bolsillo. Le quito la blusa a Annika y el sujetador. Sus maravillosas tetas salen a la luz y me planteo por un momento cómo es posible que Dios les ponga tanto empeño a algunas personas y, sin embargo, a otras nos deje a medio hacer. Ella me quita el vestido y me quedo desnuda, expuesta y a la vista de todos. Mi cuerpo esquelético, que tantas veces me ha acomplejado, mis tetas inexistentes, mi culo huesudo, mis clavículas bien marcadas... Todo lo que un día me hacía apagar la luz, hoy lo expongo con extra de brillo e iluminación. Es el primer cuerpo que se presta a romper y deshacer el hielo.

A diferencia de lo que creemos, que no pondremos cachondos a nadie porque mira esto y mira lo otro, la excitación siempre encuentra salida, y en esta ocasión pega un portazo sin decir adiós. Carlos mueve la mano para acariciarse la polla a través del bolsillo. Annika me lame los pezones y frota sus tetas por mi abdomen. Noto la polla de Agustín empalmada contra mi espalda. Está bien eso de ser el centro de atención. Elevo la cabeza y Agustín me coge del cuello y me besa con una lengua húmeda, muy suave, sin prisa. La inminente tortícolis me hace cambiar de postura y obligo a Agustín a sentarse en la cama, al lado de Annika. Él se besa con ella, después conmigo y después con ella y así en una ruleta —rusa, je, je— de sexo y descontrol. Carlos sigue experimentando su lado más *voyeur* y nos observa desde el mismo lugar. Yo no aparto los ojos de los suyos ni un solo momento. Le atravieso el alma con un simple pestañeo, hago irresistible la inminente bajada de pantalones y la consiguiente sacada de polla. Se toca lentamente, entrecierra los ojos debido al placer y a la excitación. Eso me moja muchísimo y lleno los tejanos de Annika de fluidos. La empujo contra la cama y seguimos con nuestros besos; dejo el culo expuesto y mi coño muy abierto. Agustín le quita los pantalones y nos come el coño a la vez. Jadeo, un poco exagerado para el estímulo que recibo —un poco de lengua y así de pasada—, pero eso atrae a Carlos, que me pone la polla tan cerca que me deja bizca. Abro la boca y se la como, la saboreo, me deleito con ella. Por un momento pienso en las vistas de Annika, un poco de huevo colgandero y ojete encubierto, pero a estas alturas da igual la estética, estamos tan cachondas que solo queremos entrelazar nuestros cuerpos.

Pego mi coño al abdomen de Annika y nos seguimos besando mientras Carlos y Agustín se masturban a nuestro alrededor. Me exhibo sin temor al juicio, dejo este cuerpo en manos del resto, que lo tocan, lo honran, lo consumen sin miramiento. Oigo los gemidos suaves y dulces de Annika, que contrastan con aquellos sonidos articulatorios que nacen de la garganta de Carlos. Noto que la polla de Agustín hace el intento de penetrarme, algo que paro en seco.

—Ni de coña, ponte un condón.

—¿Tienes?

—Yo sí —dice Carlos. Recurre de nuevo a su pantalón, que está tirado en el suelo, y saca unos condones.

—¿No tenéis más? —pregunto.

—No —responden.

—Espera, le pregunto a Joselito. —Agustín entreabre la puerta y grita. Joselito se queda con ganas de ver el panorama y de participar, pero el pobre no solo pone la casa y la pasta, sino que también nos da una caja de condones—. ¡Gracias, tío!

A todo esto, la escena se queda en suspenso por el recuento de inventario, algo que me recuerda a cuando estás viendo un vídeo en YouTube y te saltan los puñeteros anuncios que no puedes quitar y te los tienes que tragar. Mira, igual que la polla de Carlos.

Agustín coge un preservativo, se masturba un poco para no perder la erección y me penetra con delicadeza. Los primeros segundos en los que sientes una polla entrar en tu interior son un poco tensos, a pesar de ir cachonda. Es ese momento en el que notas a alguien introduciéndose en ti y no sabes si estás abierta o todavía te queda, si te falta lubricación o tienes que dilatar más porque menuda manguera. Pero con Agustín todo es fácil: estoy cachonda, lubricada y su polla entra con facilidad. No es pequeña, pero tampoco destaca entre las demás. Mueve las caderas y me empuja, haciendo que me trague todavía más la polla de Carlos, que me sigue poniendo bizca. Annika frota su coño contra mi pierna y, por un momento, me siento venerada por estos seres que encuentran en mí un lugar donde morir.

Carlos coge un condón y se lo pone. Yo me tumbo en la cama y sigo follando con Agustín. Me embiste sin medida y con fuerza contra el colchón de muelles, que no para de rebotar con la penetración. Annika salta sobre la polla de Carlos como si estuviera poseída y sus tetas acompañan el movimiento con unos ligeros latigazos al chocar contra la piel. Yo evito estar demasiado pegada a la cama para controlar que la peluca siga en su sitio. Desvío cualquier intento de cogerme del pelo y de empotrarme contra el colchón barato de Joselito. Agustín no tarda mucho en susurrarme al oído que va a correrse y detiene el movimiento, aunque es demasiado tarde: va directo al precipicio del placer, la corrida es incontrolable. Se deleita unos segundos en mi interior y le quito la polla para poner mi coño encima de la cara de Annika. No duda en lamerme mientras me enrollo con Carlos, que sigue con su mete-saca. Las gotas de sudor se palpan en nuestros cuerpos y me resbalan cuando intento apoyarme en el pecho fuerte y depilado de Carlos. Annika me come el coño como lo hacía Roberto en su día y mi excitación es tan inmensa que no la puedo contener. Miro a Carlos, que frunce el ceño por el placer al mismo tiempo que ella aumenta los movimientos circulares en su clítoris. Somos tres almas a punto de fusionarnos con la fugaz luz en un acto disimulado de volver a los orígenes de nuestra existencia por la vía más placentera.

El primero en despegar es Carlos. Jadea y respira de forma intensa y algo desacompasada mientras sus ojos me miran en busca de una explicación a lo que siente. En ellos puedo encontrar la misma pregunta, el mismo abismo, la misma sensación. Y de ese modo, mirándonos a los ojos, nos corremos mientras escuchamos el gemido ahogado de Annika, que no para de lamer y lamer, y de recibir y recibir. Salgo de su cara, me tumbo en la cama y pienso en qué cojones acaba de suceder. Carlos se quita el condón, lo anuda y lo tira a un lado. Annika se ríe como una loca y nos contagia a todos. Entonces, Agustín trae unas rayas de cocaína bien perfiladas en un CD de vete tú a saber quién y el turulo en la otra mano. Soltamos una carcajada y celebramos nuestra adicción a golpe de nariz y palmaditas en la espalda. Tengo el cuerpo sudado, lleno de marcas, y el maquillaje corrido. Algo que jamás pensé que experimentaría, algo con lo que ni tan siquiera fantaseé porque no sabía ni que existía. Y lo acabo de experimentar en mi propia piel, habitando un cuerpo del que no sé si sabré despedirme.

Y ahora qué.

# XI

## Y ahora qué

Desde la azotea de Joselito puedo ver el amanecer. Aunque sea pleno verano, por las noches siempre refresca, así que me envuelvo en una manta que he cogido de camino a nuestro pequeño e iniciático ritual de todo buen farlopero: maravillarnos con la salida del sol. Annika se acurruca conmigo y la llevo como si fuese un pequeño pollito que se cobija bajo mi ala. Agustín, Carlos, Rodrigo y Joselito van detrás de nosotras y los oigo comentar la locura que hemos provocado. La otra chica se ha quedado dormida en el sofá, pese a la cantidad de polvos que se ha metido por la nariz. Yo me temo que comeré techo todo el día, pero me da igual, esa es una preocupación de Ruth y aquí no queda nada de ella. Solo queda vida, un fuerte olor residual a sexo, marcas que han decidido instalarse en mi cuello, un maquillaje inspirado en un mapache y la nariz colapsada de tanto esnifar. Te juro que jamás me había sentido tan viva, tan presente, tan feliz.

El sol se filtra por las fachadas blancas que reinan en Malasaña y el horizonte se tiñe de pequeñas tejas anaranjadas y antenas a cada cual más elevada. El resplandor nos quema las retinas y desviamos la mirada para no acabar leyendo en braille. Annika me sonríe y me abraza. Yo estoy tan de puta madre que retraso el momento de irme, de volver a casa, de encontrarme con esa realidad que tanto pesa, que tanto abrasa. Mi vestido rojo tiene una mancha enorme del cubata que, sin querer, me ha tirado Rodrigo, y tengo las piernas congeladas. Me abrigo bien con la manta y vuelvo a alzar la mirada para aguantar el desafío al astro, que nos avisa de que, a partir de este momento, queda inaugurado el mañaneo.

Los chicos se cansan rápido y vuelven al ático de Joselito para seguir pintando rayas, algo que Annika no se quiere perder.

—¿Vienes?

—Sí, sí, ahora voy. Un segundo.

Quedarme sola en otro cuerpo es algo interesante porque el límite entre la realidad y la ficción siguen borrosos, incluso para mí. Dónde empieza una y acaba la otra. Quién soy cuando no estoy. Qué ha sucedido hoy. He soñado tanto con este momento... Con un borrón y cuenta nueva, con volver a reencarnar en otro cuerpo, con volver a empezar, con apretar el *reset* y..., venga, a rezar para no cagarla esta vez. Se podría decir que he encontrado la fórmula perfecta, y, sin embargo, no sé qué hacer. Ni a dónde ir. Ni qué pensar. Ni siquiera quién hay aquí.

Bajo al piso de Joselito sin darle demasiadas vueltas a la cabeza. Me meto un par de rayas más, bebo agua y bailo descalza aquellas canciones del *Caribe Mix* que todos sabemos. Cuando el sol llega a su máxima verticalidad, decido que debo irme a casa. Annika duerme en el sofá, su amiga se ha marchado, Rodrigo tiene la nariz blanca y los ojos totalmente idos, y Agustín me sonríe mientras come algo de la nevera. Del resto ni me despido.

—Ha sido una gran noche —comento.

—Sin duda, tenemos que repetir —añade Agustín mientras come un trozo de pizza reseca. ¿Repetir? ¿Eso es una opción factible?—. Dame tu número de teléfono y así seguimos en contacto.

—Claro, apunta. —Agustín saca el móvil del pantalón y me guarda en contactos con el nombre de Electra, algo que me impacta, aunque no entiendo muy bien por qué. Supongo que ver mi número escrito con otro nombre es una curiosa forma de autosuplantarme la identidad.

—Te llamo cuando volvamos a salir. Hay una fiestecita la semana que viene en un local interesante, aunque no sé si te gustará ese tipo de ambientes.

—¿Qué tipo?

—Digamos que es subir un nivel lo que ha sucedido esta noche. —¿Existe un nivel más?

—Menos mal, se me ha hecho corto lo de esta noche.

«Ahora que vamos despacio, ahora que vamos despacio, vamos a contar mentiras tralará, vamos aaa contaaar mentiras».

—Sabía que eras de las mías desde que te vi en el Comercial, Electra. Qué gusto conocerte. Te escribo la semana que viene y te mando la invitación. Es confidencial, ¿de acuerdo?

—Perfecto. —Nos despedimos con un beso que sabe a orégano y cojo mis zapatos de la puerta. Intento ponérmelos en el ascensor, pero el dolor es insoportable, así que decido llevarlos en la mano, parar un taxi y volver a casa.

Son las dos de la tarde y hace mucho calor. Mis ojos son dos manchurrones redondos y negros, y el carmín no resistió al final. La piel me apesta a fluidos y a saliva, tengo el cuero cabelludo irritado por la peluca, el vestido manchado de ron y la nariz taponada. Pago el taxi y subo a casa; rezo para no encontrarme con ningún vecino. Cierro la puerta y lo primero que hago es quitarme la melena pelirroja y dejar que mi verdadero yo vuelva a mi cuerpo. Me lleno la bañera de agua y, sin desmaquillarme, me meto.

Siempre me llamó la atención cómo se generan las adicciones a las cosas. A mi padre le encantaba el juego y crecí con gritos y secretos, con periodos de abundancia y de pobreza. El chinchín de las máquinas era lo que más le gustaba, incluso más que su vida. Cuando volvía del colegio lo veía en el bar, a lo lejos. Es la estampa más vívida que tengo de mi padre: frente a una máquina epiléptica llena de dibujitos simpáticos y ruiditos inocentes que le arrancaban cualquier intención de esfumarse de allí. Recuerdo que no desviaba la mirada ni despegaba la mano del botón. Se fumaba un cigarrillo y metía otra moneda y otra y otra. Si ganaba dinero, ese día estaba feliz. Si, por el contrario, perdía, me encerraba en la habitación con los oídos tapados con tal de no escuchar la explícita discusión. Mi hermana me leía un cuento o me acariciaba la cabeza, y esos fueron los pocos instantes en los que agradecí tenerla.

Con el paso de los años, mi padre se olvidó de su hogar y lo sustituyó por columnas que rotaban, luces estroboscópicas y botones cuadrados más seductores que esas cuatro paredes que nos contenían. Siempre con un pitillo en la boca, un olor rancio a bar, la cervecita bien fría y con la mano pegada a una máquina que vació sus bolsillos y, finalmente, su mirada. Mi madre, que es muy de las que te ayudan con todo y les ponen empeño a las cosas porque es buena persona —y de esas quedan pocas—, decidió divorciarse tras años de aguantar deudas y peleas. Por aquel entonces yo estaba a punto de vivir mi propia revolución sexual estival. Lo cierto es que creo que el sexo fue una liberación a mi sufrimiento. Tal vez por eso recurrí a él en aquel momento... ¿Quizá por eso se presenta ante mí de nuevo?

A diferencia de mi padre, no soy una persona con adicciones, salvo torturarme y flagelarme por mi desdichada existencia. Pero hoy, metida en esta bañera de agua tibia y sin una burbuja que decore la inmersión, me planteo si Electra pudiera ser como las maquinitas que hicieron que mi padre dejara de ser él. Si las luces que emanan de su rojizo cabello o la textura de su corte alisado pueden formar parte del motor que despertará mi gen adictivo. Sí, en su día leí mucho sobre este tema, cuando ya tenía conciencia y puse nombre a lo que le sucedió a mi padre. «Estudios revelan que los comportamientos adictivos pueden ser heredados». El resumen es que tengo predisposición a quedarme bien enganchadita a ciertas prácticas. Las drogas, pese haber experimentado con ellas, no lo han sido. Siempre he sabido pararlas y no han condicionado mis noches ni muchísimo menos mis días. El alcohol, bueno, ese tal vez es otro tema que analizar con detenimiento. El juego, tampoco; no puedo estar cerca de esos artilugios *tragapadres*. Pero Electra parece desencadenar una serie de acontecimientos que se acumulan en mi interior, sentimientos que no sé cómo procesar porque he perdido la voluntad. Y sin esta, la adicción tiene vía libre para acabar consumiéndome. Estoy perdida.

No sé si podré detener todo esto, porque sienta muy bien abrir otro libro y leer otra historia, joder; «siguiente película» y ver a otro protagonista. Cambiar el álbum y conocer a otro artista. Sienta bien la diversidad, el privilegio de poder escapar de una vida que depende económicamente de una herencia, destrozada en la parte emocional por un repentino cáncer familiar y evaporada del mundo laboral por la llegada de unos treinta que ya reducen tus posibilidades.

Sé que dije una y no más, pero la vida ahora mismo pesa demasiado sin un as bajo la manga, y este es el mío, la carta que salva a toda la baraja. Es la primera vez en mucho tiempo que me siento bien, que me limito a conectar con el fluir de las venas bajo la piel, ese que no fantaseo con detener. Estoy atrapada en mi propia trampa, aquella que diseñas para cazar al ratón y te acaba machacando el dedo.

Un día escuché en interpretación que cuando pruebas la heroína no hay vuelta atrás, no puedes parar porque es la mejor droga que existe. Y hoy me siento un poco así, ¿sabes? Como el yonqui que mendiga un poquito más para llenar los pulmones de vitalidad, sopesar la carga de la subsistencia y así alargar el final de partida con unos puntos suspensivos que no sabe a dónde lo van a llevar. Ayer fui feliz, no imaginas cuánto, y prefiero no pensar en la vivencia sin tener una escapatoria, porque no voy a poder aguantar demasiado, porque la sangre hierve desde este lado. La vida me coge la cabeza con ambas manos y me la sumerge en un agujero negro de tortura y dolor. ¿Acaso me merezco todo esto? ¿Acaso puedo aguantarlo?

Estoy sola, pero de verdad. No soy de ese tipo de personas que, aun rodeándose de gente, te dicen que sienten soledad. Ese es su puto problema, no el mío. Mi soledad es la verdadera, la maestra, la madre de todas las soledades. Esa que ni un alma presencia, esa que te acaricia la cara cuando vas a dormir y percibes el colchón helado con los pies, noche tras noche. Esa que te abraza cuando estás llorando, esa que te dice «Venga, una más», y abres la lata para bucear en levadura porque qué más da. Esa que entra en tu mente y te repite que nadie, jamás, te querrá. Esa soledad que cada día crece más, pesa más, se instala más.

Primero deja su cepillo de dientes en el baño. Después trae una vela con un aroma diferente. Una camiseta, el pijama, las zapatillas de estar por casa. Una maleta pequeña para el fin de semana, las cremas para la cara. La batidora para hacerse los *smoothies* de cada mañana, el detergente que le encanta, la receta que necesita de una sartén especial.

Un florero, unas sábanas, una manta. Un mueble, un cuadro, unas cortinas más altas. Un perfume, una compra, una reforma. Un armario entero, una estantería de baño, una habitación. Unos libros en el salón, una foto suya en el comedor. Una visita inesperada, la copia de las llaves de tu casa. Y sigue y sigue hasta que una noche te das cuenta y piensas en qué momento dejaste que se mudara a tu hogar. Y lo peor: ahora ya no puedes echarla. Es demasiado tarde porque lo ha hecho con sigilo, porque nunca fue algo que hayas pedido y sin embargo ahí está, poniendo sus putas zapatillas encima de tu puta mesa con su puta vela aromatizada y su puta bata de invadir tu puta casa.

No sé en qué momento cambió la jugada, pero me da tanta rabia cuando la gente dice que el sentimiento de soledad va por dentro y no tiene demasiado que ver con el contexto... Esas personas que salen llorando en TikTok con sus trastornos de occidentales malcriados y sus enfermedades mentales más de moda que nunca, esa romantización de las idas de olla y de la falta de valoración por parte de la humanidad hacia lo que tenemos y lo que no nos hace falta. La chavala que, a pesar de la cantidad de amistades que nutren su agenda, se siente sola; aquel que, a pesar de dormir cada noche acompañado, se siente solo; hasta mi hermana, con su familia perfecta, se queja de que a veces se siente sola... Mirad, idos a tomar por culo, jodidos expertos de la soledad. Me encantaría que os ahogara con su fantástica y macabra técnica de dejarte el pequeeeño hilo de oxígeno necesario para seguir con vida y volverte a castigar. Pagaría por veros solos, pero solos de verdad, no esa soledad que queda tan bien en un post de Instagram con miles de likes. Solos de no tener a nadie a quien llamar cuando tu madre tiene cáncer. Cuando no tienes planes el fin de semana porque poco a poco todos te dejaron de hablar. Tener que bajar la basura en pijama porque está a rebosar. Salir a tomar una copa y sentarte en una esquina fingiendo que esperas a alguien, aunque sea a tu gran aliada: la soledad.

Estoy cansada de ser invisible, de pasar desapercibida, de quedarme encerrada en estas cuatro paredes, de fantasear con arrancarme la vida sin dolor ni sufrimiento. Estoy cansada de no hacer nada, de simplemente llorar a las once de la mañana e intentar sonreír aunque no sienta ni un atisbo de esperanza. Estoy cansada de ser la misma que se levanta de la cama, se hace sus tostadas y se pone a surfear por internet para que pasen los días y que llegue por fin aquel que pone punto final.

Es posible que la cague, es posible que no sea buena idea, es posible que haya otra salida. Sí, soy consciente de todo esto; pero, como con las drogas, esta es la inmediata. Un pelo distinto, otra mirada. Unos tacones que te llenan de ampollas, un tiro de coca, una noche bien borracha, dos pollas penetrando tu alma y un coño que se moja con tu estampa. He pasado las mejores horas de mi vida siendo otra, y, como con la heroína, no puedo dejarla. A ella. A Electra.

En toda esta vorágine sentimental, suena mi móvil. Es raro, nadie me escribe a estas horas, salvo mi madre. Lo desbloqueo. Un número desconocido. Un mensaje de voz.

«Hola, Electra, soy Agustín. Ha sido una noche de puta madre, tía, me encantas. La semana que viene tengo una fiesta en un antro muy particular de la ciudad, es una salvajada, se llama Jazz Club, ¿lo conoces? Es rollo clandestino, yo creo que te gustará, es de un viejo conocido, Miguel. Es su cumpleaños y la quieren liar. Seguramente vayamos, ¿te apuntas? Me dices y así confirmo. Ojalá no tengas mucha resaca, yo me voy a dormir. Dime algo, preciosa. Eres la hostia».

Bloqueo el móvil, sumerjo la cabeza en el agua helada y

sucia. Mi cuerpo huele a perro mojado y me pican los ojos por la máscara de pestañas. Retengo el aliento durante mucho mucho tiempo y reclamo la presencia de la muerte, que ya empezaba a frotarse las manos. De forma violenta, saco la cabeza del agua y respiro con profundidad y cierta debilidad. Y es ahí cuando decido lo que voy a hacer.

Tal vez te preguntes «y ahora qué». Pues, la respuesta está clara: necesito comprarme el nuevo modelito que me voy a poner.

# XII

## La chica enrollada

Llamo al interfono y espero paciente en la calle. Mi cabeza va a estallar, aunque me he tomado un paracetamol. Bebo agua y me protejo de los malditos rayos de sol, que derriten mis pensamientos. Hace calor, voy en tirantes y rezo por que me aguante el desodorante; como tenga que salir por mis axilas toda la mierda que me metí anteayer, tenemos un problema olfativo.

La calle está desierta, y eso que son las diez de la mañana. Hay algún coche, alguna abuela que sale a pasear con su bolsa de la compra, algún frutero que se seca las gotas residuales que descienden por su frente. Es curioso cómo cambia Madrid cuando estás en otros barrios, cada cual con su encanto.

—Mi niña —oigo. Me vuelvo y veo a mi madre detrás de mí. Verla jodida me impacta. Hace pocos días que la vi por última vez, pero su delgadez es más palpable. Lleva su peluca nueva y se ha maquillado los ojos.

—Oye, pero qué guapa vas para ir a la quimio —la piropeo.

—Por supuesto, cariño, a ver si hay algún macizo al que me pueda ligar.

—Mal asunto si ligas en el hospital con la quimio, mamá.

—Bueno, hija, así no veré cómo se deteriora la relación

porque o estará muerto él o estaré muerta yo. O los dos, ¿te imaginas?

—¡Mamá!

No me gusta que bromee con la muerte, no sé qué hay en su interior. Me parecería lógico que sintiera miedo, dolor, incertidumbre... Pero ¿cómo puede seguir con su sentido del humor y vivir con tanta felicidad con un cáncer de páncreas que tal vez sea terminal? Y lo peor, ¿cómo puede levantarse cada mañana sabiendo que el contador ya se ha puesto en marcha y que tal vez —solo tal vez— no salga de esta?

—Vamos a desayunar, ¿no? —propone.

—Sí, mamá, vamos a pegarnos un banquete.

—Eso, eso. Yo quiero huevos revueltos con beicon.

—¿En serio?

—Ay, hija, si pudiera...

Morir es una cosa, que te priven de la vida es otra; y el cáncer te priva de mucha vida. Al final, mi madre apenas puede comer lo que se le antoje, porque al cabo de unos minutos estaría vomitando en el baño. El dolor de estómago va a más y tiene que compensarlo con calmantes que lo dejan todavía más irritado. Todo lo que come son cremas de verduras, infusiones y algo de pescado cocido. Pero ella está feliz fantaseando con sus huevos revueltos con beicon. No culpa a nadie; ni a Dios, ni a la vida, ni a la genética, ni a sí misma. Simplemente lo acepta, que ya es. Podría haber sido diferente, por supuesto, pero también podría haber sido peor. Ella intenta encontrar color dentro de toda esta oscuridad y, para mi sorpresa, parece que lo consigue. Qué lección de vida.

Llegamos a la cafetería de nuestros desayunos y me pido una infusión, como mi madre.

—¿Estás mala? —me mira con sorpresa.

—¿Por?

—No sé, nunca te pides una infusión. Normalmente le das al café.

—Me apetecía una infusión, ¿no me la puedo pedir?

—Claro, hija, solo digo que con esos ojos que me llevas y la infusión... Me he preocupado.

—Estoy de resaca, mamá.

—Aaah, ahora lo entiendo todo. ¿Ayer saliste?

—Anteayer.

—¡¿Anteayer?! ¿Y todavía te dura? Tuvo que ser una buena fiesta.

—Lo fue, sí.

—¿Con quién saliste? —Mi madre se sienta a una mesita y yo dejo la bandeja con las dos infusiones y las tostadas. Medito la respuesta, pero me decanto por el camino fácil.

—Con unos amigos, mamá.

—¿Con Laura y Raquel?

—Mamá, hace años que no salgo con ellas.

—Ya, ya lo sé, pero pensé que habíais vuelto a hablar. Me encontré con su madre el otro día.

—Ah, ¿sí? ¿Y?

—Pues nada. Laura está viviendo fuera, no recuerdo dónde, y Raquel está embarazada. Ambas con sus respectivos maridos. —Saber que amigas de la infancia están teniendo descendencia y ya han pasado por el altar me sigue impactando. Me sorprende muchísimo hasta que pienso que tengo treinta años y, que tal vez, la que va tarde en esta carrera de la vida soy yo. Pero ¿acaso tengo las mismas metas? Oh, espera, ¿acaso tengo metas?

—Vaya, pues no, no salí con ellas. Me alegro de que estén bien.

—Y esos amigos tuyos, ¿son del trabajo? —Del trabajo dice, como si tuviera.

Nunca fui la chica popular con muchos amigos. De hecho, he tenido más bien poca vida social y solía quedarme en una esquina, ajena a todo, comiendo mi bocata de chóped y ajustándome las gafas llenas de precinto que minutos antes me habían tirado al suelo por décima vez. Raquel y Laura fueron aquellas amistades que tienes por obligación, porque su madre es muy amiga de la tuya y acabas jugando con ellas, aunque te caigan como el puto culo. Son hermanas, e iban con sus melenas largas y rubias, bien vestidas, como buenas hijas de mamá y papá adinerados. Yo siempre fui la chica que rompía las normas, y no me apasionaba hacer de madre con un trozo de plástico con forma de bebé —¿podemos meditar por un momento sobre lo siniestro que es esto? Gracias—. Sin embargo, a ellas les encantaban esas cosas. Jugábamos a «Mamá y papá» y a mí me tocaba ser el padre, porque como madre digamos que no servía. Yo observaba a los chicos jugar al fútbol, a lo lejos, tan despreocupados, tan con sus privilegios... Y sentía envidia. Recuerdo que fue la primera vez que tuve celos de los hombres. Ellos podían sudar, correr, ir detrás de una pelota, tocarnos el culo, escupir, eructar, sacarse la polla, sacarse los mocos, enseñar el trasero, usar el dedo del medio como insulto, y podría seguir y seguir. Pero yo, joder, yo tenía que jugar a «Mamá y papá», saltar a la comba, preocuparme por no enseñar los putos pezones que tenía como tetas —esto tampoco ha cambiado demasiado, la verdad—, hacer tarjetitas de amor para mis inexistentes novios, bailar como una zorra con doce años, hacer competiciones de belleza, sentarme recta, no abrir demasiado las piernas y cuidar de un trozo de plástico que me habían traído los Reyes Magos para así entrenarme como futura madre. Todo era una mierda; odiaba ser una niña. Yo no podía ir al parque sola, pero ellos sí. Yo no podía tirarme un pedo, pero ellos sí. Yo no podía jugar con los Tazos, pero ellos sí. Yo no podía ir detrás de una pelota, pero ellos sí. No entendía por qué, ¿acaso había tanta diferencia?

Con el paso del tiempo entendí el juego de los roles de género y no quise participar. En la adolescencia, me convertí en la colega enrollada de los chicos. Siempre iba con ellos. Me fumaba mis porros en el parque con Adrián y Teo mientras me preguntaban cómo se tocaba un clítoris, y yo ni sabía qué coño era eso. Me vestía con ropa ancha para ocultar mi extrema delgadez y, de ese modo, no resaltar sobre el resto de las chicas con sus escotes, tangas, aros de oro y los labios llenos de *gloss* que emulaban la lubricación de su entrepierna. Aprendí a jugar al fútbol, a tirarme eructos cuando quería, a beberme la cerveza del tirón. Y ellos me trataban como una más, la chica enrollada que todos querían como amiga —pero ya está—. Cuando follé por primera vez, no se lo dije a nadie porque no tenía con quién comentar esas cosas. Cuando me bajaba la regla ocultaba los tampones y las compresas por miedo a que me rechazasen, por temor a que se dieran cuenta de que realmente era una chica y no «su chica enrollada». Después de mi *affaire* con Roberto en el campamento, volví al instituto y algo había cambiado. Ellos estaban pendientes de ellas; y ellas, de ellos. Y yo era una más, invisible para el resto. Me jodía, claro que sí. Mi autoestima dependía de un hilo tan frágil como el tanga de Rebeca, y yo quería gustar. ¡Joder, era una chavala de catorce años!

Mi evolución como «chica enrollada» sufrió su propia metamorfosis. Al principio jugaba al fútbol, después liaba los porros, más tarde daba consejos sobre sexo sin tener ni puta idea solo por tener *eso* entre las piernas —*eso* que todos querían conseguir, *eso* que yo también poseía, pero nadie lo admitía porque yo era como su hermana y, claro..., puaj—. Con el paso de los años yo era la que conseguía que los colegas se liaran con las tías, la que bebía más que nadie, la que gritaba cuando la pelota le daba a la escuadra, la que se camuflaba entre un mundo que, cada vez más, me daba cuenta de que estaba diseñado por y para ellos. A esas alturas solo quería una validación masculina, sentir que me aceptaban en el grupo, y, si me tenían en cuenta, reforzaba mi autoestima, me daba valor como una mujer que no deseaba serlo.

Al final me cansé, como podrás imaginar, y dejé de salir con los colegas. Era tarde para intentar adentrarme en el mundo femenino y me quedé en el limbo, castigada por un sistema que te obliga a elegir y te premia por obedecer. Quizá las cosas hubiesen sido diferentes si me hubiera unido a las chicas con sus muñecos deformes y terroríficos. Tal vez estaría casada, con una hija y un trabajo estable. Quizá mi madre no tendría cáncer. Quién sabe.

—Estos asientos son tan incómodos... —se queja mi madre.

—¿Qué te pasa? ¿Quieres algo?

—Sí, una butaca de masajes, hija.

No sé si has estado alguna vez en una sala de quimioterapia, pero son, digamos, curiosas. Es una sala diáfana, bastante amplia y con butacas pegadas a la pared. Hay un ventanal donde se puede ver parte de la ciudad y un pequeño mostrador con enfermeras que vienen y van. Encuentras algo de entretenimiento, pero resulta nimio para la cantidad de horas que muchas personas pasan enchufadas a una máquina. Al final, no hay mejor recurso para matar el aburrimiento que charlar con el de al lado. Conocemos a gran parte de la plantilla que viene a estas horas, especialmente porque mi madre, a diferencia de mí, es muy sociable y charlatana. Le encanta darle al pico, contar sus cosas y que le cuenten otras. Es de esas personas que no creen en la intimidad, como si fuese algo en lo que creer, como Dios o el monstruo del lago Ness. La primera vez que me bajó la regla se enteró todo el barrio porque justo era el día que tocaba ir a comprar al mercado. Y ya estaba ella: que si mi hija se ha hecho mujer, que si pensaba que le sangraba el culo, que si manchaba las sábanas y necesitaba una compresa jumbo. Yo le pegaba codazos y al final me enfadaba; ella jamás pudo comprender el motivo. «Hija, pero si es algo natural, no pasa nada», me decía. A mi madre le daba igual todo, era capaz de hablar con la vecina sobre cuántas veces cagaba.

En la quimioterapia es distinto, por supuesto. Se sienta justo en medio de la sala y así tiene a todo el personal y pacientes controlados, porque eso sí, a controladora no la gana nadie. Mientras te está escuchando tiene puesta la antena en la conversación de al lado y, aun así, escucha y procesa todo lo que le estás diciendo. Es un don que no he heredado, por ejemplo. De esta forma mi madre se entera de la vida de todos los que están en la quimio. María, la del pañuelo lila, va con su hijo José, que se está divorciando porque la mujer le ha puesto los cuernos con su mejor amigo. Manuel se sienta solo en la esquina y ronca toda la jornada que dura el tratamiento —que no es corta—. Dolores, la mejor amiga de quimio de mi madre, con quien cuchichea sobre todos los grandes acontecimientos que pueden suceder en una sala de hospital —que no son pocos—. Y aquel de quien no sabemos ni su nombre porque siempre está enfadado con la vida, cosa que comprendo perfectamente: a nadie le gustaría estar enchufado a una máquina inyectándote un veneno que después tendrá que vomitar, cagar, maldecir y vuelta a empezar.

Hoy es un día diferente porque Dolores no ha venido.

—Qué raro, hija, no sé dónde estará. Pregunta por ella, anda.

—Mamá, pero como voy a...

—Por favor, cariño.

Suspiro con cierto resentimiento y me dirijo a recepción.

Una de las enfermeras me sonríe. Hago caso a mi madre y le pido información sobre su amiga del alma. A ella se le cambia la cara automáticamente.

—Mira, no te puedo dar esos datos, pero sé que es muy amiga de tu madre. Dolores está ingresada, bastante malita.

—¿En este hospital?

—Sí, en la quinta planta. Preguntad por ella.

—¿Dolores qué más?

—Dolores García García.

—Gracias.

Vuelvo a mi pequeño taburete cerca de mi madre. Me acomodo y suspiro.

—¿Qué pasa? ¿Dónde está Dolores?

—Ingresada, mamá.

—¿En este hospital?

—Sí, en la quinta planta.

—Ah, pues vamos a ir a verla cuando acabemos. —Asiento, como si tuviera elección.

Pasan las horas, la jornada se hace pesada. Salgo y entro de la sala, leo las revistas del corazón y observo como cada vez mi madre está más cansada.

—¿Quieres ir igualmente?

—Claro, hija.

Desconectan los cables de las venas de mi madre y, muy despacio, bajamos a la quinta planta para ver si encontramos a Dolores. Nos dicen que está en la habitación 530. Llamamos a la puerta, nos abre una chica joven.

—Tú debes de ser Tamara, ¿no? —dice mi madre, como si la conociera más allá de los cuchicheos con Dolores. Ella asiente sorprendida—. Soy Lourdes, de la quimio.

—¡Lourdes, cariño!

—¡Dolores!

En ese momento, pocas emociones se pueden contener.

Mi madre saca fuerzas de donde no las tiene y entra en la habitación. Yo miro a Tamara, que se queda con la cara traspuesta.

—Pero, Dolores, ¿qué haces aquí? —pregunta mi madre.

—Ay, mira, me he puesto más malita, Lourdes, y me han ingresado. Me están haciendo pruebas porque parece que tengo metástasis.

—No me digas.

—Sí, hija, sí. Ya ves, cómo es la vida.

—Qué mal me sabe, Dolores.

—Lo sé, Lourdes, lo sé. ¿Tú cómo estás?

Ver a la compañera de quimioterapia en una cama de hospital con el suero en las venas y los tropecientos medicamentos que le estarán dando, me remueve. Por un mísero momento veo a mi madre en la misma situación, esperando a que le den el diagnóstico que la conducirá hasta la tumba. Intento no recrearme en esa visión, pero no lo consigo y me invade un sentimiento de vacío en mi interior. Qué sentido tiene todo esto, en serio. Por qué cojones estamos en este mundo. No lo entiendo, no lo comprendo. Cómo es posible que personas tan buenas como mi madre o Dolores estén luchando a contrarreloj por alargar su vida unos días más y, sin embargo, las calles estén llenas de personas podridas por dentro. Por qué coño no se las castiga, joder, por qué siguen viviendo. Es injusto y me hace perder la esperanza en lo que sea que la tenga puesta.

—Le voy a dar mi teléfono a tu hija Tamara, para que me avise por si hay alguna cosa, ¿vale?

—Claro, Lourdes, no te preocupes, bonica, que todo saldrá bien.

Se despiden con un fuerte abrazo después de una conversación intensa y técnica sobre cáncer, tratamientos, terapias alternativas y salseos de la sala de quimioterapia. Mi madre se empieza a encontrar algo mareada, así que decido parar un taxi y acompañarla hasta casa. Me coge la mano con fuerza y mira a través de la ventanilla. Por primera vez no bromea, no habla, no dice absolutamente nada; solo mueve los ojos intentando cazar algún elemento de la capital, alguna cara conocida, algún recuerdo perdido, algún atisbo de bienestar. Por primera vez puedo sentir el miedo en ella, lo sé porque cuando mi madre no bromea es que algo va muy mal.

No creo que mi madre se sienta guerrera, luchadora, valiente, superviviente ni mierdas de esas que ponen más peso en la espalda de aquellos que intentan ganarle el pulso a la enfermedad. Es jodido, porque, si te lleva hasta la tumba, ¿qué pasa?, ¿eres una cobarde?, ¿no has luchado suficiente?, ¿te quedaste corta? No me parece acertado esta romantización de una afección que te come por dentro, que te destruye, que te hace escuchar con el oído bien pegado al reloj ese tictac. Cada día te quita un día más, como si tachara del calendario las veinticuatro horas que te quedan para besar el suelo húmedo y ser cultivo de gusanos. Es una puta tortura a muchos niveles que ningún ser humano debería experimentar o, al menos, no mi madre. Ni Dolores. Ni Manuel. Ni María.

Pagamos el taxi y le abro la puerta. Le cuesta horrores salir; está muy débil, más que nunca. Siento que en el fondo ha tirado la toalla; hoy, en todo caso. Me despido de ella en la puerta, no insiste en que suba a saludar a mi hermana. Me sonríe con cierta obligación y me abraza tan fuerte como le permiten sus fuerzas. Yo hago lo mismo, la empujo contra mi pecho y la retengo junto a mí. No puedo dejar de pensar que, algún día, mataría por sentirla aquí, de nuevo.

# XIII

## Ese vestido

Los días pasan sin demasiadas noticias, pero con mucha ansiedad. Estoy deseando desde lo más profundo de mi alma que sea viernes y poder volver a pausar la realidad, al menos la mía, y darle *play* a otra mucho mejor. Desayuno y observo la peluca en un maniquí improvisado que he hecho con una pelota de fútbol de cuando era adolescente. La peino por las noches y acaricio su melena, pero no me la pongo. Eso significaría adentrarme en ella, y todavía no es el momento. ¿Soy una psicópata? Es posible, no lo niego, pero me hace feliz.

Mi rutina diaria no dista mucho del resto. He vuelto con mi madre esta semana a quimioterapia y a visitar a Dolores, quien, efectivamente, tiene metástasis. Cuando estoy con mi madre fantaseo con el suicidio más de lo habitual, que ya es decir. Para ella cada semana es un paso más hacia el abismo y, en lugar de encontrarse mejor, la cosa va a peor. Pero ahí seguimos, dándole duro sin perder demasiado la esperanza. El resto de la semana la paso en las redes sociales, bebo cerveza por las tardes y me masturbo algunas noches. Siento que he recuperado el deseo sexual después de aquello y me excita pensar en lo que podré experimentar el viernes. «Un nivel más», me dijo Agustín. Vaya, ¿acaso existe?

Justo ayer me topé de forma virtual con Laura, esa antigua pseudoamiga de la infancia. Está guapa la muy hija de puta. Con su melena rubia y larga, su sonrisa de anuncio, su marido de revista y su cuerpazo de pilates. Vive en California y, por lo que he deducido, trabaja en una empresa tecnológica de esas que no sabes ni qué cojones hacen, pero que ganan dinero. Aunque para Laura eso tampoco es una novedad: ha crecido limpiándose el culo con billetes de cien. El odio que siento hacia ella no es algo nuevo, viene de antes, digamos que de toda la vida. Ha sido la perfecta del colegio, del campamento, de mi casa y del mundo entero. Una niña tan niña, tan buena, tan frágil, tan tierna, tan sensible, tan mona, tan risueña. Pues eso, era lo que se espera de una niña: que vista de rosa, que sea rubia con unos mofletes ni demasiado gordos ni inexistentes, que lleve calcetines blancos con unos volantes bien horteras, que sea educadísima, que no rechiste, que lleve un carrito con un trozo de plástico para exhibir su futuro como madre —y la gente aplaudiendo, claro—. Cuando estaba cerca de Laura, pasaba desapercibida incluso para mi familia. Era tan maravillosa, joder, que daba rabia. En la adolescencia, a Laura le crecieron unas tetas y un culo equilibrado, además de llevar siempre lo último de lo último. Laura no estaba en las listas, Laura *era* la lista. La primera en todo lo que se proponía, aquella que, cuando salía del examen, se ponía a llorar porque le había ido fatal y luego sacaba un jodido diez. Qué asco daba. Perdió la virginidad con un chico de bachillerato que estaba tremendo y con quien estuvo saliendo un tiempo. Después, en la universidad, consiguió una beca en Estados Unidos y desde entonces allí está, feliz con su marido rubio, con unos mofletes ni demasiado gordos ni inexistentes, en su casa de película, con sus abdominales anoréxicos y su blanqueamiento dental.

En el fondo, si pudiese volver a nacer, me pediría ser

Laura. Levantaría la mano bien rápido y gritaría al universo «yo, yo, yo, yo, yo» antes que nadie. Menuda vida tan cuidadosamente diseñada para evitar el sufrimiento. Mataría por ser Laura, te lo juro.

Pero me toca ser Ruth, abrir otra lata de cerveza y perder la mirada en el horizonte pensando en lo que me depara el próximo viernes. Eso que se pierde Laura, tan perfecta que seguro que come pollas sin arcadas.

Paseo por Pinterest para encontrar algo de inspiración para el próximo modelito de Electra. Busco algunos locales en Madrid donde poder comprar conjuntos parecidos y doy con algunos que no pintan mal. Diseño con sutileza la combinación de colores y me enfundo las bambas para recorrer la ciudad sin demasiada complicación.

Todavía no puedo creer que mañana sea el gran día, ese en el que todo vuelve a empezar, en el que puedo soltar las manos del volante y simplemente viajar. Todo esto es excitante y no pienso en nada más que no sea en vestir como una buena zorra y comerme el mundo entero. Recorro algunas tiendas que he guardado en el mapa de Google y me asombro por la cantidad de guarradas que puede imaginar el ser humano. «Un nivel más». ¿Estoy preparada?

Abro la puerta de un local que hace esquina en la calle Valverde. Huele a cuero, a cuerdas, a sexo, a oscuridad. El dueño levanta la mirada desde el mostrador y ni siquiera me da la bienvenida. Sale una mujer de unos cincuenta con las gafas apoyadas en sus enormes tetas. Me sonríe con algo de falsedad y yo saludo con reticencia. Las paredes son lilas y están llenas de estanterías y perchas con modelitos imposibles de lo más siniestros.

—¿Te puedo ayudar en algo? —pregunta la dependienta. El hombre sigue ahí, hojeando lo que parece ser una re- vista pornográfica, pero en realidad es un catálogo de ropa.

—Sí, estoy buscando un vestido o conjunto parecido a estos.

Saco el móvil con la pantalla rota de mi bolso diminuto y le enseño mis looks de inspiración con una ilusión y un entusiasmo que no consigo adivinar de dónde nacen. Ella me sonríe y veo en sus ojos aprobación y valoración. Solo le falta decirme «eres de las mías, así, guarrilla, que no se nota a simple vista». Y yo le devuelvo el gesto con una sonrisa de «sí, soy».

—Tengo algo para ti, claro que sí. Mira. —Coge una fal- da lápiz de cuero y un corsé a conjunto—. Esto queda es- pectacular, de verdad, hazme caso.

Su «hazme caso» estilo «de guarrilla a guarrilla».

—Después tienes este vestido en negro, que también queda muy muy bonito. ¿Qué talla eres? XS, ¿no?

—Sí, exacto. Soy compacta.

—Venga, pues cojo tu talla de estos modelitos y vemos si buscamos algo más. ¿Qué tienes, una fiesta? —Medito por un momento si es profesional que quiera husmear en mi vida privada, pero entiendo que esta mujer debe cono- cer todos los eventos que se hacen en los sitios más clan- destinos de Madrid. Hay poco que ocultar.

—En efecto, una fiestecita este viernes.

—Ah, ¿sí? ¿Qué vas al Frenesí? —Me choca su respues- ta y sonrío sin saber de qué coño me está hablando. Ella se da cuenta—. ¿Al Mambo Rambo? ¿O al Dinamita Tita? —Sinceramente, no sé si me está tomando el pelo.

—Em, no, ¿eso son locales?

—Ja, ja, ja. Sí, son locales nocturnos de BDSM en Ma- drid. ¿Conoces alguno o no es tu rollo? —¿Cómo sé si es mi rollo cuando no entiendo a qué se refiere?

—Me suenan... ¿Están en el centro?

—Sí, el Frenesí te pilla un poco lejos, pero el resto están por aquí. Te preguntaba lo de la fiesta para poder ayudarte con la elección del vestido. Perdona si me he entrometido donde no me llaman...

—Ah, no, no, tranquila. Está todo bien. Voy a un local de jazz, creo.

—¿De jazz? ¿Y el vestido es para...?

—Sí.

—Entiendo. Pero ¿cómo se llama el local?

—Jazz Club, me parece.

—¡No te creo! —Su cara se ilumina y acto seguido se parte de risa. Sus carcajadas duran mucho mucho tiempo, el necesario para hacerme sentir incomodísima—. Vas al cumpleaños de Miguelito, ¡ay, niña! Pero eso no es un local de jazz. —Y vuelta con su «ja, ja, ja», «jo, jo, jo» y otras formas de llamarme gilipollas a la cara.

—¿Qué es?

—Es un local clandestino de la capital. Todo el mundo lo conoce, pero si no tienes invitación no puedes entrar. Las fiestas de Miguelito son una locura. Entiendo que no has ido a ninguna, ¿no?

—No, a ninguna.

—Te va a encantar. No te voy a decir nada excepto que te pruebes este vestido mejor que ese.

Me da un vestido de cuero muy estrecho con la espalda estilo corsé, llena de tiras imposibles para ajustarlo todavía más al cuerpo. Tiene un escote redondeado que simula un sujetador y justo debajo de las rodillas, un pequeño volante, igual que los calcetines blancos de Laura la Perfecta. La textura parece látex, aunque por el precio entiendo que será poliéster barato. Me da igual, pasa desapercibido. Entro en el probador con más ácaros que he visto e intento no rozar nada con mi cuerpo por si me contagio de alguna enfermedad venérea. Me quito la ropa, la dejo colgada en el perchero.

—¿Tienes tacones? —me grita la dependienta.

—¡No!

—¿Qué número calzas?

—Un treinta y ocho.

—¡Perfecto, chica!

Por debajo de la cortina me deja unas sandalias kilométricas que se atan a los tobillos. Las veo y tiemblo: tendré que amputarme los pies otra vez, joder.

—¿Estás?

—¡Un momento!

Termino de ajustar las tiras y me quedo sin palabras al verme en el espejo. Salgo del probador y ella se pone las gafas para percibir todos los detalles.

—Yo creo que lo tienes.

—Yo creo que también.

La mujer sonríe con éxito y yo vuelvo a enfundarme en mis tejanos roñosos, las bambas blancas y la camiseta de tirantes sin estampados. Me acerco al mostrador y pago el vestido y los zapatos.

—Pues nada, disfrútalo. Nos vemos mañana —me dice la mujer.

—¿Mañana? —pregunto.

—En la fiesta.

—¿Tú también vas?

—Claro, Miguelito es amigo de toda la vida. Allí estaremos, haciendo locuras. —Se ríe con fuerza, tanta que me asusta.

Me vuelvo y, justo en el instante en el que salgo por la puerta, caigo en mi cagada monumental. Joder, cómo he podido ser tan imbécil.

# XIV

## Transiciones temporales

No sé cuánto tiempo llevo retratándome en el espejo de mi casa, pero el reflejo empieza a pesar demasiado. Eso y mi retraso mental. Por qué nadie te enseña que no puedes comprar cosas de tu falsa identidad con tu identidad verdadera. Es de manual, de sentido común. Pues no, ahí estaba yo como Ruth, tan feliz y contenta, buscando el vestido más guarro que he tenido en el armario, con mi pelo rizadito y mi sonrisa de subnormal profunda. «Oh, sí, tengo una fiesta». «¡No me digas! ¿Qué fiesta? Que soy una maruja del sado y me las conozco todas». «Pues una clandestina en la que me voy a hacer pasar por otra persona con el vestido y las sandalias que me acabo de comprar».

Gilipollas, gilipollas, gilipollas.

Voy a mi armario y rebusco entre sus profundidades de *crop tops*, pantalones acampanados y pañuelos deshilachados. Encuentro un vestido más o menos decente, me lo pruebo. Es demasiado largo, demasiado pijo. No rezuma sexo, no huele a deseo. No es para Electra. Valoro seriamente volver a la tienda y devolver el vestido, aunque me apasione, aunque sea el mejor vestido que ha acariciado mi piel jamás. Qué hago, joder, qué hago. En todo caso, ¿es taaan grave lo que ha ocurrido? Seguro que el antro es bastante grande, ¿qué probabilidades hay de encontrarme con esa mujer? Además, aunque reconozca el vestido, seguro que con la peluca ni se acuerda de mí. No creo que estos modelitos sean diseñados por ellos, vamos; es el típico que me podría haber comprado en Aliexpress y nadie se daría cuenta. «Qué vestido más bonito, ¿de dónde es?». «Nada, de una tienda de aquí al lado». Mentira, de Aliexpress, ocho euros. No seré la única que haga eso, no hay novedad. Este trozo de tela tiene escrito *Made in China* en mayúsculas. No va a pasar nada, está todo bien.

Del subidón de adrenalina, me abro una cerveza y me siento en el sofá. He dejado junto a la peluca el vestido, que tal vez haya sido mi mayor cagada hasta el momento, y las sandalias, que me llevarán directa a la silla de ruedas. Siento el pulso acelerado y esas ganas de cagar tan características de los grandes instantes. Disfruto del rayo de luz que ahora colapsa mi vida, como si fuese el sol que se cuela entre las nubes de diciembre en Madrid. Me sirve como excusa para mantener la pulsación bajo la piel, para alejar las fantasías de cuchillos afilados, pastillas, pistolas o cuerdas alrededor del cuello. Jamás pensé que la persona que me salvaría del abismo iba a ser una mujer rusa de unos treinta años adicta a la cocaína, al éxtasis, al desenfreno y al sexo, con una melena pelirroja y una delgadez erótica. Jamás pensé que la solución a mi vida pasaría por no ser yo, aunque, bueno, eso podría deducirlo ligeramente.

Son las diez de la noche y, tras la tercera cerveza, decido irme a descansar. Mañana es un gran día y no sé qué me deparará. Estoy nerviosa, quizá más que la primera vez. Supongo que, cuando pruebas nuevas sensaciones, cuando consumes adrenalina, no eres capaz de dejarlo y quieres más y más. Satisfacer esa necesidad es mucho mejor que crearla. Por eso esta segunda posesión de Electra es más, mucho más.

Duermo relativamente poco y me obligo a pasar unas horas perreando en la cama. Total, no tengo nada más que hacer que mantenerme con vida y prepararme para la fusión corporal. Desayuno una tostada con un café a las doce de la mañana. Pongo música y bailo en casa mientras mi gata me observa un poco asustada. No la culpo, yo también lo estoy. Bajo al chino y me compro una pizza congelada que meto en el horno mientras peino, por quinta vez, la peluca de esta noche. Si pudiera adelantar el reloj, créeme que lo haría encantada. Solo unas horas y pam, ahí estoy, enfundada en ella. Me como la pizza de cuatro quesos con una cerveza y sigo escuchando música para elevar todavía más mi felicidad extrema.

Sigo una rutina poco explotada y me doy un baño de sales que me regaló mi abuela. Aprovecho y me paso la cuchilla por aquellas zonas que quedarán expuestas. Me pongo un millón de cremas que tengo por ahí tiradas y me pinto las uñas de rojo. Estoy cachonda, tremendamente excitada, pero no quiero ni rozarme con los dedos porque quiero guardar el placer en una cajita bien cerrada para que todo explote esta noche, en bocas ajenas, en pollas desconocidas. Agustín me escribe y a mí me da un vuelco el corazón.

«Hola, preciosa, ¡hoy es el gran día! Nos vemos esta noche. ¿Quedamos a las once en el metro de Lavapiés? Dime algo, guapa. ¡Ah! Vamos a pillar un par de pollos, ¿tú quieres?».

Aclaro la voz y le respondo en un audio. «Hola, Agustín, sí, esta noche la liamos un poco. Vamos a subir ese nivel, que la última vez se quedó corto, ja, ja. Píllame a mí también y ya me dices cuánto te debo».

No pasan ni treinta segundos y me contesta. «Perfecto, guapa, pillo también un poquito de amor. Menuda noche. Nos vemos en nadaaa».

Joder, después de esto voy a tener que entrar en un centro de desintoxicación o hacerme miles de batidos de apio y espinacas, como los que sube Laura la Perfecta a su Instagram. Sí, he estado cotilleando su Instagram, lo siento. Desde que mi madre me habló de ella, he desbloqueado el recuerdo y voy viendo sus stories, sus posts, sus vídeos de pija feliz en California. Me satisface pensar que jamás tendrá la posibilidad de adentrarse en el garito clandestino más famoso de España y reventar el cuerpo con drogas, alcohol y sexo. Ella seguirá con sus *smoothies* verdes, que parecen el potado de un perro cuando se empacha con la hierba del campo, y con su rutina diaria para fortalecer el culo. Ves, por eso mi cerebro bloquea recuerdos, porque después me despierta el odio y la rabia.

Son las ocho y decido terminar el baño. Me como los restos de la pizza que ha sobrado del mediodía y abro una lata de sardinas para acabar de llenar el estómago. Me seco el pelo y vuelvo a ponerme la redecilla con cuidado, metiendo cualquier pelito que pueda delatar mi identidad. Pongo música y me deleito delante del espejo, cantando con el cepillo de dientes, con la máscara de pestañas, con la brocha de maquillaje. Vuelvo a ahumar mis ojos y a pintar los labios de rojo. El pequeño lunar falso en el lado derecho. La mirada enmarcada en sombras y *eyeliner*. La sonrisa envuelta en un carmín caducado capaz de aguantarlo casi todo.

Para no perder la costumbre, evito ponerme ropa interior y salgo desnuda al comedor. Me enfundo en ese vestido imposible y ajusto con paciencia —con mucha paciencia— las tiras que abrazan mi espalda. La forma del escote me da cierta lástima, puesto que sería genial si tuviera algo que mostrar. Pero, para mi sorpresa, este vestido hace curvas donde no las hay. Me ajusto las sandalias y las ato a mis tobillos. Intento no perder el equilibrio. Ha llegado el momento de volver a ella, de dejar que salga, de que gobierne mi mundo, de que reine mi universo. Esto me pone muy cachonda y no quiero ni evitarlo ni pararlo. Cojo la peluca, apoyada en la pelota de fútbol, y la coloco con calma, mirando mi reflejo sin desviar ni un instante las pupilas, bien clavadas en él. Me peino y oculto algunos pelitos tontos que pueden sobresalir a pesar de la rejilla. Fijo la peluca con algunos clips para impedir que se mueva durante los empotramientos intensos que viviré esta noche, o eso espero. Preparo el bolso de mano con el pintalabios, el móvil, la cartera y las llaves de casa. Me miro al espejo y mi cara cambia, chas, como si fuera magia. Esa mueca que levanta pollas, esa forma de andar como si flotara, esa necesidad de ser el centro de atención, esa locura que viene impuesta por su presencia.

Bajo la escalera con dificultad. El vestido es muy muy estrecho y no puedo calibrar el movimiento con estas sandalias. Es un conjunto para ser expuesta sin hacer nada más. «Mírame, adórame, pero no hagas que baje un cuarto sin ascensor, por favor». Tras la aventura de intentar no torcerme el tobillo antes de tiempo, llego a la calle y paro un taxi.

—Al metro de Lavapiés, por favor.

Él no puede controlar la mirada, que rebota contra el retrovisor, como rebotarían sus huevos contra mi culo si le diese la oportunidad. Sé que los hombres me desean siendo Electra y eso es gratificante y un poco triste. Vale, bastante triste. Que mi estima dependa de un grupo de paquetes colganderos es una mierda.

Son las once y diez y llego a Lavapiés. Ahí está Agustín con personas que no conozco.

—Electra, pero bueno, joder —balbucea.

—¿Qué pasa?

—¿Cómo que qué pasa? ¿Tú te has visto? —Me abraza fuerte y me estrecha contra su polla.

—Qué bien hueles —le susurro. Él se agita; noto su corazón bombeando bajo las costillas.

—Oye, te voy a presentar a la gente, porque como sigamos así... —Me guiña el ojo y sonríe con cierta picardía—. Él es Javier, Jorge y Pablo.

—Encantada, soy Electra.

—Son compañeros de la infancia, de toda la vida.

—Pensé que vendría el resto de la semana pasada.

—Ah, no, no. Ellos no están invitados. Verás, el local es...

—¡Ey! Vamos tirando, ¿no? —insiste uno.

—Venga, sí. Nos tomamos un par de tercios ahí y subimos, que es temprano.

Entramos en un bar cochambroso y pedimos varios tercios. Charlamos sobre gilipolleces y movidas insignificantes para mí, pero apasionantes para algunos seres humanos: el fútbol, el tiempo, la exnovia o la buenorra de tetas grandes que aparece en Instagram. Conozco estas conversaciones, sé cómo integrarme en un grupo lleno de orangutanes que se golpean el pecho cada vez que ven una vagina. Estos tíos piensan que las tías estamos en el mundo para arrodillarnos y comer polla, o para ponernos a cuatro patas y dejar que nos penetren todos los agujeros. No hay nada más en sus cabezas, nada que pueda parecer sensato. Beben y beben al mismo tiempo que comentan sus conquistas y se suscriben a la cuenta premium de *Inventflix*. No sé a qué se dedicarán, pero tienen pinta que de profesión son fantasmas.

—Sí, tío, se corrió cuatro veces. Qué locura.

Nunca hablan de los gatillazos, de las corridas inmediatas, del martilleo aburrido, de lo mal que comen el coño. Siempre son orgasmos, eyaculaciones, anales y desenfreno;

y los amigos aplaudiendo y golpeándose el pecho, unga-unga. Yo me bebo el tercio y sonrío, ajena a todo, evitando ser la «chica enrollada» de nuevo.

—Qué, ¿nos vamos? —suelta uno. Es la una y media.

Pagamos los tercios y callejeamos por Madrid. Lavapiés de noche es un sitio jodido, lleno de mal rollo en cada esquina. Unos que se pelean, otros que trapichean, aquellos que van fumados. No hay espacio para relajarte y dejarte llevar: aquí tienes que estar pendiente de absolutamente todo. Tras caminar más de lo que podría imaginar y cagarme en todo, llegamos a un callejón con una puerta sin ningún cartel, sin ninguna señal; solo un portal común de los miles de portales que hay en la capital. Hay un timbre y se oye en la lejanía el barullo de una fiesta. Una colilla cae justo a mi lado, me quito la ceniza del hombro. Ellos asienten en señal de «lo que te espera» y yo intento contener las ganas de ahogar a alguien con mis propias manos. Un hombre se asoma por la ventana.

—¡Eh! —oigo a lo lejos. Agustín invade la carretera para tener mejor ángulo de visión. Una cabeza de pelo blanco nos observa.

—¡Miguelito! Soy Agustín.

—Ah, coño, sube mamón.

Pasa un tiempo hasta que oímos el sonido estridente que nos indica que la puerta está abierta. Entra Agustín y voy detrás. Él me coge de la mano, algo que me genera sentimientos encontrados. Subimos la escalera e intento que no se me rompa el vestido. El portal está lleno de polvo, colillas, restos de bolsitas de plástico y de alambres. Visualizo un condón a lo lejos, usado. Dónde coño me estoy metiendo.

Nos paramos frente a una puerta entreabierta de madera con una mirilla dorada un tanto barroca. Agustín relaja la mano, se vuelve y nos sonríe con una mueca que no consigo descifrar. Yo me seco el sudor de las palmas y me coloco bien el pelo. Inspiro. Siento la adrenalina por todo mi cuerpo como si se tratase del circuito de Scalextric que tenía mi primo. Era malísima jugando a eso porque mis coches siempre se salían de la carretera y acababan accidentados en el suelo. Espero no estamparme esta vez, por favor.

—Menuda noche nos espera —augura un chico. Los demás simplemente sonreímos. Nos volvemos a mirar para quedarnos con las caras y nos adentramos en el local.

El vestido me comprime e impide cualquier intento de respirar con facilidad y profundidad, por lo que tengo que dar pequeños sorbos de oxígeno y así mantenerme con vida. Me ajusto las pocas tetas que tengo. No sé qué me deparará la noche, no sé ni qué hago en este cuerpo; pero la vivencia es tan alucinante, tan clandestina, tan misteriosa que no paro de mojarme las piernas de lo cachonda que estoy.

La música electrónica de los ochenta me atrapa, Agustín abre la puerta de par en par y ahí está: el Jazz Club. Pero qué cojones.

# XV

# Jazz Club

A los veinticuatro años viajé a Perú con unas compañeras de interpretación. A lo largo de mi vida había visto el Machu Picchu en algunas revistas de viajes y en documentales de La 2. Cuando me surgió la oportunidad de poder verlo en persona, ni me lo pensé: ahorré todo lo que pude y nos pagamos el viaje. Estuvimos casi tres semanas en el país; descubrimos la leche de tigre, bailamos con una cerveza bien fría en una azotea y apretamos el culo cada vez que cogíamos un taxi. Estuvimos en Lima unos días y de ahí cogimos un vuelo nacional que nos llevaría a Cuzco. El plan era estar un par de días en la ciudad para que el cuerpo se acostumbrara a la altura y después hacer una combinación de tren y bus para subir al Machu Picchu. Recuerdo que el primer día que estuvimos a más de tres mil metros de altura tuve unas diarreas cojonudas. Se nos acabó el papel de váter en unas horas y estuvimos bebiendo mate de coca como buenas adictas. Lo cierto es que ayudó a mitigar el impacto. Comimos poco y suave para no forzar al estómago, pero lo que no te cuentan es que, si pides un caldo de gallina, te traen la gallina casi entera con choclo, batata, verduras y un resquicio de caldo.

Llegó el momento de subir al Machu Picchu y fue toda una aventura. De Aguas Calientes, el pueblo más cercano, cogimos un autobús que nos llevó al límite entre la vida y la muerte, ya que pisaba ligeramente el borde de un acantilado: era el pasaporte directo para ver a san Pedro. Sudé muchísimo, no te imaginas cuánto. La adrenalina era tal que no podía ni respirar. Yo solo veía el barranco a través de la ventanilla, la falta de protección y los paisajes verdes que se presentaban en el horizonte. Entendí el significado de la palabra «quitamiedos» y su necesidad en la carretera. Tras curvas y curvas y curvas... llegamos a un aparcamiento. Ahí había un mapa enorme y un cartel que te daba la bienvenida a una de las siete maravillas que hay en el mundo. Subimos unos escalones de piedra y caminamos por el borde de un sendero muy verdoso y estrecho. Justo estaba mirando mis pies para asegurar la pisada, y no tropezar e irme a tomar por culo, cuando mi amiga contuvo la respiración. Pasé la curvatura del camino y alcé la mirada. Ahí estaba. Todo lo que un día vi en documentales, películas, revistas, imágenes, Facebook..., ahora estaba delante de mis narices. Dos montículos enormes se alzaban en el horizonte, uno mucho más prominente que el otro. Una explanada verde y lisa, llena de ruinas de una civilización antigua. El paisaje estaba perfectamente organizado, esquematizado, analizado. El corazón me dio un vuelco, la respiración se me aceleró y sentí un ligero mareo que me obligó a buscar un pequeño rincón en el suelo para sentarme. Dicen que existe una afección llamada síndrome de Stendhal, que te retuerce el cuerpo cuando estás frente a algo muy bello. Jamás lo había experimentado hasta que me encontré con el Machu Picchu a mis pies, y yo mareada, sin saber qué coño hacer. En ese instante me pregunté si algún día volvería a experimentar algo semejante, algo que pudiera estar a la altura de ese lugar mágico y sagrado, algo que realmente me sacara de mi existencia. Bien, ese día había llegado.

Cuando la puerta de madera se abrió, me choqué con un universo que jamás había visto. Un pequeño agujero negro en medio del cosmos madrileño que te teletransporta a un multiverso capaz de crear un sinfín de realidades distintas. Para las personas que están ahí dentro no existe ni el bien ni el mal; como si Dios y Satán estuvieran en un festival juntos, apoyados en el hombro del otro y saltando a ritmo de Steve Aoki. «Tío, qué guapo, ¿no?», dice Dios. Y Satán eleva al cielo el cubata en un vaso de plástico y empieza a gritar como un loco, como si estuviera poseído por él mismo. La imagen más surrealista que puede crear el ser humano la tengo delante de mis putas narices.

Agustín me sonríe y entra primero. Dejo que pasen los chicos para quedarme la última porque, durante unos segundos, pienso en si de verdad quiero entrar en ese lugar. Incluso Electra se lo piensa por unas milésimas. Es demasiado en todos los aspectos; todo lo que un día pudo alcanzar mi imaginación elevado al cuadrado. Cruzo el límite que separa dos mundos tan distintos —el del orden y el del caos— y agacho la cabeza en señal de sumisión: al desastre me entrego. Cierro la puerta a mis espaldas y me apoyo de forma disimulada en la maneta. Inspiro y espiro. Contengo el temblor de mi mano derecha y los parpadeos, que me hacen ver la vida con *frames* de publicidad subliminal al estilo años cincuenta. Cuando Agustín me dijo que subiríamos un nivel más, jamás imaginé que tendría vértigo. «Un nivelito de nada», me dijo, el muy hijo de puta.

—¿Estás bien? —me preguntan. Me vuelvo y veo a un hombre de pelo canoso que me resulta familiar. Es Miguelito, el que minutos antes estaba asomado a la ventana.

—Sí, sí. Perdona.

—Nada que perdonar, estás en tu casa. —En mi casa, dice, como si eso se pudiera llamar «hogar».

—Feliz cumpleaños, por cierto. Deduzco que eres Miguel.

—Sí, soy Miguelito. Muchas gracias, guapa. ¿Quieres algo? ¿Una copa? —Sí, necesito alcohol como si de agua se tratara.

—Me encantaría. ¿Qué tienes?

—Tengo de todo, guapa.

—Un vodka con hielo. —Tal y como sale de mi boca, me arrepiento.

—¿Solo?

—Con hielo. —Aquí, la machota.

—Venga, acompáñame y así te enseño el garito.

El «garito» es un piso antiguo en el barrio de Lavapiés. De hecho, al entrar tienes la sensación de invadir un domicilio ajeno, pero luego ves la barra de madera kilométrica, las estanterías llenas de licores a cuál peor y la gente sentada en taburetes metiéndose coca delante del ¿camarero?, y se te pasa. La luz es cálida pero pobre, te obliga a forzar más las pupilas, aunque algunas personas se han pasado con la dilatación y, al paso que van, deben de ver hasta duendes. Hay gente rara, pero rara de cojones. Una mezcla de yonquis típicos de mi barrio con ricachones del barrio de Salamanca, todos mezclados en un mismo lugar, un punto de unión entre la riqueza y la pobreza. El Jazz Club parece que sea el pegamento capaz de poner de acuerdo a los de la izquierda con los de la derecha. La moqueta es roja y me da un poco de asco, no te voy a engañar. Está llena de manchas, colillas y trozos de comida, y eso que la noche acaba de empezar. Algunas cortinas, a conjunto con la moqueta, sirven de reservados improvisados para grupos de lo más variopinto.

—La verdad es que esto... —Miguelito se vuelve y me paro en seco—. ¿Cómo te llamas?

—Soy Electra.

—Encantado, Electra. No has estado nunca, ¿verdad?

—Primera vez; soy virgen. —Él me mira con vacile, intuyendo que mi virginidad hace muchos años que se escapó.

—Pues nada, iré poco a poco. —Suelta una risa maléfica, ronca, como si fuese una rata griposa a punto de morir de neumonía bilateral.

Avanzamos por la sala cuadrada donde se encuentra la barra de madera, la moqueta roja y las cortinas a conjunto. La música es un tanto oscura, muy sexual y con una chispa de locura que se me antoja familiar. El piso está lleno de gente charlando y hay una espesa capa de humo propio de las discotecas (cuando se podía fumar dentro). Parece Londres de madrugada, enfundada en niebla y suspense.

—Son pequeños oasis dentro del desierto —bromea—, aquí puedes hacer lo que quieras, Electra. No hay normas. Si quieres meterte mierda, es tu lugar. Si quieres emborracharte, es tu lugar. Si quieres follar y montar una orgía...

—Es mi lugar —lo interrumpo. Él se vuelve y me regala media sonrisa con un tanto de picardía.

—Veo que lo vas pillando.

Miguelito es un hombre que debe de rozar los sesenta años, exdrogadicto y excarcelario por lo menos. Tiene algunas cicatrices en la cara, propias de cualquier protagonista chungo de una película ambientada en el Bronx. Es pequeño, no debe de llegar al metro setenta y viste con un traje sucio y desgastado con olor a pachuli. Tiene pelo suficiente para tapar la alopecia que se asoma detrás de unos mechones aceitosos y pegados de tal forma que disimula su incipiente calva. Sus ojos están separados e hinchados, como si fuese un camaleón capaz de adaptarse a cualquier conversación, algo que en su día se le llamaría «chaquetero» y que en la actualidad se denomina «capacidad de integración social». Sus zapatos de piel marrones están relucientes y brillan más que mi futuro. Las mejillas, las arrugas y los dientes amarillentos te dan pistas sobre la vida de mierda que ha debido de llevar. Eso o que se lo ha pasado excesivamente bien, quién sabe. Es un hombre popular, está claro, conoce a todo el local, lo cual me parece obvio porque al final es su piso, pero por otro lado me sorprende porque hay mucha mucha gente. Nos cruzamos con Agustín.

—¿Qué? ¿Ya estás haciendo nuevos amigos? No sé si estás en buena compañía... —bromea.

—Mira, mamón, no me toques los huevos hoy, ¿eh? —suelta Miguelito. Agustín se ríe y le da una palmada en la espalda, algo que Miguelito rechaza con cierta violencia. Lo cierto es que en este lenguaje no sé quién está de parte de quién. Lo que a mis ojos podría ser el final de una relación, a los suyos es tan solo el principio.

Miguelito me observa y me sonríe, contento de que no me haya ido todavía. Entra en la barra y me prepara el vodka con hielo que he pedido minutos antes.

—Toma, guapa, que se me había ido la olla.

Su voz es ronca y un tanto cortada, una afonía permanente que le da más sentido a su imagen. Nos adentramos entre la gente que se saluda e insulta entre sí y llegamos a otra sala con unos sofás y unas camas un tanto extrañas. La decoración deja mucho que desear y no hay una armonía entre unos estampados y otros. Pero a la gente le da igual, ellos se tumban y se sientan en cualquier sitio. Hay algunas cortinas de cuentas que dividen el espacio, igual que en la sala principal. A lo lejos puedo ver a dos tíos comiéndose las pollas mientras la gente se masturba a su alrededor. A Miguelito todo le parece dentro de la normalidad.

—Aquí puedes hacer lo que quieras. Si estás cachonda

y te apetece follar, pues follas y ya está. Solo tenemos una vida, Electra, y tenemos que vivirla a tope. —Hace una pequeña pausa, pensando en si desvelar el misterio o no. Decide ir adelante—. A medida que avance la noche la cosa se pondrá más loca, te aviso. Nunca sé decir cómo acabaremos, pero siempre es una puta ida de olla, ja, ja, ja. —Y de nuevo, su risa de rata griposa con tos incluida.

En todo momento me mantengo sonriente y callada. La educación patriarcal estaría orgullosa de mí en este instante. «Asiente a todo, dispuesta a todo, sonríe a todo, callada con todos, abierta a todo(s)». Miguelito se adentra por un pasillo con varias habitaciones. No abre ninguna puerta, lo cual me parece curioso. Las paredes están pintadas con mensajes que podrías encontrar en cualquier baño de cualquier discoteca en España. «Elena & Merche estuvieron aquí». «Zorra se nace, no se hace». «No me cuentes la película, móntamela». «Todavía recuerdo el sabor de tu coño, María». Y un largo etcétera de declaraciones, a cada cual peor escrita.

—Esta zona es privada. ¿Ves estas mirillas? —Señala unas pequeñas rendijas. Asiento con la cabeza—. Bien, aquí te asomas y miras qué está pasando en el interior. Si te apetece participar, tocas dos veces la puerta y esperas a que te observen desde el otro lugar. Si eres bienvenida, abrirán la puerta. Si no, la mantendrán cerrada y no puedes insistir, ¿entendido?

—Entendido.

—¿Quieres mirar qué está pasando?

—¿Dónde? ¿Aquí? —Vuelvo a apuntar con mi dedo índice a la primera puerta que me encuentro.

—Sí, asómate.

Trago saliva y preparo el cerebro para lo que pueda suceder. Acerco el ojo a la rendija y calibro la imagen. En su interior hay una tía con un bisturí haciéndose pequeños cortes en las piernas y un grupo le lame las heridas. Ella se excita y aprieta con intensidad la incisión para que salga más sangre y así esparcirla por la cara de los demás. Me aparto de la puerta con cierto impacto. Miguelito me sonríe con malicia.

—¿Qué has visto?

—Una chica se estaba haciendo unos cortes en las piernas y el resto lamían sus heridas.

—Ah, sí, es Claudia. Tiene un fetiche que no sé cómo cojones se llama. Siempre está igual. Es enfermera.

Por fin llegamos a los baños, cuya higiene se podría comparar con cualquier lavabo de un aparcamiento público de madrugada. Todo lleno de meado, colillas, ceniza y mierda pegada en la porcelana que un día fue blanca y ahora es amarilla.

Le doy un sorbo al vodka y contengo en la garganta el fuego que me quema el esternón segundos más tarde. Mi cara de neutralidad absoluta sorprende a Miguelito, que me ha aceptado en su lado oscuro de la vida. «Tú eres de las mías», comunica con su mirada. Yo le guiño el ojo y a él se le empalma hasta el alma. Agustín nos encuentra en el pasillo y se une a la inexistente conversación.

—¿Qué te parece este lugar? —me pregunta.

—Es un nivel más; lo que buscaba. Me siento como en casa —miento.

—Lo sabía, eres de las nuestras. ¿Quieres un tiro?

—Venga.

Miguelito se une, aunque nadie lo haya invitado, pero nadie le dice que no a Miguelito. Él es el dueño del local clandestino más famoso de toda España, a ver quién tiene cojones de negarle una raya a este hombre. Volvemos a la sala principal, que está todavía más llena. La gente se colapsa en la entrada y vislumbro a lo lejos caras conocidas del mundo de la televisión, la música o la política. Es el punto de encuentro de los extremos, donde el alcohol, las drogas y el sexo pueden resolver cualquier conflicto y postura ideológica. Hay una diversidad de lo más curiosa: desde hombres trajeados con su puro y sus carcajadas de magnate del petróleo hasta *drag queens* con sus tacones infinitos, sus vestidos de lentejuelas y sus pelucas cardadas. Otro con tejanos y camiseta un tanto desaliñado, otra con minifalda y chanclas, algunos sin camiseta y un tío en pelotas que se pasea con su cubata y su cigarrillo. El Jazz Club constituye una fuga para los madrileños que lo conocen y que son bienvenidos. Y ahí estoy yo, con un vestido imposible que no me deja respirar y unas sandalias en las que me empiezo a cagar, al mismo tiempo que peino mi pelo rojizo y bebo grandes sorbos de vodka para mimetizarme lo antes posible con el entorno.

Agustín encuentra una pequeña esquina en la barra de madera y le pide al camarero una tabla. Este le sonríe y le deja un cuadrado de cristal grueso cuyo único propósito es pintar rayas. Miguelito charla con unos y con otros mientras que los amigos de Agustín se acercan como polillas a la luz. Se quedan cerca, acechan a la presa que, minutos más tarde, se meterán por la nariz. A falta de Annika y su turulo plateado, cogemos unos tíquets, los enrollamos e improvisamos. De nuevo, otra vez frente a ella, y de nuevo esa presión social por integrarme en el ambiente. ¿Me apetece? No demasiado, la verdad, pero he venido a jugar. Así que juguemos. Me ventilo la raya en un momento y aprieto varias veces mi fosa nasal con los dedos para acabar de despejarla y respirar un poco mejor. El sabor amargo me cae por la garganta y me apoyo en el vodka con la esperanza de que ayude a transitar el cemento blanco que se ha creado con mi saliva. Miguelito se funde las rayas con una facilidad deslumbrante.

A lo lejos se oyen algunos gemidos exagerados y agudos que sacan carcajadas al resto de los invitados, aunque sin demasiado asombro. Es algo que pertenece al hilo musical de la noche. Depeche Mode mezclado con una doble penetración en cualquier sala. Agustín se acerca y saca una bolsita con unas pastillas azules, pequeñas pero peligrosas. Su picaresca me invita a comerme un cuartito y me siento un poco como Alicia en el País de las Maravillas intentando adivinar si la galleta me hará más grande o más pequeña. Con el éxtasis la expansión está servida, forma parte de sus efectos, pero nunca se sabe. Recuerdo una vez que tomé un trozo de pastilla y me quise morir de las putas taquicardias que me dio y la paranoia mental que llevaba encima. En general, las drogas son como una lotería: no sabes por dónde te van a salir. Cara o cruz, y tiras la moneda al aire cruzando los dedos para estar en el lado correcto y no te joda la vida.

—Estas pastillas son buenísimas, muy puras. Se las compro al *camel* de Miguelito. —Este se vuelve, alentado por su parabólica y su radar de comentarios que halagan su faceta de drogadicto experimentado.

—¿Son las del Cuco?

—Sí, las azules.

—Buenísimas, vas a alucinar —me advierte.

—¿Quieres un trozo, Miguelito?

—Venga, si me invitas.

Partimos las pastillas en cuartos y los amigos de Agustín, Miguelito y yo nos tomamos un trocito. Me ayudo del vodka para acabar de introducirla en mi estómago. Aprovecho y apuro las últimas gotas que me quedan en la copa. Miguelito se da cuenta.

—Entra en la barra cuando quieras y sírvete. O, si no, aquí está Macu para servirte. ¡Macu! —grita al camarero—. Ella es Electra, tiene preferencia.

—Vaya, parece que te has ganado el afecto de Miguelito. Eso es muy difícil —susurra Agustín. Yo sonrío victoriosa.

De nuevo, la espera hasta que me suba la mierda que llevo en el cuerpo es eterna e incómoda. Aguanto las conversaciones de los colegas de Agustín y desvío la mirada por la sala en busca de alguien interesante en una putivuelta visual desde el final de la barra. Me encuentro con personas conocidas, con otras tremendamente atractivas y con algunas a las que Dios les dio la espalda al nacer. En ese escaneo ambiental, cuando estoy a punto de volver a mi rincón invisible en el horizonte que me aísla de la conversación, justo en ese puto momento, me encuentro con aquella mirada. No puede ser.

# XVI

## La persecución ocular

A veces la vida nos sorprende de formas que ni somos capaces de adivinar. Entrar en el supermercado vestida como si estuvieras en una *rave* en el aparcamiento del Fabrik y encontrarte con tu ex. Salir a por el pan con el pijama y cruzarte con tu amor platónico. O entrar en un piso clandestino de Madrid y chocarte con esa mirada. El corazón me da un golpe —pum— y parpadeo un par de veces con un ligero movimiento de la nariz. Estoy al borde de colapsar por los nervios y el impacto, y lo peor es que se nota claramente. Me sumerjo de nuevo en la conversación; están hablando de aquella noche que estuvieron en el Jazz y acabaron follando en una orgía. Risas, palmadas en la espalda y pollas en el aire como señal de victoria colectiva. A veces pienso en que todo lo que hacen en la vida los hombres es para meterla en caliente. Tanta obsesión por introducir su pene en la cavidad vaginal —o anal— y así sentirse protegidos. Tantas vueltas, tantos mareos, tantas mentiras, tantas risas falsas, tantas copas, tantas conversaciones para conseguir lo mismo. Qué ansiedad, por favor.

Tardo muy poco en volver a desviar la mirada, atraída por el suspense y la constancia de sus ojos clavados en mis hombros. Él bebe de una copa y en ningún momento aparta sus pupilas de las mías. En cada encuentro me atraviesa el alma, y vuelvo a sentirme amada por este desconocido, igual que aquella noche en el Comercial. Quién cojones es este hombre. Se acomoda las gafas redondeadas y se aparta un mechón liso y castaño de la cara. Lleva una camisa negra algo abierta que deja al aire un pecho velludo y delgado. Apoya los codos en la barra de madera y descansa la cabeza encima de sus manos, que la sostienen con delicadeza. Un grupo se entromete entre nosotros y automáticamente miro al suelo y suspiro. No podía contener la tensión. Agustín me toca la espalda y yo fuerzo una sonrisa un tanto desencajada. Con ese hombre me cuesta ser Electra, me saca del personaje, me desnuda entera. Me mira como si me conociera, como si supiera quién soy, cuál es mi secreto, de dónde vengo, lo cual es bastante improbable... ¿Verdad?

La caza continúa cuando, entre los grupos que se meten rayas, piden copas y se largan, se abre un pequeño atajo que conduce directamente a mí. Siento una taquicardia bajo las costillas y un ligero cosquilleo me nace por todo el cuerpo, empieza por las manos y acaba en el pecho con una contracción y una expansión de bienestar digna del clímax. Las pastillas y la coca están haciendo su cometido. Cierro los ojos, escucho un grupo estadounidense que me alucina, Boy Harsher, a toda hostia en el Jazz Club. El volumen aumenta, la conversación se distorsiona y puedo percibir el peso del ambiente sobre mis huesos. Estoy flotando en medio de una sala llena de personas ajenas a mi subidón, tan conectadas al suyo propio. Dudo mucho que haya alguien en este piso que no se haya drogado esta noche. El olor a sudor me baña las fosas nasales y los chicos se empiezan a reír sin motivo alguno. Mis párpados caen ligeramente, las pupilas le ganan la batalla al iris.

—Menudo subidón, ¿eh? —añade Agustín. Yo solo asiento y me dejo llevar por estas sensaciones. Intento no cruzarme con aquella mirada. Sé que me está observando de forma detallada, desde la otra punta de la sala. Y al mismo tiempo, como si tuviera una puta varita mágica entre sus piernas, me excito por sentirme tan expuesta y vulnerable, tan deseada y desconocida.

—Necesito bailar esta canción —anuncio.

Las canciones de Boy Harsher están hechas para follar con neones rojos y bodies fucsias. Una mezcla ochentera con electrónica actual capaz de llenarte el coño de fluidos con tan solo escuchar los primeros acordes. Suelo bailar sus canciones cuando estoy en casa, desnuda, con una cerveza en la mano. Ahora quiero hacerlo delante de todos, disfrazada, con un vodka como sustituto. Agustín y sus amigos me siguen con la mirada y yo me sostengo con una facilidad alucinante sobre estas sandalias. No siento dolor; de hecho, no siento nada. Soy ligera, transportable, compacta, insignificante. Y, al mismo tiempo, trascendental para el universo, densa en esta tercera dimensión, expandible y extensible a todos los rincones de este lugar.

Me sitúo en medio de la sala principal y siento la caricia calmada de la música a través de mis oídos. Se intensifica el sonido, atraviesa cualquier muro de contención en mí. Libero a la zorra que llevo dentro, aquella que domestico durante la semana, la misma que invoco en este momento. Muevo la cabeza hacia un lado, dejo mi cuello al alcance del resto. Elevo el vodka al techo y mis caderas se desatan en un intento de follar con el espacio-tiempo. La gente me mira y yo me siento admirada. El vestido radiografía mis esquinas y expone mis secretos, esos que todos quieren adivinar y conocer. Sonrío con picardía y me muerdo el labio con tanta sensualidad que me hago sangre. Entreabro la boca, jadeo al aire y acaricio el pelo rojizo y liso que me cae por la cara. Las ondas musicales me rodean y me abrazan, y yo caigo de espaldas en los brazos del abismo para que me eleve hasta el cielo. Me desintegro en el tiempo como moléculas que gravitan en el espacio sin ninguna dirección en concreto. De mujer a diosa solo hay cinco letras de diferencia. Yo he conseguido cambiarlas todas con tan solo un parpadeo.

En este instante, llena de fuerza y de deseo, lo busco entre el personal. No me cuesta encontrarlo: ahí está, sin perder detalle de mi imprevisible exhibicionismo. Desde la distancia soy capaz de colarme a través del cristal de sus gafas redondas y ahogar sus pupilas en sexo, frenesí y caos, mucho caos. Noto una ligera alteración en su impasividad, un carraspeo disimulado que denota incomodidad. Él me sigue apuntando, pero esta vez el duelo lo voy ganando yo. Me exhibo con descaro, muevo mi culo, muestro mi espalda al aire llena de tiras, exagero mis clavículas que un día odié tanto y que ahora son parte de mi punto fuerte. Alzo el mentón y lo miro desde arriba, en una situación dominante, en un acto de rebeldía frente a su amo. Quién se cree que es para intentar controlarme. A Electra no la controla ni la vida.

A él le pone esta situación y se acomoda en la barra; gira su cuerpo a mi favor para no perder detalle alguno. Eso me encanta: que quiera retener cualquier meneo en su retina para después hacer con ello lo que le plazca. Yo se lo regalo, «toma, es tuyo», y él lo acepta con respeto, delicadeza y mucho morbo. Quiero quitarle esas gafas redondas y empotrarlo contra la pared, poner mi antebrazo en su cuello y controlar el flujo de aire que pasa por su tráquea. Cogerlo del pelo, amarrarlo en mi entrepierna y que me suplique por comerme el coño su vida entera. En qué estará pensando él. ¿Tal vez estamos follando entre la onírica y la materia, en ese espacio que hay entre los vivos y los muertos, cabalgando sin consumir el tiempo? Noto sus manos en mi coño a pesar de estar tan lejos. No sé, yo lo siento bien cerca. Cómo es posible que su alma me resulte familiar, pero no su cuerpo. Cómo puede ser que lo conozca sin haberle dado dos besos.

Me acabo el vodka, exprimo las últimas gotas que se esconden tras los hielos derretidos. Agustín se acerca.

—Qué bien estás, ¿no?

—Sí, estoy de puta madre —sonrío.

—¿Quieres otra copa? Yo iba a por la mía.

—Por favor.

La gente se acumula en la sala principal. Son las tres de la mañana y hace calor. Aprovecho y me acerco a la ventana para asomar la cabeza y disfrutar de la brisa veraniega. Agustín me trae la copa y brindamos «por más momentos como estos». Apoyo la bebida en el poyete de la ventana para ver si tengo suerte y salgo bien follada. En vez de mirar a los ojos de mi compañero etílico, vuelvo a aquellos que me acompañan en todo momento. Siguen ahí, elevando también su copa y acompañándome en la ingesta de alcohol. Es robótico, un desplazamiento analizado, pensado y estructurado. Alzar la copa, introducir una pequeña cantidad en la cavidad bucal, tragar y volver a dejar el vaso sobre la mesa. No hay un resquicio anárquico que lo vuele todo por los aires. Está todo bajo su control, incluso yo.

—Hace buena noche —dice Agustín.

—Se está muy bien —contesto.

—¿Qué te parece el Jazz?

—Me encanta, ¡menudo lugar! Siempre quise descubrir algo así y, fíjate, he vivido de todo y nunca me he topado con este sitio.

—Es raro, ¿no? Por cómo eres y que nunca hayas estado aquí.

—Sí, bueno, al final he viajado mucho, ya sabes.

—¿A qué te dedicas? No te lo pregunté.

Eso, ¿a qué me dedico?

—Es complicado.

—¿Por?

—No es un trabajo muy bien visto. —Intento alargar la conversación y así hacer tiempo para que se me ocurra una respuesta.

—Tía, no jodas, estamos en confianza. Puedes decírmelo. ¿A qué te dedicas?

—Soy dominatrix. —Venga, ahí, a lo loco.

—¿En serio? Ja, ja, ja, cada día me sorprendes más, Electra. —Sí, a mí también—. ¿Y cómo es eso? ¿Tienes tu propia consulta? —Ehh..., ¿consulta?

—Sí, soy freelance y trabajo por todo el mundo. Aquí en España no soy muy conocida, pero en Rusia o en Dubái...

—Vaya, ¿pero no dijiste que no hablabas ruso?

—Lo entiendo un poco, pero me da vergüenza hablarlo en frío, ¿sabes? Igualmente, en las sesiones hablo en inglés.

—Me parece la hostia, Electra.

Descubrí el mundo del BDSM gracias a un cortometraje de un amigo donde me tocó ejercer de dominatrix. Lo típico —y fácil para el guion—: una chica que odia a los hombres y se hace dómina para acabar sodomizándolos con pollas de látex y dándoles hostias como panes. Lo cierto es que, en mi proceso de investigación y documentación para el papel, me encontré con que este recurso está muy manido y en realidad el BDSM no es para nada así. Se ha explotado la imagen de personas desviadas, psicópatas, enfermas y víctimas de este sistema, cuando sobre todo encuentras a personas totalmente normales que quieren explorar su sensorialidad y su vida sexual. Sí, vale, es cierto que también encuentras a personas desviadas, psicópatas, enfermas y víctimas del sistema, pero es un porcentaje mucho menor de lo que piensa la sociedad.

Lo que pude descubrir en el BDSM es la materialización del amor a través de diferentes formas, porque otra cosa no, pero amor hay y mucho. La gente confiaba su dolor, algo más difícil de entregar que el propio placer, y se entregaba a otra persona en su totalidad. Eso es una fuga maravillosa para pausar la experiencia vital, soltar el volante y dejar que otro conduzca. Sienta bien disfrutar del paisaje sin tener que estar pendiente de la carretera, ¿verdad?

—Oye, pues tienes que conocer a María. Te va a encantar. Mira, justo está ahí. ¡María! —Se vuelven veinte mujeres distintas; la originalidad de los padres españoles. Pierdo a Agustín entre la multitud y yo sigo al lado de la ventana; preservo el sitio para que nadie me quite las vistas desde la grada. Busco a ese hombre, a aquella mirada, como una yonqui entre las decenas de cabezas que colapsan el local. No lo encuentro. En su lugar solo queda un vaso vacío, el mismo que él sostenía. Todavía debe de guardar el calor de sus manos, el sabor de sus labios, el perfume de su cuerpo. Mi gen adictivo se activa y examino el entorno detalladamente para volver a verlo, solo por un segundo, para volver a sentirme como me siento en sus ojos. Agustín se interpone en mi campo visual.

—Electra, ella es María. María, Electra. —Justo volteo mis ojos para fijarme en esa mujer tan conocida dentro del mundo sadomasoquista madrileño. Joder, no me lo puedo creer. Mierda.

—Hola, Electra. Bonito vestido, ¿dónde te lo has comprado?

«En tu tienda, ¿no lo recuerdas?».

## XVII

## Guerra de coños

En la vida siempre me pongo en lo peor, pero a veces me quedo corta. Quién iba a pensar que la amiga de Agustín, la profesional del BDSM madrileño, iba a ser la misma que me vendió el vestido justo ayer, la misma que me vio sin peluca y tan sonriente. Sí, la maruja del sado se llama María y la tengo delante de mis narices.

—Hola, María, me lo compré en una tienda del centro de la ciudad, ¿la conoces?

—Bueno, os dejo que charléis de vuestras cosas. Yo me voy a poner una raya, ¿quieres una Electra?

—No, gracias, estoy bien.

—¿Y tú, María?

—No, corazón. —Agustín se esfuma y María y yo nos miramos. Ella me sonríe y me escanea de arriba abajo.

—Sabía que tenías que comprarte este vestido, querida. Te sienta fenomenal.

—Muchas gracias, yo...

—Oye, no me tienes que dar explicaciones de nada. Entiendo que este es tu personaje profesional, la gente no tiene que saber tu nombre real, sino tu identidad como dominatrix.

—Gracias, María.

—Claro, niña, son muchos años en el mundillo. Me sé

la identidad real de todas y nunca he dicho nada. Respeto y valoro vuestro trabajo.

Alzo la copa y brindo por las identidades falsas y las mentiras que salen de puta madre. María me acompaña con una sonrisa.

—Veo que no te mueves mucho por Madrid, ¿no?

—No, trabajo más fuera que en la capital. Al final Madrid es para mí un poco mi retiro, ya sabes...

—Claro, claro. Se gana más pasta fuera.

—Exacto, ja, ja, ja. —Me río como si supiera de lo que estoy hablando.

—Oye, por cierto, ¿irás al Fetish Fantasy de este año? Se celebra en Madrid, ¡menos mal! Cada año viajaba que si a Londres, a París, a Berlín... Este nos toca cerca de casa.

—Sí, tenía pensado ir. —No tengo ni puta idea de lo que es—. No recuerdo ahora cuándo es... ¿Tú lo sabes?

—Dentro de un mes, el 25 de agosto.

—¡Eso! ¿Sabes qué pasa? Me apunto las cosas en la agenda y luego se me olvidan. Si tuviera que estar con todo esto en la cabeza...

—Claro, normal. Son muchas cosas. No te preocupes, cariño, que la Mari te lo recuerda todo. *Cucha*, ahora que he visto a Agustín haciéndose un tiro me ha entrado el vicio. ¿Tú quieres?

—Venga.

Nos acercamos a la esquina de la barra y charlamos con Agustín, quien pinta otras dos rayas extras para nosotras. El corazón me va a mil y agradezco enormemente que no me haya hecho más preguntas, sobre todo las más técnicas. Memorizo el nombre de la fiesta, «Fetish Fantasy», y la fecha, «25 de agosto». ¿Voy a ir? Probablemente, pero antes tendré que hacer los deberes y documentarme un poquito mejor.

Me acerco a la nariz el turulo improvisado con un tíquet al que le queda poco recorrido. Esnifo el caminito blanco y vuelvo a buscar a ese hombre entre la multitud. Sigo sin encontrarlo. Quién cojones es.

La noche se pone interesante. La música aumenta su grado de erotismo y la gente empieza a guarrear en medio de la pista. Los gemidos, los tiros, las pupilas dilatadas y el sudor son los protagonistas de esta película independiente grabada en dieciséis milímetros. Los cuerpos se rozan sin necesidad de un saludo previo, simplemente con miradas en la distancia, con sonrisas pícaras y con el clamor de la piel. Vuelvo a pedir un vodka y me arrepiento al instante. No puedo dejar de pensar en aquella mirada, en su impasividad, en su cierto grado de psicopatía tan cercano al mío.

Salgo de la sala principal y me adentro en la otra, llena de sofás y camas sin demasiada armonía estética. Escucho el mismo hilo musical, pero el ambiente es totalmente distinto: más liberado, más sexual, más desinhibido. Hay un tío comiéndole el coño a una chica en el sofá y otro masturbándose cerca mientras ella lo mira. Un grupo se enrolla en la esquina y me sonríen para que me una. El sonido hueco de unos azotes a mis espaldas, el orgasmo de una persona en cualquier esquina de la habitación, los condones usados tirados por el suelo... El sexo en su máxima naturalidad, donde nadie juzga ni se sorprende, al contrario, la gente participa, disfruta, se entrelaza y goza. Ahora entiendo las palabras de Miguelito sobre la necesidad de vivir al máximo.

—¡Electra! —me gritan. Es Miguelito, qué puñetera casualidad.

—Mira, justo pensaba en ti.

—Por favor, qué honor que pienses en mí, guapa. —Hace un gesto de servidumbre, lleva su mano al pecho e inclina ligeramente el cuerpo hacia delante—. Ven, te quiero presentar a unas amigas.

Recorremos el espacio; Miguelito mueve unas cortinas de cuentas y nos adentramos en un cubículo con una cama redonda, una mesa de centro y ocho o nueve mujeres.

—Estas son mis amigas. Lola, Romina, Claudia, Isabel, Mimi, Alexandra, Daniela y Marisol. Chicas, ella es Electra.

—Encantada. —Todas me sonríen y me escanean, desde la punta de mis dedos destrozados por las putas sandalias hasta mi pelo falso pelirrojo.

—Siéntate con nosotras, Electra, ¿quieres un tiro?

—¿Qué es? —En la cultura de las drogas siempre siempre se pregunta qué es. Te sorprendería la cantidad de mierda que la gente se mete por la nariz.

—Farla.

—Venga.

Es sorprendente el punto de integración social que generan las drogas y cómo pasas de ser una persona ajena y desconocida a ser una más con tan solo un tiro, una pastilla, una chupadita, una calada. Supongo que, en grupo, las personas se sienten menos culpables por drogarse y prefieren que cuanta más gente caiga en el vicio y el pecado, mejor lo pasaremos en el infierno. De hecho, mi forma de socializar ha sido a través de las drogas. Y aquí no quiero hacer apología, ni mucho menos, las drogas son una mierda y blablablá, ya sabes; pero nadie se ha hecho amiga de nadie por tomarse un *smoothie* verde o comer brócoli. Nunca me han ofrecido un *cupcake* sin azúcar ni gluten para entablar conversación y pasarlo en grande. O granola para un subidón extremo de energía. En las fiestas hay drogas, nos guste más o menos, pero existen. No se puede hacer como que son irreales porque la gente se sigue metiendo mierda a cada cual peor. Que uno haga con su cuerpo lo que le dé la puta gana, como si quieren tirarse por un puente de madrugada. Es su decisión, es su vida, es su responsabilidad. Lo que se necesita es información para saber que, si mezclas, te puede salir el tiro por la culata, para ser conscientes de que existen los viajes jodidos, que te puedes volver un poco cucú de la cabeza, que esto es un vicio y se te puede ir de las manos. A partir de ahí, si te las ponen delante de tus morros, eres adulto y responsable para decidir qué cojones hacer con tu vida. Y yo con la mía decido drogarme para socializar. Es triste, lo sé, pero es lo que hay; en el fondo siempre seré la niña marginada con gafas de culo de botella y *brackets*, no te voy a mentir.

—¿De dónde es tu nombre, Electra? —Me pregunta una chica rubita, de pelo corto y tetas muy grandes y exuberantes.

—Soy rusa. —Y cruzo los dedos para que no haya nadie en el grupo con mi misma procedencia falsa.

—¡Qué interesante!

Nos metemos unos tiros y charlamos sobre la vida, del ex de una, del ex de otra, de pollas, de juguetes eróticos y de los zapatos que hacen ampollas. Lo cierto es que las conversaciones me parecen la misma mierda aburrida y superficial que la de los amigos de Agustín, pero supongo que tampoco podemos esperar demasiado en una fiesta, ciegas, a las cinco de la madrugada. Una de las del grupo se levanta y vuelve con varios chupitos y una botella de tequila. Rezo el padrenuestro por si, a estas alturas, sirviese de algo.

—Venga, chicas, juguemos. Cada una tiene que decir una fantasía sexual, y aquellas a las que les gustaría participar deben beber un chupito de tequila. Empiezo yo. —Nos sirve el tequila a todas y, cuando coge el suyo, se llena las piernas kilométricas de José Cuervo—. Hacer un trío con dos chicos.

Unas cinco chicas se beben el chupito entero. Yo dudo por un momento, planteándome lo poco que conozco mi vida sexual y la falta de exploración en mis fantasías eróticas. ¿Quiero hacer un trío con dos tíos? Pienso en Agustín y Carlos, cuando los conocí la semana pasada. Sí, perfectamente me los podría haber follado a los dos juntos. Bebo el chupito, las demás lo celebran.

—¡Siguiente! Romina, te toca. —Una chica delgada y pequeñita, con el pelo moreno y largo hasta el culo, sirve el tequila y coge su chupito.

—A mí me gustaría una doble penetración.

Joder, vamos fuerte. Esta vez, solo beben un par más y yo me reservo el chupito para la próxima ronda. La doble penetración no es lo mío, no me imagino una polla por cada lado. No, no. Siguiente.

—Electra, te toca.

—¿A mí? —Me pilla desprevenida. Pienso durante unos segundos mi fantasía sexual y tiro de recuerdos de cuando me masturbaba con pornografía. Me viene a la mente una orgía de mujeres entrelazándose en una sala, desnudas, cachondas y entregadas al placer de sus lenguas, sus dedos y sus fluidos—. Hacer una orgía peeero solo con mujeres.

Bebe todo el grupo, y el alcohol, la cocaína y los resquicios de la pastilla que me tomé un par de horas antes empiezan a hacer efecto en mi cuerpo desinhibido, excitado y abierto a todo. Se instala un silencio entre nosotras, algunas miradas furtivas y sonrisas maliciosas trazando el plan sexual más travieso posible. La chica rubia de las tetas exuberantes se levanta. Admiro su cuerpazo a pocos centímetros de mi cara.

—Parecerá una locura, chicas, pero todas hemos bebido del chupito... ¿Estáis pensando lo mismo que yo? —El grupo estalla en carcajadas, incluida yo, que con el ciego que llevo me hace falta bien poco para morir de la risa.

—¿Es la noche? —pregunta una.

—No sé, ¿lo es? —dice la rubia.

—Oíd, propongo algo. Nos hacemos otro tiro, nos pillamos el tequila, vemos si hay alguna habitación vacía y sin presión, lo que surja, chicas. ¿Os parece?

—Me renta.

—Sí.

—Venga, estoy dentro.

—Me apunto.

—¡Sííí!

—Estoy *in*.

—Hagámoslo —digo.

Romina se levanta e investiga si hay alguna habitación vacía, de esas cuya puerta tiene rendija y se puede ver todo su interior. Al cabo de unos minutos, vuelve. Se nos queda mirando fijamente, crea tensión entre nosotras. A mí me va a dar un puto infarto, pero jamás me había sentido tan viva, tan excitada, tan feliz de estar en este mundo, joder.

—Tenemos habitación. —Y, acto seguido, un griterío que asusta a gran parte del personal. Cojo el tequila y, en fila, nos dirigimos a la sala. La gente del local nos mira sorprendida. Nos metemos las nueve en el cuarto y cerramos la puerta.

Trago saliva y me percato de la situación que está a punto de producirse: voy a hacer una orgía con ocho tías. Estoy temblando, puesto que mi bisexualidad es bastante novata y nunca pensé que me iba a convertir en experta tan rápido. La primera vez que me comí un coño fue la semana pasada y ahora voy a sumar ocho más a la lista. Bueno, tampoco hace falta que me los pase todos por la lengua..., ¿no?

—Chicas, chupitos, por favor.

—Venga, arrodillaos —ordeno. Se me quedan todas mirando en plan «y esta ¿de qué va?», pero obedecen, algo morbosas.

No conozco los nombres de casi ninguna, solo el de Romina y, con mi poca memoria, voy a tener problemas para recordarlo en unos minutos. Una chica con un moño se agacha la primera y abre la boca sacando la lengua. Las demás se ríen y hacen lo mismo. Yo me paseo delante de ellas, tequila en mano. Me meto en esa falsa profesión que he promocionado horas antes entre la gente del local. Se me da bien mandar, no te voy a engañar.

Con ocho mujeres arrodilladas en el suelo, riéndose y aguantando con la boca abierta, me pongo a bailar al ritmo de la música. Les sonrío con cierta picardía y maldad; ellas me miran con idealización y me animan a seguir moviendo el culo delante de sus narices. Hacemos ruido, muchísimo, pero poco en comparación con la que se nos viene encima. Empiezo por la rubia de tetas exuberantes cuyo escote está al borde de colapsar. La cojo de la mandíbula, fuerzo a que abra más la boca. Sus ojos azules me piden clemencia y yo les sostengo la mirada para adivinar lo que esconden más allá. Y más allá hay un deseo incontrolable. Bebo de la botella de tequila y me beso con ella al tiempo que le introduzco todo el alcohol ardiente en la boca. Ella se lo traga, obediente, y me vuelve a enseñar la lengua y la boca despejada. Asiento con la cabeza. Cojo la botella y, esta vez, lleno su cavidad bucal para que se lo pase del mismo modo a su compañera, una pelirroja con el pelo muy corto. Se lían durante un buen rato mientras las demás miramos y sonreímos, partícipes del espectáculo. La pelirroja abre la boca y, como la rubia, enseña que ha sido una buena chica y se ha tragado todo el tequila. Comienzan a entender la dinámica; hago esta improvisada rutina con todas y, cuando llego a la última, nos besamos con pasión. Apoyo la botella en la esquina y me agacho para poder tocarla mejor. Las demás nos acompañan en los besos, los roces y las camisetas que vuelan por los aires.

Estamos excitadas, muchísimo. Oímos que tocan a la puerta en diversas ocasiones, pero negamos el paso a los nuevos candidatos y candidatas. Estamos las nueve, enredadas en una sala oscura y algo sucia, encima de unos futones tirados en el suelo y con látigos, esposas y demás artillería colgados en las paredes. No pasa demasiado hasta que nos comemos los coños. Directas al grano. La chica con la que me estoy enrollando me empuja y mete su mano por debajo del vestido. Se da cuenta de que no llevo bragas, sonríe victoriosa. Me obliga a quitarme la prenda y soy la primera en quedarse desnuda, aunque no por mucho tiempo. En cuestión de minutos, ocho mujeres —nueve conmigo— estamos desnudas y cachondas. Acerca su cabeza a mi entrepierna y lame mi coño con paciencia y delicadeza. Su compañera más cercana se amorra a su entrepierna y poco a poco vamos creando un círculo en el que todas, absolutamente todas, nos estamos lamiendo y saboreando.

Sin demasiada experiencia, intento coordinar mis movimientos linguales lo mejor posible y acaricio un clítoris que no para de crecer y crecer. El placer forma parte de un canal infinito donde estamos servidas y servimos; en el que, si una aumenta el ritmo, lo notamos el resto. Nos coordinamos y eso hace que la excitación suba de forma progresiva. Desvío la mirada hacia la puerta, alguien nos observa. A mí me da un vuelco el alma, y por un momento pienso en si es *él* quien me atraviesa de nuevo con aquella mirada.

Me detengo durante un instante para maravillarme con la estampa. Ante mí solo veo pelvis moviéndose, culos rebotando y manos apretando la carne a veces flácida, a veces dura, pero siempre dispuesta. Es una de las imágenes más bellas y naturales que he podido vislumbrar en mi vida, y agradezco desde lo más profundo de mi ser el poder experimentar esta orgía tan improvisada. Vuelvo a centrarme en mi pequeña obra de arte rebosante de fluidos y palpitaciones, cuando oigo a lo lejos un aumento de jadeos, movimientos y gritos. Eso hace que el grupo entero siga el compás: se intensifican los lametones, los azotes, las embestidas y las penetraciones con los dedos. Mi excitación está rozando el límite, y la energía del lugar me envuelve y me retiene en un laberinto sin salida en el que solo puedo follar y follar. Me suda el pecho, la frente, las axilas y los pies. Hace calor en esta sala y apenas tenemos un atisbo de oxígeno, lo cual genera más tensión y fogosidad.

Unos gritos rompen el equilibrio y llega el primer orgasmo, seguido de otro y otro. Acto seguido, se genera una rueda de clímax, risas, gemidos y sonidos bucales propios del succionar, chupar y lamer. Escuchar a otras mujeres correrse hace que me precipite por completo al vacío, que me eleve al séptimo cielo y experimente la explosión más potente que había vivenciado hasta el momento. Me vuelvo loca gritando y gritando, mientras mi compañera no detiene ni un segundo el ritmo o la intensidad. Creo recordar pocas comidas de coño como esta, tan delicadas y excitantes.

Con mi orgasmo dando sus últimas contracciones, me centro de nuevo en proporcionar un estallido al cuerpo que tengo encima, apoyado de rodillas en el suelo con el culo al aire. Meto toda mi cara en su coño, bañándome en un flujo ácido lleno de saliva. Tarda poco en correrse, algo que me provoca satisfacción y admiración. Conque así se siente un orgasmo en la boca, qué maravilla.

Aquellas que son multiorgásmicas siguen acariciándose, penetrándose y jugando por un buen rato. Yo estoy tan cansada que no me puedo ni mover y me quedo tumbada en el futón. Olfateo el olor a sexo que flota entre las cuatro paredes. Un par de chicas se acurrucan conmigo y nos acariciamos lentamente, agradecidas de haber experimentado algo así, felices por estar vivas. Pasan unos minutos hasta que todas nos sintonizamos en la misma emisora, una llena de amor, gratitud y mimos. Nos reímos, nos besamos, nos abrazamos y nos resbalamos por las pieles sudorosas, olorosas y al natural.

Por un momento me planteo cómo es posible que el sexo sea algo tabú, que se cuestionen sus orígenes, su naturaleza, su procedencia. Cómo puede ser que esto esté mal visto si el amor que pueden promover los seres humanos a través de los lazos es algo infinito y casi, no sé, ¿sagrado? Que no, que no se puede retener ni manipular. Esto nos pertenece como especie y forma parte de la vida, de la posibilidad y, para algunas como yo, de la felicidad. Esto me retorna a las raíces que estaban enterradas bajo capas y capas de pecados, castigos y demás gilipolleces. Si lo que ha sucedido esta noche no es algo divino, que baje Dios y lo vea. Si la luz y la energía tan amorosa forma parte del infierno, tal vez nos estamos equivocando de bando. En esta guerra de coños y fluidos ha ganado el cielo, por mucho que se nieguen a verlo.

—Muchas gracias, chicas, ha sido increíble. Os quiero —oigo una voz, a lo lejos.

—Y nosotras a ti. Nos hemos querido mucho, ¿eh? —suelta otra.

—Sí, y nos hemos corrido muy a gusto también. —Estallamos en carcajadas y la vibración de mi barriga hace que la cabeza que tengo apoyada se mueva sin control.

—Deberíamos hacer esto todas las semanas, ¿no?, como terapia —dice la rubia.

—¿Dónde hay que firmar? —añado.

Nos quedamos en silencio, escuchando únicamente el hilo musical del local y algunos pequeños gemidos de bienestar y paz, y esa inspiración profunda seguida de una espiración larga y lenta que denota comodidad. Acompaño la respiración desde mis adentros, cierro los ojos y me dejo flotar. Qué bien estar viva, joder.

# XVIII

## El diagnóstico

Mi madre guarrea las tostadas con aceite y deja las migajas esparcidas por el plato.

—Mamá, si no te lo vas a comer, ¿por qué lo pides?

—No sé, hija, para ver si podía llevarme algo a la boca, pero hoy no, no puedo.

—¿Va todo bien? —pregunto.

Llevo toda la semana con dolor de cabeza debido a la locura del viernes; sobrevivo a base de otro tipo de droga, esta vez legal: el paracetamol. Me dejo puestas las gafas de sol incluso dentro de la cafetería y maldigo esta luz veraniega que rebota por todo el espacio. Le doy un sorbo al café y observo a mi madre, que apoya la cabeza en sus manos y mira la mesa fijamente. Veo que se le cae una lágrima. Qué coño pasa.

—Mamá, ¿estás bien?

—Ayer me llamó Tamara...

—Un momento, ¿Tamara? —Caigo de inmediato—. ¡Ah! La hija de Dolores, sí. ¿Qué pasa?

—Dolores murió ayer, Ruth. No pudo con el cáncer.

—Lo siento mucho, mamá.

—Esto es una pesadilla, Ruth, una pesadilla. Intento mantenerme activa, feliz, optimista... Pero la vida no para de darme hostias, una tras otra. Estoy cansada, cada día más débil y no puedo dejar de pensar que me espera el mismo destino que a Dolores.

—Mamá, no digas tonterías, por favor. Tú no tienes metástasis.

—De momento.

—Mamá, joder. —Golpeo fuerte la mesa, quizá en exceso, pero el nerviosismo interno me juega una mala pasada. Mi madre eleva la cabeza un tanto asustada y sorprendida, y yo pido perdón a mi alrededor por mi incontrolable carácter.

—Esta mañana he llamado al abogado para acabar mi testamento, Ruth.

—Pero, a ver, ¿qué cojones dices?

—Es algo que tengo que hacer por si acaso, hija. Si esto se complica, yo no estaré capacitada ni física ni mentalmente para ponerme con el papeleo legal. Tu abuela nos dejó una buena herencia, lo sabes, y eso pasará a tu hermana y a ti. Quiero que todo esté bien atado para evitar deudas y pagos desorbitados a Hacienda. —Mi madre me mira con los ojos vacíos, sin ese brillo que la caracterizaba. Siempre le decían que tenía unos ojos bonitos, y ella no lo entendía. «Pero si son castaños», reprochaba. «Da igual el color, Lourdes, están llenos de vida», contestaban. Esa chispa se ha esfumado y ahora solo quedan unos ojos castaños con la esclera amarillenta, propia de la ictericia que se deriva del cáncer de páncreas. Esto es lo que, ahora, los hace especiales.

—Siento que lo de Dolores te haya afectado, mamá, pero no podemos dejar de luchar. No ahora, por favor, te lo suplico.

—Ruth... —Me absorbe en ese túnel que tiene por pupilas, adentrándome en el interior de su oscura alma. Me escupe en cuestión de un segundo—. Da igual.

—Dime.

—Da igual, hija. Vamos a la quimio, que es tarde.

Se levanta con dificultad, apoya la mano en la mesa para no perder el equilibrio. Su cuerpo cada vez pesa menos, y la piel se le ha vuelto de un color enfermizo y con una textura extraña, fina y elástica. Entrecierra los ojos por el cansancio y la ayudo a avanzar por la cafetería cogiéndola del brazo. Me sorprende lo rápido que avanza el cáncer; llevamos más de un mes y, lejos de mejorar, está empeorando. Los vómitos son diarios, el cansancio la hace postrarse en la cama sin poder hacer nada. Mi hermana cuida de ella casi todos los días y yo intento no sentirme mala hija por no imitarla. Ayer me llamó y me dijo que iba a necesitar mi ayuda con este tema, a pesar de que eso la joda porque ella no es de pedir socorro así como así. Es de las testarudas, de las orgullosas, de las que no se rinden.

Lo cierto es que las semanas pasan lentas, a medio camino entre mi casa y la de mi madre, con un bono de metro que no paro de recargar y con el corazón afligido. Cuando llega el día de ir al médico a revisar las últimas pruebas, mi hermana nos acompaña. Conduce en silencio, nadie habla y es algo incómodo. La radio suena de fondo y llena un espacio necesario para que no sea melodramático, aunque sea la realidad. Mi madre se peina la peluca mientras se mira en el espejo. No tiene cejas, ni pelo. Le quedaban algunos mechones por caerse y el otro día decidimos raparla, por su propia estética y comodidad. Ese momento..., joder, ese puto momento... Ojalá no hubiera existido. Es el instante en el que te das cuenta de que tu madre está enferma de cáncer, cuando le ves la cabeza como una bola de billar, reluciente y sin ese cabello castaño que solía cardar hasta el infinito. Su obra de ingeniería reducida a simples escombros. Cuando mi madre se miró en el espejo, pude ver la ausencia en ella, el abismo que te hace cagarte del vértigo. Estaba mirando fijamente la imagen de su posible muerte. Desde que supo del fallecimiento de Dolores, todo ha ido en caída libre, como si ese pequeño resquicio de luz que se asomaba entre las nubes se hubiese esfumado y dado paso al frío, helado y gris.

—Venga, mamá, que llegamos tarde. Tenemos hora con el doctor Martínez a las diez —insiste mi hermana.

—Sonia, joder, no le metas prisa, coño.

—A ver, ¿qué quieres que haga? ¿Nos quedamos aquí media hora?

—¿No ves que mamá está cansada? —le contesto.

—Sí, ya sé que mamá está cansada, Ruth, no soy gilipollas; estoy con ella todos los días.

—Ah, vale, ahora es el momento en el que me echas en cara que no voy a cuidarla.

—¿He dicho yo eso?

—Niñas, por favor... —balbucea mi madre.

—Siempre estás igual, Sonia, sieeempre eres la mejor de las dos. Pues toma, para ti el premio, campeona.

—Oye, imbécil, cállate la boca, ¿vale?

—¡Niñas! —grita mi madre con las pocas fuerzas que le quedan—. ¡Callaos de una puta vez!

Mi madre no es una mujer que utilice palabrotas con facilidad y ligereza, a diferencia de mí, que cualquier excusa es buena para soltar alguna barbaridad. Cuando las dice es porque las siente de verdad, porque realmente está hasta el mismísimo coño. Y cuando pronuncia la palabra «puta» es que ha rebasado el límite. Por eso mi hermana y yo nos quedamos mudas, sin nada que decir. La ayudamos a salir del coche, nos miramos y nos disculpamos con un pequeño y disimulado gesto. Estamos nerviosas, hoy es un día jodido.

Entramos en el hospital y el olor a antiséptico y desinfectante inunda mis fosas nasales. Subimos a la cuarta planta y esperamos en la sala. Observo a otras personas en la misma situación, con sus pañuelos azules y las manos entrelazadas con las de sus hijos o maridos. Mi madre nos coge a las dos y enreda sus dedos con los nuestros, apretando más fuerte de lo habitual. Puedo percibir la inquietud, estoy segura de que no son buenas noticias lo que vamos a escuchar.

—¿Lourdes Vallesteros? —dice un enfermero.

—¡Sí! —grita mi hermana—. Vamos mamá.

A mi madre le cuesta moverse y no es solo por su estado físico, sino por el miedo. Ese que acecha desde la esquina, feroz, y muestra los dientes capaz de hacerte añicos con tan solo un bocado. Ese miedo que te ancla al suelo y te aprieta el pecho hasta que dejas de respirar. Ese que te acelera el corazón con taquicardias, vuelcos súbitos y adrenalina. Lo peor es que no puedes huir, no puedes escapar. No hay una fuga, no hay nada. Solo puedes ver cómo, poco a poco, se acerca a ti, cada vez un pasito más. Y otro más. Y otro más... Hasta que sientes el hedor de su aliento en tu mejilla izquierda y deseas despertar de esta pesadilla. Pero por más que te pellizques, por más golpes que te des en el pecho, no abres los ojos. Y ahí te das cuenta de que es la realidad y de que te vas con ella.

—Lourdes, ¿qué tal? ¿Cómo se encuentra? —pregunta el doctor.

—Peor. Muy muy cansada, me cuesta comer cualquier cosa y los vómitos han aumentado.

—¿Son diarios?

—Sí.

—Entiendo —dice mientras golpea el ordenador, que debe de ser de mi quinta por lo menos—. ¿Cómo vas con la quimio?

—Es dura.

—Aham, comprendo... Vamos a ver las pruebas, ¿vale, Lourdes?

Mi madre asiente, indiferente. El médico se pone las gafas imantadas y cierra ligeramente los ojos para enfocar. Apoya el codo en la mesa y acaricia su barba recién afeitada con calma y paciencia. Menudo trabajo de mierda, tener que decir día tras día, a varias personas distintas, con sus vidas y sus sueños, con sus seres queridos y sus proyectos..., que van a morir en un plazo determinado de tiempo. Sí, es cierto, no es novedad, al final todos tenemos el mismo destino, pero que te digan que el reloj de arena está a punto de colmar por completo el lado contrario acojona, y mucho.

—Lourdes, voy a ser sincero con usted. —Mierda—. Las pruebas no han salido como esperábamos. Lo cierto es que el cáncer ha avanzado bastante. Hoy íbamos a valorar el estado del tumor para programar una cirugía y extirparlos, pero hemos detectado tejidos anormales alrededor de varios de ellos. De momento no ha avanzado a otros órganos, algo positivo, pero sí que ha avanzado localmente.

—¿Eso qué significa? —interrumpe mi hermana.

—Es muy probable que una cirugía para tratar de extraer el tumor sea inútil y podría causar efectos secundarios mayores. Tenemos que estar pendientes de que no se obstruyan los conductos biliares o del tránsito intestinal para que el organismo siga funcionando correctamente. Pero ahora mismo no podemos hacer ninguna cirugía para aliviar el cáncer.

El médico se quita las gafas y las deja colgando de su cuello. Aprieta los labios en señal de lamento y nos observa con una cercanía y una lejanía equilibrada y justa. Entiendo que no es su primera vez y tiene calibrados todos los gestos, movimientos e intensidades para no sobrepasarse de la línea roja, pero tampoco ser un frívolo de mierda y quedarse corto.

Mi madre agacha la cabeza y una lágrima se asoma por su ojo derecho. Aprieta las manos con fuerza y contiene el llanto en sus adentros. Alimenta un tumor que se la va comiendo por dentro, bocado a bocado, pellizco a pellizco. Todo lo que un día conoció como la normalidad, se ha esfumado con un simple pronóstico. Toda la previsión de futuro se ha quedado limitada a una sola predicción, la real, la tangible, la que no queríamos escuchar. Y es en ese momento, en ese puto momento, cuando sé que mi madre va a morir.

# XIX

## Laura

Sujeto a ras de suelo la lata de cerveza vacía en la mano derecha. Se me cae, como si no tuviese pulso bajo la piel. Miro el techo; me mantengo al borde del declive. Mi corazón está vacío de toda esperanza. Una voz resuena en mi cabeza y se repite en bucle. «Mi madre va a morir, mi madre va a morir, mi madre va a morir». Intento aferrarme a cualquier atisbo de ilusión y optimismo, pero es inexistente. No hay nada más que la realidad asomando bajo la negación. Cómo es posible que el cuento haya cambiado tanto, que este giro se haya posicionado en el lado contrario. No sé cómo será el momento en el que mi madre muera, pero, sin duda, saber que va a suceder es muy jodido. Cuando de repente sabes que lo vas a vivenciar, que te ponen frente a un barranco y te dan las llaves de un coche sin frenos. Sabes que te vas a tomar por culo, que no puedes parar, que no hay ninguna luz o posibilidad. Los finales felices de las películas no existen en la vida real. Mi madre se muere y no puedo hacer nada, absolutamente nada. No hay una fórmula mágica que pueda mantenerla con vida, no hay un tratamiento capaz de salvarla, no hay ninguna opción factible que la saque del inminente destino. A lo lejos puedo vislumbrar una sombra con una azada que espera paciente, sin prisa, tranquila. Y por más que quiero sacarla de su hechizo, por más que quiero retenerla..., es imposible. No puedo hacer nada. Nada, joder.

Por qué nadie nos prepara para esto, por qué nadie nos dice qué hacer en estos casos. En serio, qué cojones hago aparte de mirar el techo y dejar que el reloj pase y pase. Dónde me escondo. A dónde voy. Qué hago para mitigar este dolor. Ahora mismo me sedaría, me metería tanta mierda en el cuerpo que me desconectaría de las garras que comprimen mi estómago. Ahí, un trozo de carne putrefacta sin sentido ni sentir. Una pieza del Museo de los Horrores expuesta a la adoración del resto de los humanos. «Hay personas que realmente sufren en la vida», dirían. Y yo ahí, mirando al horizonte, intentando sonreír a pesar de estar muerta por dentro.

Me seco las lágrimas y entro en Instagram para esfumarme de esta puta realidad. Lo primero que me aparece es una foto de Laura la Perfecta con su marido y su golden, frente a una casa de madrileña rica que vive en California. Lleva un conjunto de falda y top en un tono terracota y luce un bronceado digno de cualquier cabina de rayos UVA. Su sonrisa, tan blanca y perfecta. Sus hombros, tan musculados y perfectos. Su pelo rubio al viento, tan largo y tan... perfecto. Si alguien me preguntase en este momento si quiero cambiarme por ella, le contestaría que sí antes de que acabara la frase. «Quieres ser ell...». «¡SÍ! ¡Sí, joder! Sí, por favor, sí». Luciría unas piernas fuertes y fibradas de pilates y pasearía a mi perro cuyo tono de pelo es el mismo que el mío. Y la gente nos miraría y diría: «Los perros se parecen a los dueños», y yo me reiría, «ja, ja, ja», con una risa perfectamente calibrada. Y mi marido me follaría todas las noches en nuestro colchón de cinco mil euros con muchos cojines. Rosa los pondría cada mañana de la forma que me gusta: primero los estampados y después los lisos. Y yo desayunaría un potado de hierba para hacer *detox* de lo que sea que tenga que hacer *detox*, no sé, tal vez por las radiaciones del móvil o por el estrés de gastarme el dinero de mi marido rico. Y me pondría vestidos rosa palo con vuelo, de esos que te hacen parecer una Barbie un poco putilla, puesto que debajo llevaría lencería de encaje de La Perla. Y me operaría las tetas y ya no tendría nunca más que ponerme calcetines para rellenar escotes. Y me iría con mis amigas al restaurante de moda a tomar mimosas y cotillear sobre los cuernos del marido de una. Y así pasaría mi vida, feliz, subiendo a Instagram el idilio en el que me encuentro para sembrar la envidia en una pobre amargada cuya madre tiene cáncer y se va a morir, cuya única vía de escape es ponerse una peluca pelirroja y jugar a ser una rusa un poco cocainómana y alcohólica, adicta al sexo desenfrenado y al subidón de adentrarse en lo desconocido.

«¿Y por qué no lo eres?», me dice una voz —no, una cualquiera, no: *la voz*— en mi interior. «Puedes ser quien tú quieras, Ruth».

Despego la mirada del móvil y veo la peluca de Electra apoyada en la pelota de fútbol. «Puedo ser quien yo quien». Incluso Laura. Podría ser Laura.

Me levanto del sofá, me pongo las zapatillas, cojo el bolso y salgo disparada por la puerta. Los latidos galopan bajo mis costillas y el pulso acelerado me hace salivar en desmedida. Camino entre con prisa y trotando, un punto intermedio que me quema los pocos cuádriceps que envuelven mis fémures. Me bajo en Ópera y entro en la tienda. La mujer me sonríe de nuevo, se acuerda de mí.

—Hola, bonita. ¿Cómo estás? ¿Qué tal las pelucas?

—Genial, estoy buscando una rubia y larga. ¿Tienes alguna?

—¡Uy, un montón! Mira, esta fue la que se probó tu

madre. —Evita preguntarme por ella, entiendo que la experiencia le ha dado algún disgusto que otro. Preguntar cómo está una persona con cáncer no siempre es apostar por el caballo ganador.

—Sí, la recuerdo. Es muy bonita. ¿Me la puedo probar?

—Claro, toma una rejilla.

Introduzco todos los pelitos bajo la redecilla y coloco la peluca rubia, que me roza el culo con las puntas. Es de un tono ceniza con algunos reflejos grisáceos. Ondula con elegancia y delicadeza y siento que de un momento a otro voy a cantar «*Let it go, let it go*» y a congelar la tienda con mis superpoderes.

—Te queda genial. ¿Es lo que buscabas?

—Sí, justo esto.

Pago con la tarjeta de crédito y me marcho a seguir comprando mi próxima identidad. Me decido por un vestido rosa palo ajustado en el pecho y con un ligero vuelo, y unos zapatos de tacón del mismo color. Me compro unas gafas estilo años setenta sin graduar. Esta vez apuesto por lencería fina, aunque no sea de La Perla, sino de Primark. Vuelvo a casa satisfecha y directa a darme ese pequeño ritual de baño con sales. Me maquillo con tonos rosados y me pinto los labios con mucho *gloss*. Desempolvo las perlas de mi abuela y estreno un collar pegado al cuello a juego con unos pendientes de oro. Cuidadosamente, me enfundo en la lencería de encaje violeta de Primark y en el vestido de vuelo. Los zapatos son un poco más cómodos que las sandalias de la última fiesta, pero tampoco creas que es para relajarse en exceso.

Me paseo por el salón y admiro los últimos rayos de sol que se cuelan por la ventana. Saco la peluca de la bolsa, la peino con delicadeza. Me coloco la rejilla y, acto seguido, me adentro en mi próxima identidad.

Cuando me veo en el espejo, la sensación es distinta de la primera. La inocencia me invade por completo y siento la picardía de ser una loba vestida de cordero. Sonrío en exceso y la mirada se ilumina a través del reflejo. Mis ojos brillan, mucho, y mis labios jugosos perfilan palabras delicadas, calmadas y, sobre todo, elegantes. Me pongo con cuidado las gafas y, chas, soy completamente distinta. En otra vida, en otro cuerpo, en otro lugar. Con las uñas pintadas de rosa, sujeto un bolso estilo *clutch*, compacto y pequeño, hecho para llevar lo justo en la vida de rica que estoy a punto de vivir.

Doy vueltas sobre mi propio eje y me asombro por el vuelo tan bonito del vestido y el trazo que diseña mi pelo rubio y largo. Practico frente al espejo las risas, los coqueteos con cierto toque de «ay, pero qué tonto eres», «paaara, jo», y me mentalizo de que las palabrotas están fuera de mi vocabulario. Eso, el vodka y la cocaína. Ahora solo bebo champán y fumo un pitillo de tanto en tanto. Jamás he probado las drogas y mi pureza roza la divinidad. Soy virgen en casi todo, aunque bajo el vestido lleve lencería de infarto y el coño rasurado. Salgo por las noches a tomarme una copa cuando acabo mi arduo trabajo como diseñadora de interiores. Mi padre es un conocidísimo arquitecto y mi madre, una empresaria de éxito, así que se puede decir que he nacido cagando dinero. Mi zona de confort es un chalet en Serrano y una casa en Marbella. Bebo zumos concentrados de apio todas las mañanas para limpiar el hígado y tengo un profesor de yoga particular al que de tanto en tanto se la mamo. Perdón, nada de «mamar»: me roza un poquito —ji, ji— cuando estoy haciendo el perro boca abajo —ju, ju—. Tengo un vestidor a rebosar de ropa y mi plan antiestrés es irme a las Maldivas a beber agua de coco y no salir del resort. Llevo una vida taaan agobiante, la gente no sabe lo difícil que es decidir entre el azul cobalto y el persa.

Esa soy yo, tan ajena al cáncer, a la muerte, al alcohol, al suicidio, a la pobreza, a la miseria, a la soledad asfixiante... Estoy en el lado bueno del juego, el que envidian los demás cuando entran en Instagram; donde hay dinero, amor, felicidad, abundancia, equilibrio, salud y vida, mucha vida.

«Holi, ¿qué tal? Me llamo Laura y soy... perfecta».

# XX

## El baile

Antes de adentrarme en el submundo pijo madrileño, busco en Google los mejores bares donde se mueve la gente con pasta, pero con pasta de verdad. Me salen varias sugerencias: «Los diez rincones más exclusivos de Madrid», «Piérdete en la capital con estos lugares de lujo», «Este es el lujo madrileño que debes conocer»; decido hacer clic en cualquiera y documentarme a toda prisa. Tras visitar varias páginas, me decido por El Dorado Club, en pleno barrio de Salamanca. Perfecto.

Cierro la puerta y no tardo en parar un taxi. Le doy la dirección y me mira a través del retrovisor, esta vez no con deseo, sino con ciertas incógnitas, como por ejemplo qué hace una pija como esta en pleno Vallecas. Yo sonrío con inocencia y dulzura, intento recordar aquellos gestos más característicos de Laura la Perfecta, la de verdad. Los ricos saben cuándo eres rica o estás desesperada, cuándo quieres pegar un braguetazo o cuándo has nacido en una buena cuna y te da igual todo. A diferencia de mí, claro, que no tengo ni puta idea de cómo actuar o comportarme. Tengo más posibilidades de cagarla como Laura que como Electra y, aun así, ambas están lejos, muy lejos de las infinitas posibilidades que tengo de cagarla siendo Ruth.

—Es aquí, ese es, El Dorado Club. Son veintitrés con treinta —dice el taxista. Sonrío, saco la tarjeta y pago.

El Dorado Club es el lugar por excelencia de los Cayetanos y Cayetanas en Madrid. Un local de dos plantas donde abundan los flequillos repeinados, las bermudas en pleno invierno o las camisas de algodón grueso en pleno verano. Porque para ser un buen pijo madrileño debes tener el termostato corporal un tanto alterado.

Una puerta gigantesca de cristal me da la bienvenida junto con dos alocasias plantadas en macetas doradas más grandes que mi casa. Al entrar, el ambiente es moderno y elegante, con un aura que me resulta incluso ficticia. La iluminación es azulada —¿a alguien le sorprende? No, a nadie— y en el centro del local predomina una gran barra donde sirven cócteles. Algunas mesas se distribuyen a su alrededor y, como son las doce y media, todavía hay personas que apuran sus platos y postres. Una chica con traje me saluda en la entrada.

—Buenas noches, señorita. Bienvenida a El Dorado Club. ¿En qué te puedo ayudar?

—Buenas noches. —¿Los pijos darán las buenas noches igual que el resto de los mortales?—. Me gustaría tomar algo.

—Pues mira, te cuento. ¿Es la primera vez que vienes?

—Sí, es la primera.

—Perfecto, la zona de abajo es la parte del restaurante, más tranquila. Si quieres una copa, puedes beberla en la barra. Después tenemos la parte de arriba, que es más estilo discoteca, con música y sofás para tomarte algo y bailar.

—Creo que prefiero la zona de arriba —digo.

—Genial, acompáñame, por favor.

La chica mueve el culo de forma exagerada y su cinturita parece que se va a romper de un momento a otro. Sube una escalera ancha con luces de neón tenues que nos lleva a otro lugar totalmente distinto. La pista de baile está en el centro, y los sofás y las mesas forman un círculo por la parte externa. A través de los enormes ventanales se puede ver la carretera. Las luces siguen siendo azules, pero esta vez con un toque más nocturno y fiestero. La barra está al fondo y los camareros vienen y van con bengalas y botellas de Moët al son de la música comercial. Suena Taburete de fondo —seguimos sin sorpresas— y el personal se vuelve loco cantando:

*Perdí la fama en un cabaret*
*Se han olvidado a qué huele la luna*
*Y en las cantinas como bailan como cantan*
*Se han olvidado a qué huele la luna*
*El día es claro*
*Ha salido solo*
*Te han entrado ganas*
*De bebértelo todo*

No sé si podré aguantar demasiado, en serio. Un grupo se ríe demasiado alto y un chaval de melena ondulada, camisa de rayas y americana se levanta y empieza a contar una historia. El resto lo vitorea y se ríe; alzan el ron con cola que se han pedido hace unos minutos. Otras se peinan sus largas melenas que perfilan sus pechos operados. Estos asoman por un escote de pico, contenido por una cremallera dorada que atraviesa el asfixiante vestido.

—¿Prefieres la barra o una zona de sofás? —Medito por unos segundos la respuesta, valoro la terrible soledad y vacío que podría sentir en un sofá enorme rodeada de grupos gritando.

—Creo que prefiero la barra.

La chica me acompaña y me explica la carta de cócteles y bebidas que están disponibles, a cada cual más cara.

—Tenemos vinos y champanes fuera de carta. Si te interesa alguno, nos consultas, ¿de acuerdo?

Si la bebida más cara de la carta son seiscientos euros, no quiero ni imaginar lo que hay fuera, en esa más exclusiva, más pija, más elitista. La barra es rectangular y deja un hueco amplio para dos camareros que están justo en el centro y cogen botellas de alcohol de las estanterías acristaladas.

—Buenas noches, ¿qué te pongo? —me dice uno mientras pasa una bayeta sucia para intentar limpiar algo que ya estaba limpio.

—Una copa de vino blanco, por favor.

—¿Cuál? ¿Albariño, verdejo...?

—Un albariño.

—¿Bouza Do Rei? ¿Mauro Godello? —Mira, cariño, como si me pones un Don Simón, no me iba ni a enterar.

—Sí, el primero me va bien. Gracias.

Me siento con las piernas cruzadas y el *clutch* apoyado sobre mis muslos. Me peino la melena rubia y ondulada y siento el cosquilleo de sus puntas en mi culo. Tener el pelo tan largo es un reto y no estoy acostumbrada. Escaneo el lugar con curiosidad. Algunas chicas empiezan a juntarse en la pista para bailar las primeras canciones de reguetón, eso sí, de una forma muy elegante y sofisticada; juntan las rodillas y elevan el dedo índice al cielo mientras tararean esos estribillos dignos de un Nobel. Los chicos las miran desde los sofás, escogen la mercancía con detalle y mucho mucho machismo. Porque si algo rezuma este lugar es casposidad, como si no se hubiesen dado cuenta de que Franco murió hace muchos muchos años (aunque insistan en invocarlo una y otra vez y preservar así una ideología propia de 1970 en la España profunda).

No hay diversidad, no hay pluralidad; todos y todas hacen los mismos gestos, visten los mismos modelitos de Ralph Lauren o de Guess, con los zapatos de Diplomatic y sus bolsos Louis Vuitton. Pocos conjuntos hay de Zara (como aquella chica de TikTok que se hizo viral por la frase de «No se dice "Zara", se dice "Zerah"») y ninguno de Lefties —excepto el mío, al que le he quitado todas las etiquetas posibles—. Los mismos cabellos largos y ondulados, castaños o rubios en todas sus tonalidades; el mismo maquillaje de *eyeliner* con pestañas postizas y los labios *nude* con un toque de *gloss*. Sus sonrisas blanqueadas, sus «tíaaa», sus «o sea», sus vidas tan jodidamente perfectas y despreocupadas. Y yo en la barra, esperando mi vino blanco mientras me hago pasar por Laura la Perfecta en una versión *low cost* de Hacendado.

Algunos chavales se acercan a las chicas usando frases —y la misma voz rasgada e incomprensible— de Mario Casas en *A tres metros sobre el cielo*. Joyas de la lingüística como por ejemplo: «Soy un cerdo, un bestia, un animal..., pero te dejarías besar por mí». A continuación se mojan el labio con la lengua, fruncen el ceño y lo arquean ligeramente hacia arriba, entrecierran los ojos para, segundos más tarde, repeinarse el tupé hacia atrás.

—Aquí tienes, señorita.

—Gracias.

Bebo un sorbo del vino y muevo el cuerpo de un lado a otro, en un meneo contenido y suave al son del «tuntutun-tutun» que resuena en el *subwoofer*. Escaneo la sala para ver si hay alguien con quien me lo pueda pasar bien en un polvo salvaje y fugaz —¿cómo follan los pijos?—. Pero no hay nadie; la gran mayoría están lejos de los treinta y me siento mayor, a pesar de que el rubio me quita unos cinco años por lo menos.

—Perdona, sé que está mal preguntártelo a ti, pero, verás, vengo de Marbella y estoy por trabajo en Madrid. ¿Sabes dónde hay locales con gente un pelín más mayor? —Pongo esa excusa porque es raro que una pija madrileña como yo no tenga idea de los sitios más exclusivos de la capital.

—Hay mucho pequeñajo, ¿no? —Me sonríe el camarero. Me tienta hacerle una propuesta de esas que implican baños y mamadas, pero me quedo quieta porque soy Laura la Perfecta de Hacendado, y no Electra—. Mira, tienes uno justo en esta misma calle. Se llama Silk.

—Jo, mil gracias.

—A ti, preciosa. Una pena que te vayas... —Me empotra con esos ojos azules y yo contengo las ganas, aunque me cueste con creces. En cambio, sonrío como el prototipo de rubia tonta que no se entera de nada y bebo de mi copa de vino.

Ha pasado una hora y la fiesta se anima. Cada vez hay gente más joven y yo me siento demasiado mayor, a pesar de saberme los bailes de TikTok y las muletillas que sueltan todos y que parecen originales: «sí, soy», «no os pasa que...».

—¿Me cobras?

—Nada, preciosa, te invito. Disfruta de la noche. —Me guiña el ojo y yo lo agradezco enormemente sin insistir, porque no sé la brecha económica que podría significar una puta copa de vino en esta guardería.

Salgo de El Dorado Club y bajo la calle. No camino demasiado —por suerte para mis pies— cuando me topo con el Silk y su enorme cartel iluminado por unas luces amarillentas. La entrada es muy parecida a la anterior, con las mismas alocasias —los bares y restaurantes del barrio de Salamanca no destacan por su originalidad, la verdad— y los mismos ventanales. Esta vez la luz del interior es morada y la música se cuela incluso hasta la calle. Hay un hombre de dos por dos metros protegiendo la entrada. Le sonrío, me abre la puerta de inmediato. El reguetón sigue sonando y todos están desatados. Grupos y grupos de gente toman chupitos con las mismas bengalas y botellas en las mesas, pero con la clara diferencia de que aquí tienen la mayoría de edad o, al menos, lo aparentan.

Me acerco a la barra y me siento. Pido otro vino blanco, un albariño. La camarera me sirve una copa con una botella abierta que me enseña previamente. Yo asiento en un intento de parecer enóloga. Bebo un pequeño sorbo de vino fresco y me acomodo. Son casi las dos de la madrugada y la fiesta está en su máximo apogeo. En medio de la pista hay varios corrillos bailando al son de la música latina. Tras la cabina del DJ hay una zona con lo que parecen reservados para gente poderosa que no conozco, pero deduzco que deben de tener los cojones forrados de oro. Reflexiono sobre el fetiche que tienen los pijos con las bengalas y las botellas mientras disfruto de mi copa de vino. Créeme que en otras circunstancias jamás —e insisto, jamás— hubiese entrado en una discoteca yo sola. Cómo cambia la historia cuando eres otra persona y lo has perdido todo, incluso la esperanza.

A lo lejos vislumbro a un chico joven, moreno y fuerte. Viste con una camisa blanca pegada al cuerpo que marca sus bíceps, un pantalón gris de traje estrecho con los tobillos al aire y los mocasines a juego. Está rodeado de varios hombres con su mismo corte y estética —nada original—, y algunas chicas vienen y van del reservado. Desde la pista, la gente señala a ese grupo y le hacen fotos sin disimulo. Ellos hacen como que no se enteran y charlan, ríen y beben de las botellas con bengalas que no paran de llegar. De repente, mis ojos se cruzan con los del chico y nos quedamos unos segundos mirándonos. Yo sonrío con vergüenza y picardía. Acto seguido mojo los labios en ese zumo de uva fermentada y acaricio mi melena rubia a la que no termino de pillarle el truco. Él sonríe y se integra en el grupo nuevamente. Pero algo ha cambiado: su interés. Ya no quiere escuchar la conversación, esa que cada vez le resulta más ajena. Ahora solo quiere encontrarse con mi mirada de deseo e inocencia en un baile que ansía conocer qué se esconde detrás.

Saboreo las últimas gotas que quedan en el culo de la copa y pido otra más. La música se ha vuelto más electrónica con toques chamánicos; una fusión interesante que decido no desperdiciar. Me levanto del taburete y serpenteo entre la gente hasta el centro de la pista. Él me sigue observando sin perder detalle mientras asiente a las conversaciones de los colegas que ni escucha; solo estamos él y yo en un ritual de sexo salvaje a distancia. Las notas más orgánicas que nacen de un tambor chamánico se fusionan con aquellas previamente trabajadas en digital y crean una melodía animal que me hace mover el cuerpo sin ningún tipo de contención. Me adueño de la pista de baile y cierro los ojos, saboreo al mismo tiempo la tercera copa de vino, que empieza a hacerme efecto. Me siento tan desinhibida que suelto las caderas y el cuello al compás del pelo rubio y ondulado, lo que crea un aura de adicción y devoción. Siento que la gente me observa y, poco a poco, voy adueñándome de un espacio capaz de sostener mis movimientos delicados, sí, pero muy eróticos.

Entonces percibo una presencia detrás de mí que hace que mi alma se contraiga en un espasmo familiar. El aliento mueve los cabellos rubios que me envuelven la oreja derecha, y yo, aún con los ojos cerrados, detengo el movimiento y me entrego en cuerpo y espíritu a este instante que parece detener el tiempo. El hilo musical se intensifica, crea un halo de intimidad, bucle y armonía que me hace perder el contexto. El encuentro se da en otra dimensión, en una paralela donde no existen las horas ni el espacio. Esa donde alguien me acompaña y en la que solo quiero fusionarme con quienquiera que sea. Comprimo mi espalda contra su cuerpo; siento su paquete rozando ligeramente mi culo. Una caricia perfila mi hombro y mi brazo derecho; me hace estremecer. Aumenta el compás de mi respiración y creo que, de un momento a otro, mi corazón romperá las costillas y saldrá huyendo por la sala en un acto de rebeldía al no soportar tanta intensidad.

No tengo la necesidad de ver absolutamente nada, solo de sentir y suplicar por una caricia más, un roce de sus dedos por mi cuerpo o que mi alma se fusione con la suya. No sé qué cojones está pasando, pero está penetrando todos los muros de contención de mi ser. Ha encontrado la clave que abre la caja fuerte de mis miedos, vulnerabilidades, deseos y todo lo que albergan mis adentros. Él disfruta del poder, del control que ejerce sobre mi cuerpo, sobre todos mis cuerpos. Y yo tan solo floto en un mar donde hago el muerto boca arriba mientras me dejo mecer por las olas de sus dedos, su aliento y su ser. El contacto de las huellas con mis antebrazos se duplica, uso ambas manos para tocarme. Venera mi cuerpo como si fuese la Virgen en plena procesión de Semana Santa, la Meca en pleno Ramadán, el Muro de las Lamentaciones capaz de guardar los secretos más íntimos de la población mundial.

Empujo más mi cuerpo contra el suyo con un golpe seco y decidido. Estoy tan excitada que mojo mis bragas violetas bajo el vestido de vuelo. Sus manos descienden a mis caderas y las aprieta con fuerza, sin disimular la erección. Nos movemos a un lado y a otro, suavemente, sin ninguna prisa, a destiempo de la música, sintonizando nuestro propio ritmo natural. Jadeo fuerte y él sumerge su nariz en mi pelo. En ese instante entreabro los ojos y veo que en el reservado falta alguien. Sonrío aliviada al saber quién tengo detrás. Eso hace que me vuelva más directa, que mueva las caderas con descaro y con la clara intención de que la erección que siento pegada a mi culo se haga cada vez más y más dura.

De repente, se esfuma. Abro los ojos, miro al frente y veo al guaperas del reservado que justo sale del baño, sube la escalera y me sonríe. Si él está ahí, y yo estoy aquí... ¿A quién cojones tenía detrás? Me vuelvo de forma violenta y busco en el ambiente colapsado de gente. Podría ser cualquiera. Intento recuperar la compostura y seguir bailando, aunque esta vez observo a mi víctima, que se encuentra a un metro por encima de mi cabeza. Él me sonríe, se acaricia el mentón y conversa con los colegas. Estoy totalmente desequilibrada y el baile improvisado con un desconocido me ha dejado traspuesta. Necesito recuperarme.

Voy al baño y respiro hondo mientras me miro en el espejo. Todavía sigo excitada y, si cierro los ojos, puedo sentir sus manos recorriéndome el cuello, los hombros, las caderas. A lo lejos, la cadencia musical se convierte en un eco remoto y vacío, como si se trataran de dos mundos totalmente distintos. Peino la melena rubia y me repito una y otra vez que soy Laura la Perfecta —de Hacendado— y que debo seguir, a pesar de tener la sensación de que me han manipulado el alma.

Vuelvo a la barra, sonriente, decidida y un poco borracha. Pido otro vino y alguien se une. Giro la cabeza y, ahora sí, es él. Tiene la piel morena, lleva el pelo repeinado y una camisa blanca que le marca los bíceps con unos pantalones de traje y mocasines.

—Hola —dice con una voz rasgada y cercana.

—Hola.

—¿Vienes sola? —pregunta.

—Sí, he venido a Madrid por negocios y no podía quedarme quieta en mi hotel.

—Claro, un viernes por la noche es imposible. ¿De dónde eres?

—De Marbella. —Alguien nos interrumpe y le piden una foto. Él la rechaza. «No, tío, estoy de fiesta, por favor». Retoma la conversación conmigo.

—Vaya, tengo muchas amistades allí. ¿Y qué tipo de negocios te traen por Madrid?

—Soy diseñadora de interiores. Estoy con un proyecto de unos clientes.

—¿En serio? Qué interesante.

—¿Y tú? ¿A qué te dedicas? —Cruzo los dedos para que no insista más en mi trabajo, porque como quiera detalles suspendo el examen.

—Soy futbolista.

—Ah, ¿sí? —No tengo ni puta idea de fútbol. Hace muchos años, cuando era la «chica enrollada», sí que estaba al día de los equipos, los partidos y los salseos deportivos, pero ahora... Me importan una mierda—. ¿Dónde juegas?

—En el Real Madrid. —De nuevo, le piden una foto y él dice que no—. Oye, ¿continuamos hablando en el reservado? Aquí es un poco...

—Agobiante, sí, me imagino. Vamos.

Él va delante y me coge de la mano para no perdernos entre la gente que se acumula por todas partes. Yo cojo el vino y el bolso en un intento de no perder ninguno de los dos. Subimos la escalera y nos sentamos en unos sofás. Entiendo que sus colegas son sus compañeros de equipo. Todos están rodeados de tías buenísimas, con tetas grandes, culos perfectos, abdominales de hierro y narices operadas. Se ríen y se integran en las conversaciones superfluas con total naturalidad, y ellos piden chupitos para celebrar que todas están ahí para admirar sus exitosos falos y los ceros que se les acumulan en las cuentas bancarias. Cuánta pereza.

—¿Quieres algo? —me pregunta.

—No, no, con el vino ya estoy bien. Es mi cuarta copa, no puedo volverme loca, que me conozco. Perdería la cabeza —digo mientras peino mi melenaza rubia y cruzo las piernas.

—Entonces, pedimos unos chupitos... ¡Perdona! —le dice a la camarera—. ¡Unos chupitos de tequila, por favor!

No pasa demasiado tiempo y nos traen los chupitos con limón y sal. Brindamos y apoyo el chupito en la mesa antes de lamer la sal y cagarme en la acidez del limón. Él me guiña el ojo y es consciente de la indirecta —bastante directa— que acabo de soltar. Se acerca a mí, miro su reloj. Son las cuatro de la mañana.

—¿Sabes? Me has gustado nada más verte entrar en la discoteca. Tienes algo que te hace diferente. —Sí, mi cuenta bancaria.

—No sé, ja, ja, ja —sonrío, un poco tonta.

—Cuando te he visto bailando con ese tipo en la pista..., pensé que ya no tenía nada que hacer. Y mira que el tío era un pimpín.

—¿Sí? —Es curioso, he guarreado con alguien a quien no he visto. Podría ser cualquiera, cosa que prefiero no imaginar.

—Parecía un poco friki con esas gafas redondas, los mechones por la cara y esas pintas de profesor de filosofía, ja, ja, ja.

—Espera, espera. ¿Gafas redondas?

—Sí, ¿no lo has visto?

Tal vez sea una locura, tal vez se me esté yendo la cabeza hasta niveles insospechados, pero ¿es posible? Dime, ¿es posible que sea el tipo del Comercial, el mismo que después me encontré en el Jazz?

Demasiada casualidad, no, no, no. No puede ser. Pero... ¿y si es? ¿Qué coño está pasando? ¿Me está siguiendo? ¿Quién cojones es ese hombre? Y lo peor, ¿por qué me hace sentir así?

# XXI

## Madrid a mis pies

Cuando me quiero dar cuenta, estoy en un ascensor que sube hasta la duodécima planta de un lujoso y exclusivo bloque de pisos. Marcelo —así es como se llama el futbolista: Marcelo Varane; lo he buscado con disimulo en Google cuando he ido por tercera vez al baño— me mira fijamente y genera un estado de incomodidad e intimidación en mi interior. Doy por supuesto que no será la primera rubia que trae a su piso, pero tal vez sea la primera que lleva un vestido de Lefties, peluca y gafas sin graduar.

—Siéntete como en tu casa —dice mientras abre la puerta y quita la alarma.

Ante mí se presenta un espacio diáfano, amplio y casi de película. Una entrada con un hall improvisado que da paso a unas vitrinas que sustituyen a las paredes de cualquier hábitat de clase media. Como está semioscuro, puedo apreciar las lujosas vistas de la capital. Se ven las torres de plaza Castilla, el pirulo de TVE y los bloques de pisos cuyas ventanas iluminadas son más bien anecdóticas a las cinco y media de la madrugada.

—¿Quieres algo? ¿Vino, whisky, ron, vodka...?

—Una copa de vino blanco, si tienes. —Dejemos el vodka a un lado, gracias.

—¿No prefieres champán?

—Ah, pues mira, ideal.

Descorcha la botella con elegancia y sirve dos copas. Dejo el bolso en el inmenso sofá de piel y me paseo descalza por el ático. Es el hogar más bonito que he visto, aunque tampoco tengo demasiado con que contrastarlo. Tiene un pequeño rincón de trofeos, camisetas enmarcadas en vidrio y balones de fútbol firmados. Fotos, recortes de prensa, más fotos... Un pequeño espacio para la autofelación. La cocina consta de una isla de mármol blanco y unas encimeras con los electrodomésticos básicos. Deduzco que no come demasiado en casa y, si lo hace, no cocina él. La televisión es más grande que mi comedor, y los tonos sobrios chocan con los cuadros coloridos que visten las paredes. No hay cortinas, solo las vistas de una ciudad a mis pies.

—¿Qué te parece, diseñadora de interiores?

—Muy bonita tu casa.

—¿Habías visto algo igual?

—Sí, claro, mis clientes son muy selectivos y exclusivos —miento.

—Como por ejemplo...

—No puedo revelarte la identidad, son muy celosos con eso. Supongo que lo entenderás.

—Claro, es lógico. Al final ser famoso es una mierda. Todo el mundo se entera de los cotilleos. —¿Como por ejemplo que estuviste saliendo con una reconocida presentadora de televisión y a los dos meses lo dejasteis porque le fuiste infiel? Sí, también lo he googleado.

—Las vistas son espectaculares. —Cambio de tema, me pongo frente al enorme ventanal con la ciudad abriéndose a mí.

—A veces ni me doy cuenta.

—¿De qué?

—De las cosas que tengo. —Vaya, eso debe de ser cosa

de ricos, porque créeme que aquellos que nos encontramos al otro lado de la vida, valoramos un ático en un duodécimo piso con todo Madrid chupándote la polla.

—Por eso es importante rodearnos de personas que nos lo recuerden.

Él me sonríe y yo me apoyo en su pecho mientras miro sus ojos verdosos, que contrastan con su tono de piel moreno. Lo cierto es que Marcelo no tendría problema en encontrar a una chica dispuesta a todo cada noche de su vida. Es guapísimo, tiene un pisazo, fama y deduzco que mucho dinero. Tal vez podríamos añadir a la fórmula mágica un poquito de inteligencia, pero no nos vamos a poner exquisitas; por algún lado tendrá que asomar la imperfección de la vida.

—Eres guapísima, Laura.

—Ay, jo, muchas gracias. Seguro que has estado con chicas más guapas que yo. —Sé que es una frase de mierda, soy consciente, y es curioso porque, al mismo tiempo que nos infravalora y deja expuestas nuestras inseguridades, ellos se sienten superiores como unos folladores natos. Me conozco estos trucos; es la parte positiva de haber sido durante años la «chica enrollada».

—Pero qué tonterías dices. —Su polla está gorda después de todo, y su ego, más. Ahora dirá lo típico de «tú eres especial», «pero como tú ninguna». Tres, dos, uno...—. Tú eres especial, Laura. —¡Bingo!

Hace unos meses hubiese vomitado con esta situación. Pero antes mi madre no tenía cáncer con una alta probabilidad (al 99,9999 por ciento) de que sea terminal. Así que en estos momentos quiero vivirlo todo, incluso aquello que atenta contra mis valores y principios —especialmente esto, porque la rabia me hace sentir viva. Y yo tengo mucha en mis adentros—. Hay algo bello en el autocastigo después de todo.

—Voy a poner música, ¿te gusta algo en especial?

—Tú. —Él sonríe como un verdugo y separa sus manos de mi cintura. Todavía no ha llegado el beso, aunque está al caer, lo presiento. A ver, tampoco es que necesite de un sexto sentido para saber que no solo vendrá el beso, sino los empotramientos. Espero. Deseo. Supongo.

Elige un hilo musical de electrónica chill out, las típicas canciones que podrías escuchar en cualquier garito ibicenco viendo el atardecer. El sonido es envolvente y tiene altavoces por las habitaciones —sin paredes— que hay en el piso. Eso genera que puedas escuchar en cualquier rincón el buenrollismo que ofrece la música de pi-hippies porretas. Me encanta.

—¿Por dónde íbamos? —pregunta mientras entrelaza nuevamente sus manos en mi cintura. Estamos de pie frente a los ventanales, y justo a mis espaldas se abre otro espacio: el de su cama *king size*.

—No lo sé, creo que estabas a punto de besarme —digo «besarme» porque soy Laura y ella jamás diría «empotrarme salvajemente contra la pared». Él me mira con fijeza y, debido a la cercanía, sus ojos verdosos se ponen bizcos. Yo aguanto la risa todo lo que puedo porque no estaría bien.

Marcelo humedece sus gruesos labios y los acerca a los míos, pegajosos por el *gloss* y faltos de ácido hialurónico. Perfilo una mueca antes de lanzarme a inspeccionar el interior de su boca a lo Indiana Jones en *La última cruzada*. Esto lo excita y lo incomoda, pierde ligeramente el control que creía poseer conmigo. «Ay, chiqui, si yo te contara...». El roce de los labios húmedos es muy lento y se mimetiza con el compás ibicenco que nos cautiva. Las lenguas se encuentran e inician una persecución, al principio disimulada y calmada, para después dar paso al salvajismo y a la violencia. Marcelo me coge del pelo y yo detengo el movimiento. Qué puta manía con el pelo, oye.

—El pelo no, porfi, que no me gusta que me lo toquen —susurro. Él asiente y pide perdón, muy bajito.

Sus manos aprietan mis caderas y suben por la espalda hasta los hombros. Luego, baja por la cara externa de los brazos usando sus huellas dactilares como único nexo en común entre su cuerpo y el mío. Y es ahí cuando pienso en *él*. Con sus gafas redondas y el misterio que lo rodea. En los mechones que se entrometen en su mirada. Con sus pantalones de pinzas anchos y la camisa entreabierta. En la impasividad, el control y la psicopatía que refleja. Pero, sobre todo, en su polla erecta rozando mi culo mientras sus manos recorrían mi cuerpo horas antes... Quiero quitarme este recuerdo, pero se ya ha instalado y clavado su bandera en mi terreno. No puedo hacer nada para sacarlo de mí, resetear la mente y volver a estar presente con Marcelo en lugar de fantasear con esos fugaces encuentros. ¿Quién es y por qué me hace sentir así en todos mis cuerpos?

—¿Vamos a la cama? —propone Marcelo.

—Sí.

Me doy media vuelta y le hago una señal para que desabroche la cremallera que me recorre la columna vertebral. Él capta el mensaje y, sentado al borde de la cama, baja el cierre hasta el culo. Retira el vestido rosa de vuelo con delicadeza y se asombra al encontrarse frente a frente con una lencería violeta de encaje —de Primark—. Admira mi culo inexistente, los huesos de mi espalda y la ondulación de mi falso pelo rubio que cae sobre ella. Con las manos en mi cadera, me obliga a girar el cuerpo. Le observo la cara y está descompuesta, signo de su excitación. Sigo preguntándome por qué cojones los tíos ponen jetos tan raros cuando están cachondos.

Acerca los labios a mi abdomen y lame la pelvis con suavidad. Hunde la cara ligeramente en los surcos donde me falta músculo y grasa. Por algo me llamaban espantapájaros cuando era pequeña. Con sus dos manos es capaz de coger la totalidad de mis nalgas y apretarlas con fuerza, tanta que me hace perder la excitación por un momento. Él jadea y navega en el océano de su erección mientras yo, bueno, sigo esperando subirme al barco. Qué puta prisa tienen todos, joder.

Me quita el sujetador con un simple chasquido y deja al aire estos pezones pluriempleados que hacen de tetas. Con la lengua húmeda, empieza a lamerlos con delicadeza al mismo tiempo que sus ojos verdosos me contemplan fijamente y parecen lanzarme contra la pared. Con cuidado, baja mis bragas hasta el suelo y deja este saco de huesos y mentiras expuesto. Marcelo me radiografía con la mirada hasta toparse de nuevo con mis ojos, escondidos tras este cristal sin graduar. Sonríe, me quita las gafas y descansa sus manos en mis mejillas.

—¿Ves bien o prefieres llevarlas?

—Veo bien, gracias.

Mi historia con las gafas viene de lejos. He sido durante muchos años la cuatro ojos con unas gafotas que parecían el culo de los botellines que se ventilaba mi padre —el ludópata— en el bar. Con una maraña de pelo y las rodillas esqueléticas, me paseaba por el patio con la inocencia previa al despertar sexual y al rechazo. Cuando me dio por juntarme con los chicos, se me rompían las gafas cada mes. Al principio mi madre se indignaba y me echaba la bronca de camino a la óptica, pero con el paso del tiempo se convirtió en una arquitecta capaz de juntar la montura con un trozo de esparadrapo. Así que llevaba las gafas con unos cristales tan gruesos que podrían aislar el sonido unidas con innumerables trozos de vendaje marrón. Como comprenderás, me convertí en la diana de cientos de insultos y humillaciones, la fantasía de los populares. Con el paso de los años, cuando empecé a estudiar interpretación —y ya con gafas nuevas, sin precinto ni cristales rotos—, me di cuenta de que para ser actriz sería un poco engorroso depender de las gafas y las lentillas, por lo que me operé. Y entonces seguía sin ligar y era de igual forma diana de insultos y humillaciones, pero esta vez el esparadrapo lo llevaba por dentro, para intentar reparar —sin éxito— las piezas que se rompían en mi interior.

—¿Te apetece que te coma un poco? —susurra Marcelo.

Me acomodo cuerpo boca arriba y dejo que las piernas caigan por el borde de la cama. Marcelo se arrodilla frente a mí, rodea con sus brazos el interior de mis piernas y fuerza la apertura de mi coño, que, sin filtros ni edulcorantes, se presenta ante él. Estos momentos previos a sentir una lengua en busca del tesoro son un tanto tensos y emocionantes. No sabes si tendrá una lengua privilegiada capaz de elevarte al cielo sin escalas o tal vez lo contrario: que inflija un castigo propio de Satanás. Inspiro con profundidad y lanzo la moneda al aire. Espero que caiga por el lado de abrocharme el cinturón, que despegamos.

Marcelo hace ese sonido que hacen todos los tíos antes de comerse un coño. Un «uuuf» nada original seguido de un ligero fruncido de ceño y una mirada furtiva que pregunta de forma retórica de dónde has sacado este manjar de los dioses. Y yo ahí, más tensa que cuando el ginecólogo me mete el espéculo mientras me pregunta cómo está mi familia, si están todos bien por casa.

En un acto casi mecánico, Marcelo saca la lengua y se acerca a mí. Primera prueba superada: no pretende romper ladrillos con la dureza de su órgano. Se desliza con suavidad por los recovecos de mi entrepierna, deleitándose con su nuevo juguete favorito. Mi tensión disminuye en un treinta por ciento, pero todavía quedan varias pruebas que debe pasar para que me entregue en mi totalidad. Y la siguiente, por desgracia, no la supera. Marcelo se limita a pasar la lengua una y otra vez por la entrada vaginal, como si quisiera acabar con una mancha de grasa que se ha quedado pegada al mármol de la cocina. Y venga, y dale, y otra vez, sin comprender que el clítoris —si es que sabe de su existencia— está unos centímetros más arriba.

Inspiro profundamente y valoro darle las indicaciones concretas para que encuentre el punto que me eleva al éxtasis, pero me da cierta pereza y decido acabar con esta comida de coño mal calibrada.

—Necesito follarte.

Esa frase es mágica, capaz de parar cualquier comida de coño lamentable y darle una segunda oportunidad al sexo. Marcelo sonríe victorioso —«Sí, lo conseguí, está tan cachonda que necesita mi falo, jo, jo, jo»— y saca un condón de su mesita de noche. Giro la cara hacia los enormes ventanales y observo a lo lejos como un rayo empieza a emerger con timidez. El cielo se tiñe con tonos rosados y poco a poco da paso a un nuevo día en la capital. Marcelo se ha desnudado y se ha puesto el condón en tiempo récord y, justo cuando está a punto de metérmela, lo detengo.

—Espera, ven —ordeno.

Me pongo de pie, apoyo las manos en los enormes ventanales y pienso en las huellas que quedarán durante los días venideros. Él sonríe, y yo me planteo si he sido original en la propuesta hasta que, segundos más tarde, Marcelo me coloca correctamente con una precisión que ya podría tener mientras me comía el coño. Me pongo de puntillas y alzo el culo: dejo expuesto el acceso directo a la pista de aterrizaje. Me escupo en la mano y mojo la entrada de la vagina previniendo mi falta de lubricación. La polla de Marcelo acaricia suavemente mi coño y empuja para favorecer la penetración. No tiene prisa, disfruta de mi musculatura, que se relaja a cada paso mientras se dilata con su pene de tamaño estándar; por suerte, no dejará secuelas y me permitirá sentarme con total normalidad. Agarra mis caderas con fuerza y se amolda al ritmo como si fuera una clase de *spinning* a las once de la mañana.

Intento frenar con las manos el impacto casi inevitable de mi cabeza contra el ventanal. Alzo la mirada al horizonte; los rayos de sol bañan la capital y Madrid se presenta ante mí con cierta reverencia y sumisión. Marcelo jadea como un oso en pleno apareamiento y yo me quedo maravillada ante la belleza de la ciudad que me vio nacer y morir en varias ocasiones. De golpe, un pensamiento intrusivo se cuela en mi mente y me instala una idea, al principio inocente, pero después adquiere relevancia: «Imagina que fuera *él* quien te está follando con estas vistas». Y ese «él» —tan rápido de pronunciar y difícil de presenciar, tan irreconocible, extraño, ajeno, tan en mí— se ha aferrado a mis entrañas, cobra vida en mis retinas, se muestra apacible en mis fantasías. Cómo sería tenerle a *él* en estos momentos. Observaría su pelo caer por la cara, con los ojos perdidos en el horizonte sin saber dónde nace todo este sentimiento. Me adentraría en sus pupilas cual agujero negro y aparecería de nuevo en el origen del universo. Quiero saber cómo sería poder tocar su piel solo por un instante y saborear el órgano que envuelve su templo. Sonreírle y despreocuparme de cómo tengo el pelo. Si me sentiría amada, aunque solo fuera por un puto momento. Así que cierro los ojos y vuelvo a ese instante, horas antes, donde lo tuve acariciando mi culo con su polla erecta a la vez que tocaba con delicadeza mi hombro derecho.

Me imagino follando con *él* y un torrente de sensaciones alteran la armonía de mi alma. El corazón se me dispara, los fluidos bañan mis adentros, pequeñas gotas de sudor se condensan por mi piel y caen con sumo cuidado por mi inexistente escote. Llevo una mano a mi entrepierna y acaricio mi clítoris. «Así, tócate», me susurra Marcelo. Hago caso omiso a su excitación e incluso a su presencia. Solo quiero el movimiento y la penetración para poder desbloquear más recuerdos. Casi de forma inmediata, se presenta ante mí la fotografía mental que tengo archivada de aquella noche, en el Jazz Club, cuando nuestras miradas se fusionaron, nos enredamos en la distancia y nos entregamos a la emoción. Sus gafas redondeadas reflejaban las luces cálidas del local. El cabello le caía por la cara, alrededor de su mandíbula marcada. Llevaba la camisa abierta y unos pantalones de pinzas; el vello rizado le asomaba por el escote. Tenía cierta capacidad de dirigir el ambiente sin ser partícipe de él. Dejaba entrever su incipiente deseo, la necesidad de poseerme, desconocimiento y, a la vez, un entendimiento paradójico. Apoyaba el codo en la mesa, con el whisky desafiando las leyes de la psicología ante un vaso medio lleno o medio vacío. Rezumaba un poder de atracción sobrenatural, y su dominio de la evasión era fascinante. Rememoro sus labios finos llenos de amargor, su barba a medio camino entre la exterminación y la colonización, su insistencia, su presencia, su olor, su sabor, su entrega y mi consecuente perdición.

—Me corro —jadeo. Marcelo aumenta las embestidas. Yo sigo tocándome el clítoris con los ojos entreabiertos y advierto un Madrid que despertó a mis pies.

La explosión de placer se cierne sobre mí y es imposible controlar el temblor de mis piernas. Marcelo me sostiene entre sus brazos y me sigue penetrando hasta que, segundos más tarde, se corre. Apoyo las manos en los ventanales y las deslizo por el cristal como en la mítica escena de *Titanic* cuando están follando en el coche. Todo muy bucólico, cinematográfico y ficcionado.

¿Me he corrido pensando en un posible psicópata? Y sin poder detener la pregunta que se precipita por mi mente... ¿se habrá corrido *él* pensando en mí?

# XXII

## Sábanas blancas, corazón negro

Hay cierta adicción a no ser vista, a ser invisible. A que te follen sin mirarte a los ojos y te den la espalda después de penetrarte. A que no seas más que un simple saco de huesos con un agujero entre las piernas o un número en una lista de conquistas vaginales. Hay cierta adicción a no sentir, a seguir, a perpetuar, a engañar, a no rechistar, a complacer, a la autodestrucción. Hay cierta adicción, sí, y deben de ser mis genes los que no me permiten dejar todo esto, los que me piden continuar, avanzar, saber a dónde me lleva la miseria, hasta dónde puedo caer, cuán profundo es el pozo, en qué momento me ahogo.

Durante mi vida, todas las noches soñaba con que los hombres me observasen con deseo, con ese con el que, no sé, miran a las demás. Anhelaba protagonizar los pensamientos eróticos de cualquier adolescente y, más tarde, de cualquier adulto, puesto que yo solo era partícipe de ellos en la lejanía. Para los hombres pasaba desapercibida, no existía, ni me veían. Y eso me hizo adicta, adicta a intentar hacer el payaso para que me rieran las gracias, a ser el monito de feria al que ellos aplaudían. Adicta a sus palmaditas en la espalda, a sus choques de puños, a sus ovaciones cuando me bebía la cerveza de un trago, a su aprobación. Cuanto más me ignoraban, más dependía de ellos. Cuanto más me rechazaban, más insistía. De ese modo creé un círculo vicioso, una espiral de oscuridad que descendía hasta mis entrañas, donde me enjaulé entre barrotes de odio, rabia e inseguridad. Tan solo era capaz de comer de la mano de aquel que se acercaba a mí; entregaba mi cuerpo al completo por trozos de plátano a veces dulces, otras amargos, en ocasiones ácidos; la gran mayoría podridos. Y mendigaba, joder si lo hacía. Mendigaba cualquier pedacito de lo que fuese: una mirada furtiva, una caricia a escondidas, un mensaje a horas intempestivas, un like en Instagram, un nombre en una lista de visualizaciones, una sonrisa, un deseo. Me daba igual de dónde viniera, quería un cachito de lo que tienen el resto de los seres humanos, un pequeño resquicio de atención para este pobre monito enjaulado en su propio interior.

De ese modo entregué más a cambio de menos. Al principio tocaba esos plátanos, aunque me generasen rechazo. Después, les pegaba un bocadito. Hasta que llegó un día en que, por esos plátanos, daba mi vida entera y su sabor, textura o color me importaban una mierda. Y así empezó mi autodestrucción al querer ser vista por aquellos que eran ciegos, al implorar amor a aquellos que no tenían corazón.

Era incapaz de negarme a lo que fuera, porque pocas veces me deseaban y, ya que lo hacían, no podía ponerme exquisita. Me convertí en «la minigolf» porque podían tapar todos mis agujeros con su palo. He ahogado mucho dolor en almohadas, a veces mohosas, otras amarillentas, en ocasiones malolientes, la gran mayoría ajenas. Y después de hacer con mi cuerpo lo que les salía de sus mentes perversas, me daban la espalda y volvía a ser invisible. Aunque durante un segundo me observaban, me veían, me encontraban. Cazaba esos segundos para convertirlos en minutos; y esos minutos, en horas. Horas de distintas pupilas acompañadas de ceños arrugados y narices encogidas. Ahí estaba yo, con una sonrisa después de donar mi cuerpo a aquellas personas, a veces buenas, otras desgraciadas, en ocasiones atentas; la gran mayoría desconocidas.

Lo que ignoraba es que el reloj de arena, que acumulaba pequeños granitos de compasión, acabaría empequeñeciendo la jaula en la que me encontraba. Y sin darme cuenta fui manchando la sábana blanca de corazones negros.

# XXIII

## Buenos días, princesa

Marcelo apoya su peso en mi espalda e inflige una carga que no sé si estoy preparada para soportar. Apoyo la totalidad de mi cuerpo en el ventanal, ligeramente frío por el aire acondicionado. La música sigue sonando de fondo y nos traslada a un garito de mojitos y caipiriñas a los pies de Cala Xarraca. Me pica el cuero cabelludo debido al sudor y a la peluca, algo que alivio con pequeños toquecitos que ya voy perfeccionando. Su polla sigue dentro de mí, desciende por el precipicio de la eyaculación y se adormece en la nueva etapa refractaria. Madrid se ve impresionante desde aquí y no puedo evitar fantasear con el hecho de que esta ciudad está arrodillada mientras pronuncia las palabras exactas y espera impaciente ese «sí, quiero». Y yo sí quiero todo contigo, Madrid.

—Menudo polvazo. ¿Te has corrido? —pregunta Marcelo.

—Sí. —Aunque no pensando en ti, querido.

Se agarra la polla y la saca con cuidado, que parece clavada en mi interior como si fuese Excalibur. Se quita el condón, comprueba que no haya fugas que nos puedan poner en un compromiso y hace un nudo para, segundos más tarde, desecharlo al suelo. Camina por este espacio diáfano hasta la cocina, totalmente desnudo, dejando al descubierto los músculos propios de un deportista profesional. La piel morena y suave, los recodos sin un puto pelo, el sudor cayendo con timidez por el pecho. Oigo que abre la nevera y vuelve con una botella de agua fría. Su polla está flácida y triste, los restos de una rosa marchita que un día fue un capullo rosado, fuerte y poderoso.

—¿Quieres un poco? —me ofrece.

—Sí, por favor.

Bebo agua con cuidado para que no se me congele el cerebro. Sigo maravillada con las vistas y la magnitud de su casa. Hay personas en esta vida que viven muy bien, demasiado, diría. Marcelo se tumba en la cama boca arriba y se acomoda para quedarse dormido, dando por supuesto que yo voy a hacer lo mismo. Cuando ve que no me muevo del sitio, me insiste.

—¿Vienes a tumbarte un poco conmigo?

Marcelo es ese tipo de hombres que están acostumbrados a gustar, pero gustar de verdad. El clásico tío por el que te dejarías dar por culo para satisfacer sus fantasías de heterosexual básico, de esos que te susurran que en el sexo son muy simples, pero quieren que les hagas una garganta profunda hasta provocarte arcadas; grandes apasionados del sexo anal, pero «ey, mi culo ni tocarlo». El típico colega de sus colegas que, si tuviera Tinder, pondría que vive sin límites, *carpe diem* y mierdas por el estilo. Mierdas que solo evidencian su narcisismo estratosférico y lo encantados que están de haberse conocido.

Estoy segura de que las mujeres que estuvieron enredadas con él buscaban su aprobación. A ver, yo tampoco estoy en posición de juzgar, en absoluto. Soy una profesional en el arte de complacer a los hombres para que me den un pedacito de atención. Por eso conozco el tipo de capullo que es Marcelo y lo lameculos que son las demás. Un tío exitoso, con pasta, guapo, carismático, famoso, con una falta evidente de inteligencia pero con herramientas que la disimulan. Es el hombre que todas quieren poseer porque nos han dicho que tenemos que conseguir a un tipo así para ser alguien. Nos educan para ser las elegidas, el mejor complemento, para que se sientan orgullosos de darnos la mano en una fiesta de etiqueta y ser esa «mujer que está detrás —vuelve a leer, "detrás"— de ese gran hombre».

Marcelo sabe cómo funciona el sistema y está en la cúspide de una pirámide social que le come la polla cada vez que se levanta. Está por encima de todo Madrid, literalmente. Y ahora pretende que me acurruque entre sus brazos para paliar la soledad de su desgraciada vida de rico incomprendido y aliviar su instinto paternal. Después de eso, es cuestión de horas que me diga que fue bonito lo que hemos tenido, me haga un batido de frutas con maca andina, proteínas y demás complementos alimenticios en polvo y me abra la puerta prometiendo que nos volveremos a ver mientras cruza los dedos tras la espalda. Irá a cagar en su baño de porcelana cara, se duchará en su artefacto lleno de chorros que precipitan el cambio climático y se sentará a ver una película en Netflix para, diez minutos más tarde, estar en Instagram ligando con los ocho chochitos que aplauden todas sus gilipolleces.

—¿No vienes? —insiste.

Pero Marcelo no está acostumbrado a tener almas vacías que saben que están vacías, a mujeres que saben que están acabadas, mentirosas que se hacen pasar por otros cuerpos para sobrevivir a esta experiencia inmersiva. Y eso me satisface un poquito, solo un poquito, porque soy especial, aunque en este caso no sea algo positivo. Camino despacio hasta el borde de la cama y me hago un ovillo a su lado. Huelo el Axe de sus axilas y el H&S de su cabello, porque él es un hombre fuerte y los hombres fuertes hacen caso de los anuncios que venden testosterona en botes de plástico con tonos oscuros y tipografías muy varoniles.

El silencio se instala entre nosotros, dos desconocidos que hace unos minutos estaban más unidos que nunca y ahora, en dos planetas diferentes. Qué curioso esto del sexo, ¿no? Cómo es posible que podamos estar tan adentro de una persona y no ser capaces de continuar con una conversación, aunque sea sobre el tiempo.

—Vamos a dormir un poquito, ¿no? —sugiere Marcelo. Yo asiento mientras estiro mi cuerpo desnudo encima del colchón viscoelástico y me desnuco al apoyar la cabeza en sus pectorales.

No me gusta dormir con otras personas. Me parece el acto de vulnerabilidad más grande que existe. Sí, me la pueden meter todo lo que quieran, puedo estar en posturas que muestran partes que solo deberían ver los médicos en situaciones extremas, pero ¿dormir? Ni de coña. Soy ese tipo de ser que no puede cerrar los ojos con un desconocido a su lado, por lo que me dedico a escanear los techos durante horas y horas y soporto ronquidos, patadas, risas maléficas, palabras inconexas o apneas.

Podría recopilar la cantidad de techos que he visto a lo largo de mi vida en un álbum de imágenes insignificantes que guardo en la memoria: con manchas de humedad en forma de cabra, otras que me piden que me largue lejos de ahí a dónde sea, con telarañas que se mecen suaves ante la gravedad del mundo y pelusas que estaban a punto de sucumbir ante las fuerzas físicas del universo. He visto techos con todo tipo de gotelé: aquellos que parecen estalactitas y que podrían atravesar un corazón con tan solo su puntita; otros redondeados como dunas en un desierto de pigmentos, aglutinantes, disolventes y plastificantes; los que parecen corridas de duende. El gotelé, que un día fue el protagonista de todas las casas y hoy es el gran odiado de la sociedad. Algunas veces he visto techos lisos y blancos que demostraban que el Nirvana existe. También me he quedado embelesada contando las baldosas de un falso techo que se cernía sobre mí y cuyo interior debía de ser el hogar de inquilinos de cuatro patas y mucha rabia que no pagaban el alquiler.

La gama cromática de los techos ha sido digna de estudio. Del blanco cocaína hasta el blanco semen son los tonos que más he visto, pero también hay seres en el mundo que deciden pintar su habitación con colores desternillantes capaces de provocarte un ataque epiléptico con tan solo verlos, como el azul turquesa, el verde lima, el amarillo chillón —siempre me ha hecho gracia esta expresión, como si el color pudiese hablar. Los seres humanos y su capacidad de personificarlo todo—, el naranja butano o incluso el rosa fucsia. En qué momento una persona decide que es buena idea colorear su lugar de descanso con unos Pantone que deberían arder en el puto infierno.

Hubo un techo que recuerdo con especial cariño, el único con el que cerré los ojos y me entregué al mundo de Morfeo, con baba incluida cayendo por la comisura. Y ese fue en la habitación de David, mi ex. Estaba pintada de negro, y por primera vez en mi vida veía ese color en las paredes. Me sorprendió y me fascinó a partes iguales. En ningún momento lo vi como una clara señal de que algo no funcionaba bien en su cabeza, y mira que era evidente. ¿Quién cojones pinta su habitación de negro? David, esa es la persona.

Nunca pensé que un chico así podría fijarse en una tipa como yo. Seguro que estás pensando: «Hazte valer, Ruth, tampoco estás tan mal». Ya, claro, eso lo dices tú porque tienes confianza conmigo y es lo que una amiga le diría a otra —gracias por la parte que me toca, por lo de amiga y eso—, pero la realidad es muy distinta. Ligar con David fue una de mis grandes hazañas y que contaré a los nietos de otras personas, porque los míos creo que no existirán al paso que voy. Es cierto que, cuando mi interior le dio la bienvenida a su polla, fue en el baño de un bar. Hice un casting, se me cayó el bolso —y los condones—, me invitó a un café y pim, pam... Esto lo tienes más arriba, vuelve a leerlo si hace falta, página 29.

Lo cierto es que el empotramiento fue muy interesante, pero en el baño de un bar tampoco se pueden hacer las grandes posturas del *Kama Sutra* más allá de las compatibles con los meados en el suelo, las tapas abiertas y los pestillos mal encajados. Pero la segunda vez... Joder, esa fue la buena. Y sí, vamos a tener la conversación del ex, te jodes, ha llegado el momento. Sé que es una historia recurrente, siempre el ex dando vueltas en la vida de todas. Cuando parece que superas a uno porque encuentras a otro, vuelves a darte cuenta de que la existencia se podría basar en una acumulación de los ex a los que rindes homenaje con un helado que te enviará a la tumba del subidón de azúcar de palma que contiene. Digamos que la felicidad es eso que pasa entre que encuentras un nuevo churri que te devuelve la fe en el amor y añades su nombre a la lista de agujeros que debes tapar en tu corazón para que no acabe ahogado en miseria y dolor. Por lo que podríamos afirmar que la felicidad es un estado búdico tan efímero como tu paquete de chicles en el instituto.

En fin, volviendo a mi ex —David— y a su habitación, que me señalaba claramente que no me enamorara porque ese hombre no estaba bien de la cabeza —paredes pintadas de negro—, llegué a su casa el mismo día que nos conocimos. Él compartía piso con un par de colegas, muy majos y enrollados. Estaban sentados en unos sofás roñosos de cuadros frente a una mesita llena de manchas y arañazos y latas de cervezas Mahou. Había colillas aplastadas en un cenicero comprado en cualquier tienda de souvenirs de Almería: «Fui a Almería y me acordé de ti». Hicimos el saludo típico de «sí, vamos a follar, preparaos», y nos metimos en su cueva satánica propia de un psicópata. Me sentí segura estando allí, no sé, algo extraño.

Me penetró mientras me miraba a los ojos y, qué quieres que te diga, eso me enamoró. No solo me observó en el momento de su orgasmo y así cazar esos destellos fugaces que se precipitan por el valle de la corrida, sino que pude acomodarme en sus ojos, que me miraron durante más de treinta segundos. Fue mágico. Y me enamoré, sin quererlo, sin buscarlo, sin estar segura de ello. Me enamoré porque me vio, o eso creía. Así que me quedé acurrucada en sus sábanas mientras me hundía en las profundidades de un techo que me inducía a mi inminente muerte. Me quedé dormida —¡yo! ¡Dormida!— y desperté con un hilo de saliva que caía por mi mejilla y sus ojos, que me seguían contemplando a pesar de las circunstancias.

En ese momento supe que iba a cometer el mayor error de mi vida, y así fue. Acumular otro nombre a la lista de decesos enterrados en lo más profundo de mi alma. Me tuvo que poner los cuernos, el muy gilipollas. Cómo es posible que me siga doliendo a pesar de haber pasado tanto tiempo. No lo entiendo.

Volviendo al presente, Marcelo respira fuerte —porque los hombres famosos y adinerados no roncan, «respiran fuerte»— y yo he decidido que ha llegado el momento de detener mi puta cabeza y hacer algo decente —JA, decente dice. Ahora voy a ser Ruth la Productiva o qué— con mi vida. Me levanto con sigilo, me visto mientras admiro el cuerpo del que posiblemente sea el favorito de Dios. Llevo los tacones en la mano y me esfumo, no sin antes despedirme de estas vistas y declararle amor eterno a la ciudad con el peor bocadillo del mundo (¿quién cojones inventó el pan con mahonesa y calamares? ¿Y por qué es un clásico de Madrid si todas las playas las tiene a la misma distancia, es decir, a tomar por culo? Dudas existenciales que no me dejan dormir).

Cierro con cuidado la puerta y me pongo los zapatos mientras un niño pequeño me mira frente a frente e inaugura oficialmente el paseo de la vergüenza hasta mi casa. Le sonrío y saludo a su padre, quien también espera el ascensor. Unos minutos sazonados con jazz y miradas de un mocoso que ha decidido acribillarme con sus putos ojos de niñato pijo. Bajo a la calle, abro el Google Maps para saber en qué punto de la capital me encuentro. Vale, era lógico, sigo en el barrio de Salamanca. Decido ir en metro hasta casa porque, puestos a castigarnos, lo hacemos a lo grande, a lo Cersei Lannister en *Juego de Tronos*: «*Shame! Shame! Shame!*».

Lo primero que hago cuando llego es enviar a tomar por culo los tacones y la peluca. Ser Laura la Perfecta de Hacendado me resulta agotador. Siempre tan feliz, tan falsa, tan impoluta, tan irreal. Suelto mi pelo enredado y con unos rizos deshechos por el peso del engaño y me meto en la cama, no sin antes desmaquillarme y lavarme los dientes. Apago la luz. Justo cuando estoy a punto de quedarme dormida, un mensaje. Y otro. Y otro. Suspiro, me levanto y cojo el móvil para silenciarlo. No puedo evitar chafardear quién me reclama a estas horas de la mañana —para nada intempestivas, puesto que son las once con la tontería—. «Nos vemos en la Fetish Fantasy, ¿no? Pásate a por un vestidito, anda. Besotes de la Mari».

# XXIV

## El vestido de látex

Las gotas de sudor se acumulan en mi frente y utilizo el antebrazo para retirarlas. Madrid en agosto es un puto infierno. Las calles queman incluso en la sombra y no hay alivio a este sufrimiento. Voy con una camiseta de hace cinco años —por lo menos— y unos shorts que podrían ser de la sección infantil de cualquier tienda. Todavía huelo a hospital. Giro una esquina de Fuencarral, esquivo los turistas que se agolpan con sus abanicos y sus hombros rojizos. Me adentro en la pequeña calle Valverde y, de nuevo, me encuentro frente a frente con esa puerta. Entro con confianza y familiaridad, como si conociera el mundillo en el que me muevo. Ella me espera detrás del mostrador con una sonrisa.

—Hola, querida. Qué ganas tenía de verte —me dice.

—Lo cierto es que sí.

Para mi sorpresa nos abrazamos y sus tetas, dos globos a punto de explotar que abarcan la totalidad de mi tronco superior, se comprimen contra mis costillas. Observo el entorno y descubro pequeños rincones. Los vestidos, las faldas, los tacones, la lencería y algunos complementos propios del mundo *fetish* cuelgan de las estanterías y perchas. Una pequeña vitrina contiene algunos *piercings*, joyas y complementos más específicos para los genitales. Las paredes pintadas de lila; el pequeño probador, un tanto casero con una cortina pesada y llena de ácaros; y ella, tan cercana, tan cariñosa, tan maruja, tan en su salsa.

—Vamos a buscarte un buen vestido para la Fetish —comenta.

María o, mejor dicho, la Mari, es una mujer particular. Rondará los cincuenta y largos y se ha labrado un nombre en el submundo madrileño. Maruja de día, guarrilla de noche; con ganas de descubrir la clandestinidad a través de sus carnes apretadas en látex y PVC. Regenta este pequeño rincón en Madrid desde hace veinte años, y es un clásico entre los noveles y los maestros del sadomasoquismo. Es por eso por lo que la Mari conoce a todo el mundo, tanto sus identidades reales como las profesionales; y también la razón por la que la Mari no se sorprende al verme con estas pintas. Ella sabe callar, aunque también le gusta chismorrear. Que si fulanito se ha acostado con no sé quién, que si un ministro está adquiriendo los servicios de una dominatrix, que si la fiesta de Pepito acabó con un tipo en el hospital... No da detalles, ni nombres, ni siquiera fechas; la Mari sabe cómo controlar el flujo de información para darte lo justo y necesario y labrarse tu confianza —«Mira, niña, si en algún momento necesitas hablar con alguien, aquí estoy»— y así ser partícipe de su amplio y famoso currículum de cotilleos.

Es una mujer lista, sin duda, puesto que es difícil mantenerse impoluta siendo una maruja durante los años que lleva en activo. Ella sabe a quién decirle según qué cosas, con quién arrimarse, cómo socializa su ámbito, qué postura tomar ante los conflictos y cómo pasarlo realmente bien. La Mari lo controla todo desde su tiendecita de ropa en la calle Valverde.

—Qué ganas tengo de la Fetish, niña. ¿Has estado alguna vez? —me pregunta.

—Pues no, es mi primera vez.

—¿En serio? —Me mira sorprendida y un tanto condescendiente. Cómo es posible que una dómina como yo no haya ido a una fiesta como esa.

—Lo cierto es que llevo poco en el mundo BDSM, ¿sabes? Y las veces que se ha dado la fiesta he estado trabajando en otro país, por lo que no me podía escapar. Sí que he oído hablar de ella, por supuesto; es muy conocida.

—Es un clásico del mundillo.

—Exaaacto. —Claro, claro, como para no saberlo.

—O sea, que llevas poquito ejerciendo, ¿no? ¿Cómo empezaste?

—Pues... —Mierda, mierda. ¿Por qué no preparo las cosas con antelación?

—¡Espera! ¡Espera! Deja que lo adivine... ¿Para pagarte los estudios universitarios? —Qué buena idea, gracias, Mari.

—Ja, ja, ja, un tópico, ¿no? Más o menos fue así. Tenía una amiga de la infancia, Laura, que me confesó que se dedicaba a la profesión. Me quedé fascinada y le pregunté más y más y más...

—Y te picó el gusanillo.

—Se podría decir que sí. Ella me lo enseñó todo y empezamos a trabajar juntas. Después viajó a Estados Unidos y yo he seguido por Europa.

Me resulta fascinante pensar que, en un universo paralelo, Laura la Perfecta está dando azotes y pisando huevos con sus tacones de aguja. Ella y yo, un equipo satisfaciendo las fantasías del personal, desde unos meados en la cara hasta una buena sesión con látigo y *flogger*. Sería fantástico.

—Te debe de ir bien, ¿no? Con ese look que llevas...

Debes de tener muchos clientes. —Me resulta halagador, la verdad; uno de los piropos más bonitos que me han dicho nunca.

—Sí, no me puedo quejar.

—Aprovecha la Fetish Fantasy, que allí se hacen muchos contactos y de los gordos, querida.

—Lo haré.

—Y por eso vamos a buscarte el vestido más sexy que existe. Vente conmigo.

La Mari se da media vuelta y avanza por un pasillo muy estrecho que desemboca en un cubículo con un olor muy particular. La luz de los fluorescentes es directa e ilumina las perchas con unos vestidos imposibles colgados en las paredes. No quiero ni pensar en el precio, pero a estas alturas me da igual; la vida me está castigando demasiado y no sé si podré aguantar mucho más.

—Este es nuestro pequeño rincón de joyas. Mira qué vestidos de látex, son alucinantes. Tenemos una diseñadora aquí en Madrid, es amiga mía, majísima la niña, que hace unas piezas de coleccionista. ¿Sabes el color que quieres llevar? ¿Te gusta el lila? —Pienso en la combinación de rojo con lila, tampoco es tan hortera... ¿no?

—Me gusta el lila.

—Toma, pruébate este. —Me da un vestido cogido del cuello con un escote corazón y poco margen a la improvisación. De esos que si te los pones debes planear muy bien tus pequeños y delicados pasitos de princesa enfundada en Maléfica—. Y mira este, qué pasada, pruébatelo también.

Con la tontería llevo cuatro vestidos y la Mari está desatada. Se mete entre los recovecos de la sala y saca piezas de látex a cada cual más extravagante. Decido pararle los pies.

—Mari, yo creo que con estos lo tenemos. Voy al probador.

—Sí, ¿no? —Me gustan estas expresiones de afirmación y negación a la vez. No sé ni cómo no nos hemos extinguido los seres humanos, sinceramente.

Tomo la iniciativa y salgo, en parte porque ya tengo lo que buscaba y en parte porque no podía respirar de la cantidad de polvo y ácaros que se acumulan. Mucho diseño, mucho látex, mucha exclusividad..., pero limpiar lo que se dice limpiar pues no. Voy directa al probador y, con un golpe de brazo, cierro la cortina que no se habrá lavado desde que la tienda abrió hace veinte años. En cuestión de segundos, la Mari abre de nuevo y me deja expuesta.

—Niña, toma, los polvos de talco. —¿Pero qué cojones...?

—Ay, sí, muchas gracias.

Para qué coño necesito los polvos de talco. Cojo el móvil y me meto en Google, pero va lentísimo. En este punto de la tienda no tengo mucha cobertura. No sé qué hacer, por lo que decido llamar a la Mari para que me eche una mano, a pesar de correr el riesgo de evidenciar mi falta de información y experiencia.

—Mari, ¿me puedes ayudar?

—Claro, niña, que el látex es un poco complicado. Espera, entro. Quítate la ropa. —Me desprendo de la camiseta, los shorts y las zapatillas—. Toda la ropa. —Entiendo que también se refiere a mis bragas.

Me quedo desnuda delante de la mujer, que no duda en coger los polvos de talco y llenarme el cuerpo. Los esparce por mi espalda, el culo, el abdomen, mis tetas inexistentes, las clavículas, las piernas... con total naturalidad. Me recuerda a mi abuela cuando me vestía para ir al colegio porque me había quedado dormida, otra vez.

—Venga, mete las piernas por aquí.

Acepto sin rechistar. Introduzco mis extremidades esqueléticas por un agujero ligeramente ampliado por la cremallera. Ella sube el vestido mientras me reboza en polvos de talco. Supongo que agosto y látex no es la combinación perfecta. Me pongo los tirantes, cierra la cremallera y, segundos más tarde, se queda maravillada. Lo cierto es que yo también.

—Niña, te queda espectacular.

—Sí, este es mi favorito.

Un vestido negro con un escote redondeado y algo exagerado, con apertura hasta medio esternón. Los tirantes llevan unos pequeños detalles metalizados, una especie de argollas que los unen al resto de la pieza. Me llega por las rodillas y es muy pero que muy estrecho, tanto que desafía las leyes de la movilización corporal. Detrás tiene una pequeña apertura para aligerar el paso, porque si no sería casi imposible caminar con él. La talla se ajusta a la perfección y crea como una segunda piel que radiografía mi esqueleto.

—No sé si quieres probarte el resto, pero este... Joder, niña, te queda alucinante —insiste la Mari.

—Yo creo que lo tenemos.

—¡Espera! —Acto seguido se esfuma por la tienda, como si hubiese tenido la idea que salvará al planeta Tierra de la inminente destrucción climática. Tarda unos segundos en volver y veo que en sus manos trae lo que parece ser un collar, aunque juraría que es una pieza anexa al vestido, puesto que el material es idéntico—. A ver si te gusta esto.

Se pone de puntillas para alcanzar mi cuello y, como veo que le cuesta llegar, decido arquear la espalda y las rodillas para ponérselo más accesible. Es una pieza de látex que ocupa todo mi pescuezo, como un collarín médico pero en su versión más guarra. Por detrás tiene unas tiras que se cruzan al estilo corsé de la época victoriana. Es un tanto incómodo porque no me permite mover con libertad el cogote —ni tampoco respirar con normalidad—, pero queda alucinante. De eso se tendrá que preocupar Electra, no yo.

—Lo tenemos —anuncia orgullosa la Mari. Yo sonrío a través del espejo en señal de aprobación—. Si te pones las sandalias de la última vez, te van a quedar espectaculares. Niña, qué poderío... Tienes algo especial.

Sus palabras se instalan en mi interior y sanan mis heridas como si fueran un botiquín de primeros auxilios. Lo cierto es que lo necesito. Evadirme, esfumarme, enfundarme, entregarme. A quien sea, a donde sea, como sea; pero lejos de mi vida actual, a diez mil kilómetros de la realidad.

Me despido de María con un fuerte abrazo y unos cuantos euros menos en la cuenta bancaria —no te diré cuánto exactamente porque me da vergüenza gastarme esa cantidad en un vestido, pero, bueno, tú piensa que es mucho y listo—. Me adentro en el metro y me ahogo entre las axilas de las personas que vuelven de tomarse unas cañas en el centro. En mi bolsa de plástico llevo el vestido más erótico que jamás he llevado y, a pesar de todo, me siento vacía.

Cuando llego a casa, lanzo la bolsa al sofá y me meto en la cama, sin importarme la hora que es. Me hago un pequeño ovillo para protegerme del mundo, una cueva de seguridad y confort que me aleja de la puta realidad. Cada vez quiero ser menos yo y más quien sea, me da igual. Encontrar una pequeña rendija que me evada de este tormento, de la pesadilla en la estoy sumergida. Solo busco un agujerito en la pared que me lleve a un universo paralelo donde no haya muerte, ni cáncer, ni destrucción, ni soledad, ni lamento, ni desesperación. ¿Existe?

Al día siguiente, después de desayunar, decido llamar a mi hermana. Estoy emocionada por la fiesta que me espera esta noche, pero siento una congoja muy grande en mi interior. Estos últimos días han sido muy duros y necesito despejarme. Cuanto más profundo es el dolor, más grande es el engaño.

—Hola, Sonia. ¿Cómo está mamá?

—Hola, Ruth. Está dormida.

—¿Sigue ingresada?

—Sí, aquí estamos. De momento sin novedades. Mamá no ha comido demasiado, están con medicamentos que le alivian el dolor. Pero está mal, Ruth, está... mal —escucho la voz entrecortada de mi hermana y su dolor a través del auricular.

El cáncer es una lucha de fondo hacia una muerte inminente, malas noticias seguidas que te acercan más a la casilla final y te alejan de aquella que te saca del juego. Primero fue la hostia al enterarme de lo que le pasaba a mi madre: no era un simple dolor estomacal, sino un cáncer de páncreas. Después, y pese a mantener las esperanzas, vino la segunda patada: no podían operarla porque estaba muy extendido y con una alta probabilidad de ser terminal. Y ahí te aferras a toda esperanza, a ese pequeño trozo de hielo flotando en medio del mar helado. Te agarras a lo que puedes, a lo que sea, a lo que tengas, a la falsa realidad. Más adelante, a medida que avanza el tiempo y ves que no hay salida, intentas mantener la compostura hasta que llega un día en que no puedes más. Y asumes, por fin, lo que va a suceder. Después de eso, todo son sustos. «A mamá la han ingresado, Ruth», «Mamá está mal, Ruth». El corazón afligido y la ansiedad me comen por dentro, y mi mente piensa en ese tictac que no para de avanzar.

Lo peor no es la muerte, lo realmente agotador y desolador es la espera. Estirar y estirar del hilo de la vida mientras ves que poco a poco se empieza a desgastar, a romper, a deshilachar. No sabes cuándo acabará soltándose y cayendo al vacío, a pesar de que sabes que acabará pasando. El cáncer es así, una mala noticia tras otra que menguan todo optimismo. Sabes el qué, pero te falta el cuándo, y créeme que esa incógnita es desoladora.

—La semana que viene vendrás, ¿no? —pregunta mi hermana.

—Bueno, vamos a ver si mamá sigue ingresada. No lo sabemos, Sonia, tal vez se ponga mejor.

—Ruth...

—Qué. Joder, Sonia, tú siempre en lo peor.

—Lo peor no, Ruth, mamá está con un cáncer terminal y está ingresada, joder. ¿Crees que tenemos esperanzas? ¿Crees de verdad que se podrá recuperar? —Me quedo callada—. Dímelo, ¿realmente lo crees? —Sigo sin decir nada—. Ambas sabemos lo que va a pasar, joder, lo sabemos, Ruth, lo sabemos...

Es desgarrador escuchar así a mi hermana. A pesar de nuestras diferencias y nuestros enfados, ahora estamos en una situación en la que debemos estar unidas o, al menos, parecer que lo estamos. Al fin y al cabo, nos encontramos ante la misma realidad, aunque en distintos cuerpos.

—No te preocupes, Sonia, me pasaré el domingo por la noche y estaré con mamá el resto de la semana. Tú quédate cuidando de Irene, que tu hija también te necesita. A mí no me espera nadie en casa.

—Gracias, Ruth.

—No me des las gracias. Esto también es cosa mía.

—Ya... —Guarda unos segundos de silencio. Ambas sabemos lo que eso significa. En nuestro idioma de hermanas distanciadas y enfadadas, estos instantes son reflejo del «te quiero» que tenemos en la cabeza pero nos negamos a verbalizar. Tal vez por orgullo, tal vez por rencor... Sea como sea, es inexistente en palabras, pero sí en pequeñas alteraciones de la normalidad, como la pausa dramática—. Bueno, nos llamamos mañana para coordinarnos. Si estás aquí por la tarde, mejor, así paso un rato con la niña.

—Sin problema, Sonia. Hablamos mañana.

Cuelga la llamada y me quedo clavada en medio del comedor. Intento contener el llanto y el dolor. Me meto en la bañera con sales y me sumerjo. Aguanto la respiración bajo el agua tanto como puedo. De este modo ahogo los pensamientos que acribillan mi mente, aquellos que no me convierten en otra persona ajena a las enfermedades, a los puntos finales y a los finales sin «feliz». Esta noche será una locura y me apetece desinhibirme enfundada en otro cuerpo, una salida de emergencia ante la vida de mierda que tengo.

El ritual es algo que me hace sentir bien. Pongo música, me enciendo un pitillo, porque por qué no. Bailo desnuda en medio del salón mientras bebo una cerveza caliente que dejé fuera de la nevera por error. A estas alturas, me da igual todo; solo quiero teñir de tecnicolor los sentimientos que albergan en mí, correr una cortina de ácaros que no se lava desde hace veinte años y dejarme sorprender por el reflejo del espejo. Reír, pero reír en alto, de esas risas que te duelen hasta las costillas y ponen a prueba tu retención urinaria. Follar con personas que no tienen problemas o, al menos, que no lo aparentan. Engañarme durante unas horas a mí misma para encontrar placer en el dolor de mi interior, para contener la rabia y el enfado en rayas de coca y vodka sin hielo.

Me seco el pelo y lo meto dentro de la rejilla con sumo cuidado para evitar cualquier cabello que pueda evidenciar mi identidad depresiva y amargada. No quiero ninguna posibilidad de ser Ruth, hoy no —¿acaso mañana sí?—. Me maquillo los ojos con un negro ahumado para darme una expresión dramática y gótica; me pinto los labios con un rojo oscuro y lleno de pasión para enmascarar un rostro cansado de llorar. Unto mi cuerpo en polvos de talco y, poco a poco, con excesiva paciencia, voy introduciéndome en el vestido de látex negro que compré ayer. Su textura es un pincel que tiñe mi interior de esperanza y emoción, un exorcismo que aleja los malos espíritus que alquilan mi cabeza. Tal vez se trate del mayor truco de magia que la humanidad haya presenciado, un abracadabra que me lleva a disolver en ácido cualquier posible pensamiento ligado con la realidad, con lo que disimular las grietas que se amontonan en mi humilde morada a punto de desvanecerse. Y yo ahí, masillando y pintando la certeza del derrumbamiento, cerrando los ojos ante la caída, sonriendo al saber que, aunque haya una fuga de gas que vaya a hacer volar esta sala por los aires, todavía sigue ganando el oxígeno. El futuro es inevitable, pero la evasión es una alternativa.

Cierro con dificultad la cremallera que recorre mi espalda y estiro los brazos al máximo hasta dar por completada esta ardua misión. Me rebozo el cuello en polvos de talco para absorber las gotitas de sudor que se me acumulan en esta calurosa noche. Por último, me coloco el collarín *fetish* que inmoviliza mis gestos dramáticos, propios de una actriz en paro.

Cuando el conjunto está listo, cojo la peluca apoyada en la pelota de fútbol que tengo en el salón. La peino con delicadeza, de modo que conecto con la energía que emana incluso en la distancia de la unión. Me miro en el espejo y, mientras mantengo el equilibrio encima de estas sandalias de tacón, bajo muy despacio su poder. La fusión se crea con facilidad porque ya nos conocemos. Sé cómo se siente Electra y ella sabe cómo reciclar la oscuridad que nutre mi interior para convertirla en algo mucho más aterrador: en la más pura destrucción.

# XXV

## Fetish Fantasy

El viento golpea con fuerza contra el taxi y mis pezones se ponen duros debido al aire acondicionado. El taxista me mira con cierto asombro y curiosidad; observa mi atuendo y niega con rechazo. A mí se me escapa media sonrisa con cierta picardía y maldad porque me importa más bien una mierda lo que pueda pensar él y el resto de la humanidad. En este momento, lo único que necesito es desaparecer de la realidad, alejarme del bien y el mal, sumergirme en otro mar.

El hombre masca un chicle con exageración y se atraganta con los insultos hacia los conductores que se cruzan en su camino. Estoy nerviosa; el corazón está disparado y me puede la curiosidad por saber qué me encontraré en ese lugar, tan alejado hace unos meses, tan cercano hace unas horas. La música suena de fondo y rompe la posible tensión que reina en este silencio incómodo y juicioso. Se me empiezan a acumular algunas gotas de sudor en la entrepierna y el vestido suelta un crujido delator cada vez que me muevo en el asiento, algo que desata la mirada intransigente del conductor. Yo aliño con dulzura y amabilidad esta carrera a contrarreloj a las once de la noche en pleno Madrid, pero él insiste en seguir lanzando rayos láser que rebotan en el espejo retrovisor e impactan directamente en mi inseguridad.

—Es aquí —señala.

En la misma calle hay un edificio un tanto barroco, un palacete en medio del fulgor contemporáneo y la ignorancia de la sociedad. Unas luces rojas iluminan la entrada y apenas se puede intuir el interior debido a las altas vallas de naturaleza salvaje recortada estratégicamente. Pago con tarjeta y abro la puerta. Luego intento no pelearme con el vestido de látex, la falta de movilidad y el punto extra que suponen unas sandalias con tacón fino de doce centímetros. En cuanto cierro la puerta, el taxi sale pitando: cada segundo que pasa es un euro que pierde. Me pongo a cubierto, subo con cuidado a la acera y me quedo plantada frente a este rincón arquitectónico que evidencia mi falta de interés cultural por la ciudad que me vio nacer y morir varias veces. Manda huevos, jamás me había fijado en semejante casa.

La noche es algo calurosa, pero no tanto como hace unos días, cuando esos tres grados de más eran el pase directo al puto infierno. Ahora al menos se puede respirar sin quemarte los pulmones o echar fuego por la boca. Doy un par de pasos al frente y me cruzo con una pareja que me observa algo sonrientes y cómplices. Entran en el palacete cogidos del brazo, con esa elegancia y glamour que tienen algunos seres en el mundo y que a mí no me tocó.

No sé qué me voy a encontrar en el interior y estoy a un suspiro de arrepentirme. Lo único que me mantiene segura de que esta decisión es una buena idea es que mañana me tocará pasar la noche en el hospital. Y al día siguiente, y al siguiente, y al siguiente... Por lo que necesito abrir un pequeño portal y teletransportarme a un universo paralelo con urgencia, lejos del mío e incluso de mí, para así acumular recuerdos y enterrar los tormentos en una caja metálica con doble cierre de protección.

Inspiro profundamente —todo lo profundo que me permite este vestido de látex— y exhalo el miedo, los nervios y la ansiedad. Me mantengo al margen de la sobredosis de mentiras que voy a sacar por la boca en breve y trazo el camino hasta la puerta con sumo cuidado; mientras, escaneo posibles obstáculos que me harían besar el suelo directamente con los incisivos. Un paso, y otro, y otro hasta cruzar la verja de hierro que te da la bienvenida. Un pequeño camino de cemento conduce hasta tres escalones de piedra y más focos que tiñen de rojo la entrada y te dan pequeñas pistas de lo que va la vaina.

El césped está recién cortado y verde, a pesar de los cuarenta grados que castigan Madrid durante el día. Los arbustos son cuadrados y salpican el jardín con gusto y precisión. Una vez entras en el camino de cemento y dejas atrás la puerta de hierro, parece que estés en cualquier palacio victoriano intentando huir de los tipos que quieren levantarte el vestido de vuelo con las ochocientas capas que llevas debajo y desabrocharte el corsé. Algo que durante mucho tiempo se ha romantizado y que a mí me rezuma a violación. En fin, la historia de la humanidad y su limpieza de cara.

Subo con cuidado los tres escalones apoyando el peso en la punta para mitigar el impacto en los talones. Otra puerta se presenta ante mí, esta vez cerrada y con dos vigilantes de seguridad que podrían protagonizar la próxima remasterización de *King Kong*. Parecen gemelos, con esas cabezas calvas y brillantes que abrazan la alopecia con disciplina, *machoalfismo* y resignación. Uno de ellos me pide la invitación, a lo que cojo el móvil y le enseño la entrada que me costó cuarenta —putos— euros. Revisa que todo esté correctamente y me da paso sin sonreír, pestañear ni mover la calva por el espacio. Un gesto y ábrete tú la puerta, que ya eres mayorcita. Sonrío con indignación y empujo el enorme portón de madera con algunos espejos decorativos en los que me veo reflejada. Y ahí todo cambia, como cuando Alicia se cae por el agujero en el bosque, como cuando Marty McFly y Doc se suben al DeLorean, como cuando Jake Sully se mete en la cabina y se transforma en un pedazo de alienígena —macizo— de más de tres metros con una polla azul que se conecta al árbol sagrado de la vida.

La puerta se cierra tras de mí y la música retumba a lo lejos. Una sala aterciopelada me da la bienvenida con una moqueta roja y las paredes negras —mira, como la habitación de David—. Hay algunas luces de neón que te señalan las estancias: «Vestidor», «Taquillas», «WC»... La iluminación es escasa y tardo un poco en que las pupilas se me acostumbren a la ausencia de fluorescentes y leds. Parece una sala de revelado de fotografía analógica, cuando se hacían esas cosas en mis tiempos —hostiazo de los treinta años—. Varios reposapiés pegados a las paredes te invitan a aislarte de la sala o a esperar a tu acompañante mientras descarga su vejiga. Todo tiene un toque barroco mezclado con la cultura *underground* de Berlín, como si el siglo XIX hubiese follado salvajemente con los ochenta más eclécticos. El resultado, para mi sorpresa, es fascinante.

Paso unos minutos observando la sala principal y, luego, tomo la decisión de avanzar y seguir el sonido de la música. Un *beat* oscuro que me avisa de lo que estoy a punto de presenciar, aunque mi imaginación estuviera lejos, muy lejos de la realidad. Deslizo las cortinas de terciopelo gigantescas y me encuentro con otra entrada donde se recogen las normas de seguridad del espacio y el protocolo de actuación: «*Dress code* obligatorio: *fetish*, militar, sexy, *nude*... Si no es posible, se aceptará ropa de color negro». «Prohibido masturbarse si no estás participando en una escena de la sesión». «No es no». «Prohibido el uso de móviles». «No toques a otras personas sin consentimiento». Y un largo etcétera que decido leer sin excesiva atención para no ponerme todavía más nerviosa.

Me sudan las manos y se me resbalan al intentar abrir el pomo de la puerta, que vibra con el estruendo que proviene del interior, una música electrónica rompedora que invita al descontrol y a la evasión. Con un movimiento de muñeca, abro la entrada a una de las fiestas de BDSM más importantes del mundo. El grosor y peso del material hacen que empuje con todo mi cuerpo, cagándome en mi evidente falta de musculatura y prometiéndome —con los dedos cruzados— que tengo que apuntarme al gimnasio de nuevo. Elevo la mirada al horizonte y, justo en este preciso instante, todo cambia. Me encuentro en un pequeño balcón con dos escaleras, una a la derecha y otra a la izquierda, que descienden a lo que podría ser el infierno para muchos y el cielo para unos pocos. Una sala enorme llena de gente que baila desenfrenada al ritmo de la electrónica de Auto-Erotique, luces estroboscópicas capaces de inducir un estado epiléptico, focos rojizos que apuntan al interior y dos grandes efes en una pared enorme que te ubican en la fiesta, por si en algún momento te pierdes y te preguntas dónde cojones estás. Bien, esto es la Fetish Fantasy y aquí se viene a jugar.

A pesar de la gente amontonada en el centro del espacio, que saltan y bailan con cierto descontrol el *beat* inhumano de ese DJ, hay algunos pequeños rincones que sirven para el aislamiento erótico. Una pequeña barra con unos sofás donde un par de parejas se están liando con efusividad, una jaula donde encerrar a tu sumiso mientras saboreas un bloody mary o un pasillo con una luz de neón que da paso a la sala de juegos y que desde aquí no atisbo a vislumbrar. Dos grandes barras de *pole dance* con bailarines vestidos de cuero y máscaras un poco maquiavélicas roban las miradas de los curiosos que no saben bailar y simplemente sostienen una copa.

—Niña, qué guapa estás —oigo cerca de mí. Me vuelvo, sorprendida, e intento mitigar el galope de mi corazón. Es la Mari.

—Qué susto me has dado.

—Ay, niña, perdona, pensé que me habías visto. Te he visto aquí tan quieta y he pensado: «Vamos a saludarla, que la pobre quizá no conoce a mucha gente». Pensé que vendrías acompañada de algún sumiso.

—Ah, no, no. Prefiero venir sola a este tipo de eventos.

—Claro, así se establecen nuevas relaciones. Vente conmigo, te voy a presentar a unos amigos.

La Mari es una *personaja* donde las haya. Con el pelo rubio mal decolorado y unos rizos que intentan revivir a pesar de las toneladas de espuma y laca que tienen encima. Lleva una sombra de ojos iridiscente que brilla hasta en la oscuridad, y el labial se agrieta entre las pequeñas arrugas que acechan sus labios. Podría haberle salvado la vida a toda la tripulación del Titanic con sus dos tetazas. Viste una camiseta de látex ceñida al cuerpo y su barriga redondeada pone a prueba la resistencia del material. Domina con una facilidad sorprendente su falda estrecha y sus tacones de *stripper*. Se ha bañado en perfume barato del Carrefour y va dejando un rastro fácilmente reconocible. Estas cosas la hacen continuar siendo una maruja, pero en otro sector, en el suyo, en su patio de recreo, en el BDSM.

Bajo con cuidado los tropecientos escalones; deduzco que más de una —y de uno— se ha cagado en ellos. Con los tacones y la poca movilidad del vestido, me apoyo en el pasamanos con elegancia y disimulo mientras rezo a quienquiera que esté allí arriba que, *porfavorporfavorporfavor*, no haga que entre rodando. Deseo concedido: disfruto del último escalón con alivio al mismo tiempo que alzo la mirada y distingo todo tipo de diversidad ante mí. Máscaras, látex, militares, *pin ups*, doctoras, perros, caballos, personajes sacados de *Mad Max* y otros sacados de cualquier película de Tim Burton. Un sinfín de peculiaridades que hacen de este espacio un lugar ajeno al sistema.

Podría ser la pesadilla de cualquier niño que todavía piensa que hay monstruos bajo la cama o de cualquier predicador que cree que los monstruos salen a pasear por el mundo con orgullo y carrozas una vez al año. Podría ser la fantasía de aquellos que nacieron al margen y que recorren los límites, de los que navegan en sus profundidades y de aquellos a los que el miedo no les pudo. Podría ser una esquela de todos los estigmas y prejuicios cuya fecha de muerte sea la de esta noche. Podría ser una fiesta de Halloween celebrada en el submundo del pecado y la lujuria. Podría ser el oasis que te sana la sed después de recorrer el desierto del conformismo y la manipulación. Podría ser mi salvación.

María saluda a unos y a otros con efusividad y amabilidad, como una maruja paseando por su barrio con la barra de pan bajo el brazo y las gafas rebotando sobre las tetas; solo que esta vez bajo el brazo lleva un *flogger* y sus tetas rebotan embutidas en látex. Es inevitable sentirme en una película alternativa mientras choco con seres que llevan máscaras, ojos ahumados, lentillas de colores, cuerpos comprimidos, sudor en la piel y un fogoso deseo de volver al principio donde la vida no era más que un simple juego. En qué momento se nos olvidó eso. En qué momento nos alejamos del origen, del inicio, de la casilla de salida. En qué momento eludimos que el sexo es el nexo de unión, de fusión, de creación más grande que existe y, a su vez, el más destructivo, caótico, explosivo y desolador, capaz de exterminar a cuerpos y almas sin piedad, compasión o perdón. Ese que todo lo une y todo lo separa, ese por el que estamos aquí.

Una lengua bífida lame el látex de su compañero y, mientras, las tetas de una mujer de casi dos metros ahogan a varios hombres que se atreven a meter la cabeza entre ellas. A lo lejos, los gritos, los látigos, los azotes, las risas, la música, el golpe de los pies en el suelo, la vibración de una sala a punto de estallar en placer y entrega. Sigo a María sin perderla de vista y quito algunos pelos de la peluca que se entrometen en mi camino y nublan mi visión periférica. A pesar de estar ya aquí, sigo sintiendo nervios en mi fuero interno. Por si la cago, por si me delatan, por si no puedo seguir con la mentira, por si en algún momento me doy cuenta de la estupidez que supone todo esto.

—Electra, te presento a unos amigos. Julián, Cheché, Luz, Dómina Neural, Dómina Karla y sus respectivos sumisos.

—Un placer, encantada.

—¿Qué te apetece beber? ¿Un vodka?

—Por favor, sí. —Es sorprendente, pero me está gustando el vodka. Lo echaba de menos.

—Venga. ¡Luis! ¡Un vodka solo con hielo!

Me siento en uno de los grandes sofás de cuero que hay en este improvisado reservado. El grupo es de lo más curioso. Julián es un tipo alto y gordo, contable durante el día, sumiso por las noches. Lo único que tapa sus intimidades es un bóxer de PVC a punto de estallar y escondido bajo su barriga, que cae ligeramente debido al peso. El vello canoso se acumula por su pecho y forma una alfombra mullida y calentita aunque olorosa, sobre todo en verano.

Luce un collar con una argolla donde está grabado su nombre. A su lado está Cheché, una mujer latina de pequeña estatura y extremidades cortas, subida a unos tacones exagerados y enfundada en un body de látex que deja al aire sus tetas, pequeñas y caídas. El pelo castaño roza sus omoplatos y tiene las cejas tatuadas con poco disimulo y mal pulso. Una nariz aguileña se topa con la cara blanda y grasienta de Julián, lo que me da a entender que han venido juntos y, lo más importante, que él está a sus órdenes.

Dómina Neural y Dómina Karla beben una copa de vino blanco y reposan los pies encima de las espaldas de dos hombres. Una de ellas, Dómina Neural, lleva un vestido imposible de tiras que tapan lo justo y necesario y que, en cualquier momento, pueden dejar al aire un pezón, un labio o su ojete. Ella revisa de una forma casi obsesiva que todo esté en orden, mueve a cada segundo los trozos de tela y ajusta la postura para que no haya ninguna arruga que la deje en evidencia. No para de toquetearse el cuerpo con las manos: levanta el tupé rubio platino, se seca las lágrimas que le caen por la comisura de los ojos y que podrían estropear su *eyeliner* infinito o se limpia con la lengua los restos de carmín negro que podrían destrozar su imagen, y pasar así de diosa del infierno a heroinómana de Carabanchel.

A su lado está Dómina Karla con un look *pin up* propio de los años cincuenta y un corsé que no deja que el flujo de aire entre con normalidad, algo a lo que ella está acostumbrada, o al menos eso parece. Sonríe constantemente y transforma su rostro en la más pura dulzura, con unos ojos chisporroteantes y unos pómulos rosados. El pelo negro perfila su cara con unas ondas estudiadas e inamovibles por la laca. Una falda de tubo comprime aún más su corsé negro, y los tacones con lazos se clavan en la espalda de ese hombre de mediana edad que lleva no sé cuánto tiempo a cuatro patas y que debe de tener las rodillas destrozadas. Pero hay algo por encima del dolor físico y es la capacidad de entrega total y completa a otra persona, la pérdida de control momentáneo de tu vida cuando dejas tu existencia en manos de otro ser y que este se apañe. Resulta tentador.

María habla con Luz, una calcomanía de su propia estampa. Dos amigas que se reunirían en el portal a criticar a la vecina del cuarto que no ha parado de follar en toda la noche o a señalar a la otra que se ha divorciado y ya está desatada. Un proceso jerárquico que denota su capacidad para dirigir las vidas ajenas y su inutilidad para hacer algo con la suya propia. Tal vez ese sea el culmen de la crítica: quejarse del hedor de los demás sin darte cuenta de que eres tú quien está cagando. Pero la Mari y Luz son dos mujeres que, lejos de criticar, simplemente se ponen al día de unos y otros. Dos *business women* que acechan en la distancia los negocios ajenos para nutrir los suyos.

Luz lleva el mismo tono de pelo que la Mari, ese rubio apagado entre el pajizo y el pollo, con unos rizos que tampoco acaban de alzar el vuelo. La diferencia entre ellas reside en la complexión corporal, encabezada por la Mari con unas tetas grandes y la barriga comprimida en látex, y seguida de Luz, tan delgada que podría ser la perfecta proyección de mi futuro.

Dos hombres se unen a la conversación; entiendo que son sus respectivos maridos. Uno de ellos me resulta familiar. Lo vi por primera vez tras el mostrador de la tienda, haciendo sus números y peleándose con la calculadora. El otro no tengo ni idea de quién es, pero supongo que es el acompañante de Luz por el beso furtivo que le da en la mejilla y que ella ignora por completo. Ambos traen las bebidas y me acercan el vodka con hielo que he pedido hace unos minutos.

—¿Cuánto es?

—Nada, niña, estás invitada —insiste la Mari. Yo sonrío y se lo agradezco. Alzo la copa al aire en un brindis improvisado. Todos se unen, incluso las dóminas que están al margen de la fiesta en su propio spa personal. Incluso el hombre que está en la barra con una máscara de látex que tapa casi al completo su cara, ese que despierta mi curiosidad e inevitable atracción ¿sexual?

—Mari...

—Dime, niña —me dice mientras me coge fuerte del brazo y acerca su oído a mi boca.

—¿Quién es ese hombre?

—¿Quién? ¿Este? Mi marido. —Señala al hombre canoso que libra batallas con calculadoras y máquinas registradoras.

—No, no. Detrás de él, el de la máscara de látex.

—¡Ah! Es Mario, ¿no te lo he presentado? Uy, es un partidazo. Vente.

María me sigue comprimiendo el bíceps derecho con fuerza; ejerce cierta presión aerodinámica que me obliga a moverme por el espacio por más que me esté cagando en ella en este momento. Preguntar por la identidad de alguien no significa que me presente a ese alguien, y mucho menos cuando me genera estas sensaciones internas.

No caminamos demasiado hasta llegar a la barra y ahí está él, con sus ojos oscuros que se clavan sin compasión en los míos, llenos de sombra negra y mucha máscara de pestañas. Se me escapan un par de pestañeos descontrolados; aprieto los párpados para detenerlos y volver a recuperar el control.

—Mario, ella es Dómina Electra. Dómina Electra, te presento a Mario.

¿Podemos poner en pausa la historia un momento? Solo

un momento. Vale, gracias. ¿Qué cojones es eso de «Dómina Electra» y por qué suena tan jodidamente bien? ¿Por qué me hace sentir en una burbuja de poder? ¿Por qué se me hace tan adicto escucharlo? Si me paro a pensar por un instante en mi atuendo —vestido de látex, sandalias, pelo rojo y maquillaje a lo *femme fatale*—, me doy cuenta de que esa chica marginada con *brackets*, gafas de culo de botella y delgadez extrema quedó atrás. Aquí y ahora soy otra, y eso sienta tan bien..., joder. En fin, sigamos. «Dómina Electra», ja, ja, ja, me encanta.

—Un placer —balbuceo con una sonrisa. Él asiente.

—Mario es amigo desde hace años, un hombre al que queremos mucho en la familia, ¿verdad? —Él sigue sin decir ni una palabra; sonríe como puede bajo la máscara—. Dómina Electra y yo nos conocimos en el Jazz Club en una fiesta el mes pasado. Os dejo para que intiméis.

María se da media vuelta y vuelve con Luz y sus respectivos maridos, con quienes ríe y baila sin control del mismo modo que si estuviera sonando «Paquito el Chocolatero» en las fiestas de cualquier pueblo de España. Yo me acabo el vodka de un trago y pido otro en un intento desesperado de inducirme un estado etílico que me desinhiba. De reojo, observo con detenimiento al ser que tengo justo delante de mí. El látex refleja las luces brillantes que rebotan por la sala al son de la música electrónica. Es imposible reconocer su identidad, algo que me parece una tremenda idea para futuras idas de olla personales. Solo tiene un par de pequeños agujeritos en las fosas nasales, casi imperceptibles, y otros tres más grandes: dos para los ojos y otro para la boca. Ni rastro de su pelo ni de sus orejas ni de su cuello. Debe de estar pasando un calor horroroso ahí dentro, pero no lo juzgo, puesto que mi vestido tampoco es el más ligero y fresco del mercado.

Su mirada es curiosa, a medio camino entre el auxilio y el remedio, entre el socorro y la salvación. Sus ojos parecen secuestrarte y, al mismo tiempo, te dan la llave para que puedas escapar cuando quieras; pero no quieres, esa es la cuestión, que son la personificación del síndrome de Estocolmo y solo te apetece hacerte un ovillo en su comisura y taparte con sus párpados. Sus labios son finos y sus dientes no tienen demasiado protagonismo. Reserva las sonrisas como si fuesen artillería pesada; no es de esas personas que van desperdiciando balazos en un intento desesperado de causar buena impresión social. Eso se la suda, le da igual, solo quiere ser él mismo. Y no hay nada más rebelde que la propia identidad.

—¿Quieres algo? —Me ofrezco. Él se bebe el resto del whisky, y lo que hace un momento era una copa ahora solo es un vaso sin hielo.

—Otro, por favor. Él ya sabe qué ponerme —me ordena.

Pido un vodka con hielo y una copa para Mario, a lo que el camarero asiente sin pedir mayor explicación. Sigo bajando los ojos por su cuerpo, entre la delgadez y la fibra natural. Lleva una camisa blanca por debajo de un arnés de cuero en negro que protagoniza su vestimenta. Deja al aire un pecho velloso y el aroma de una colonia que me resulta familiar y particular al mismo tiempo. Tiene las piernas cruzadas y los pantalones de pinzas dejan al descubierto unos zapatos de piel perfectamente lustrados junto con unos calcetines finos en negro. En cuestión de minutos, el camarero nos sirve el vodka con hielo y un whisky sin nada más que su amargo contenido en un vaso de cristal. Él alza la copa al aire y se queda esperando el tintineo del vidrio al chocar. Me percato tarde y creo una situación incómoda que dura unos segundos, pero parecen horas. Chinchín, una sonrisa y unos ojos que actúan como metralletas de poder. Me intimida y me desnuda el alma a partes iguales.

—¿Tu primera fiesta? —Rompe el silencio después de un buen rato de intimidación. Su voz es grave, intensa y algo quebrada.

—Mi primera Fetish Fantasy. He ido a varias fiestas BDSM. —Queda inaugurado el turno de mentiras. Empezamos.

—Entonces ya conoces cómo funcionan los protocolos, ¿no? —Por qué tengo la sensación de que este hombre sabe que estoy mintiendo.

—Por supuesto.

—¿En qué rol te defines? —me pregunta. Me hago la sorprendida y la ofendida a partes iguales. Benditos años de interpretación, para lo que han servido.

—Soy dómina, creo que María nos ha presentado ya, ¿no? —vacilo. Bien, bien, voy ganando puntos.

—¿En qué rol te defines conmigo?

—¿Perdona? —Me acerco un poco más a él. Me deleito con su olor e intento no desconcentrarme de la conversación, especialmente ahora que había cogido cierta ventaja.

—¿Qué rol tendrías conmigo? —Vuelve a formular la misma pregunta. Me quedo callada intentando buscar una mentira, un algo en mi mente, ensimismada por sus ojos color café y sus labios finos. Seguro que saben amargos tras el whisky. Él se da cuenta de mi ignorancia y decide frenar el ataque—. ¿Podrías dominarme?

¿Podría?

—Sí. ¿Acaso no lo estoy haciendo ya? —Mi respuesta lo pilla desprevenido. Jaque mate, capullo. Acaricio con suavidad su máscara de látex con las manos. Las uñas se deslizan por el tejido con facilidad y ciertos trompicones debido al sudor. La música electrónica sigue en auge, pero algo ha cambiado: hemos abierto un nuevo canal donde sintonizarnos él y yo, sin nadie más. A pesar de rebosar confianza y apoderarme de la situación, Mario sigue bañando sus ojos en un deseo oscuro que se aferra a mi alma y me impide salir de dondequiera que esté raptada. Lo sabe, lo sé, lo sabemos. Y aun así, decido recoger con la escoba los restos de poder que quedan en mi interior.

—El BDSM es una lucha de energías, Electra. —Coge mi muñeca derecha y detiene el paseo por su cabeza—. No se trata de definirse en un rol o en otro, eso es para cobardes que no quieren darse cuenta de su propia vulnerabilidad. —Mueve mi brazo hasta tener mis manos a la altura de su boca, que sobresale por el agujero de la máscara que esconde su identidad—. La esencia del BDSM consiste en... —Acerca mi dedo índice a sus labios; puedo notar la humedad que emana de su aliento y que activa el flujo sanguíneo en mi entrepierna—... leer la carga energética de la persona que tienes delante y sucumbir a ella.

Mario decide borrar los escasos milímetros que separan mi huella dactilar de su boca e introduce mi dedo en el interior. Puedo sentir la dureza de sus dientes en la segunda falange, que contrasta con la suavidad y blandura de su lengua en la primera. Con mi uña, le araño las papilas gustativas y me mezclo con su saliva, que lubrica de su cavidad. No separa sus ojos de los míos en ningún momento. Doblega mi alma, que se arrodilla ante él sin reparo y rehúye de un cuerpo estático que se ha quedado petrificado en la tercera dimensión. Las habilidades linguales de este hombre quedan retratadas por el pequeño resquicio de tacto que concentra todos los sentidos que tengo habilitados en este momento. Y, de nuevo, solo estamos él y yo, ajenos al espacio y al tiempo, a los latidos, a los gritos, a las miradas, al resto. Dos personas, una sentada en un taburete frente a la barra, la otra de pie con un vestido que le constriñe las costillas y pone al límite la respiración torácica. Un dedo en la boca del otro y una mirada capaz de reestructurar los planetas en el universo.

Dilato los segundos en los que mi dedo navega en aguas espesas y amargas. Tiene los dientes lijados por el bruxismo, propio del estrés, y una lengua que se esfuerza en demostrar sus artes ocultas. La saliva trabaja para lubricar este pequeño intruso que ha penetrado en el interior de su boca y ha dado la bienvenida a la conquista de un cuerpo ajeno. Algo en mí se remueve, se agolpa, se fusiona y crea una capacidad sobrenatural de cuestionar mi posición en esta cadena alimenticia. Con un movimiento rápido y preciso, le cojo la mandíbula inferior con mi mano izquierda y aprieto lo justo para que sea incómodo y se pregunte en qué momento empieza el dolor y acaba el miedo. Sus párpados se abren por unas milésimas de segundo en un acto descontrolado y totalmente intuitivo. Entiendo que se siente atrapado en esta eclosión de poder interno que he decidido exteriorizar.

Mantenemos la postura durante segundos, tal vez minutos. Pierde el primero que se mueva, se rinda, dé un paso atrás o recoja el cable. Estamos poniendo a prueba nuestra vulnerabilidad en un juego de evasión energética para saber a quién le tocará tirar los dados primero. Acerco un poco más la cabeza y dejo un espacio anecdótico entre las partes visibles de su cara y la mía, un golpe de Estado que aumenta la respiración y reduce el oxígeno entre ambos. Lo siento tan cerca que, con tan solo un movimiento suave y delicado de mis labios, podría saborear los suyos. Mi mano se mantiene fija en su boca y mi dedo sigue preso en su interior. La órbita microcósmica de la que tanto se habla en el taoísmo queda reflejada en una lucha de poder entre dos almas que se han desprendido de sus respectivos cuerpos hace tiempo.

Mario sonríe lo que puede a pesar de mi apretón y la máscara de látex. Decide soltarme el dedo y lo expulsa hacia el exterior con un movimiento de su lengua, fuerte y privilegiada. En ningún momento aflojo la mano, y mucho menos ahora que voy ganando el juego: liberarlo sería quedar empatados. En este tablero no podemos terminar en igualdad. Lo que más me cuesta mantener no es el rango, sino el deseo, ese que me empuja a besarlo con desesperación, como si nos lo debiéramos. Su respiración y la mía se acompasan en un baile rítmico, coordinado y vital, en un acto que nos induce al trance más erótico y sagrado que existe, aquel que marca la frontera entre el presente y el más allá. Sin un dedo que obstaculice el camino a su interior y aun conociendo la textura de su boca, freno con todo mi ser el impulso intuitivo de unir nuestros cuerpos. A pesar de oír el latido que se ha trasladado a mi entrepierna, el aullido perceptible de mi salvajismo interno y la respiración desacompasada y rápida que pone a prueba la elasticidad del látex.

Él sigue mirándome, aunque de otra forma; ya no es una imposición, sino una súplica, la petición a gritos de un beso que decido contener. En lugar de eso, lo sustituyo con una sonrisa traviesa, esa que solo Electra sabe perfilar. Abro la boca y saco la lengua. Le recorro la barbilla, comprimida en un tejido poco transpirable, y acabo en su nariz, degustando así el amargor que todavía guardan sus labios. Me separo y le suelto la mandíbula con algo de violencia; mueve la cabeza con ligereza. Mantengo la sonrisa pícara en mi cara mientras elevo al aire el trofeo que he ganado en el campo de batalla.

—Acábate el whisky, querido —susurro. Y acto seguido, me doy media vuelta y me voy.

Me tiemblan las piernas, no te voy a engañar, y casi me orino encima. Pero he aguantado. Será el orgullo de mi signo zodiacal, el dolor que siento en mi interior y que procuro ocultar...; quién sabe. Sea lo que sea, le he ganado la guerra energética a este hombre, que ha estado a punto de volverme loca de puro éxtasis. Estoy segura de que esto no acaba aquí; la noche es larga y no ha hecho nada más que empezar.

# XXVI

## Lucha de gigantes

Los collares de cuero abundan en el horizonte, como aquellos besos que se exhiben en el centro sin necesidad de esconderlos de las miradas ajenas. Serpenteo entre las personas que me miran estupefactas y me adentro en la pista principal, donde la vibración rebota por las esquinas y me perfora el pecho. El vodka se ha evaporado y exprimo las últimas gotas como si el cristal del vaso tuviera una cuenta pendiente a devolver. Aquí no queda nada ya. Me acerco a la otra punta de la sala para pedir otro, no sin antes cruzarme con miradas, roces, invitaciones y admiraciones. Yo sonrío amablemente y prosigo mi camino al mismo tiempo que clasifico lo que hace unos minutos ha sucedido entre ese hombre llamado Mario y yo.

A lo largo de mi vida siempre he dado mi brazo a torcer. Cuando mi padre me pedía que fuera a la nevera y le cogiese otra cerveza mientras él se quedaba con sus dos cojonazos tumbado en el sofá, yo obedecía sin titubear. Hasta que un día no pude más y me negué. Todavía siento su mirada clavada en mí; sus gritos asustaron a los vecinos y mi madre intentó apaciguar su ira, fruto del alcohol y la ludopatía. A partir de ahí, jamás me atreví a decir que no. Desde ese instante, cada vez que llegaba a casa tenía preparada la cerveza fría, con unas gotitas que rodaban por la lata por la condensación.

Esto me marcó tanto a medida que crecía que era incapaz de negarme a las cosas. Cuando un hombre me pedía algo, y aunque por dentro gritara que no, yo me quedaba petrificada y asentía con la cabeza suavemente. Ese poder personal del que tanto hablan, el empoderamiento femenino que tanto se predica, yo lo tenía y lo sentía, pero lo enterraba bajo capas y capas de sumisión, miedos y entregas. En parte por gustar y buscar esa aprobación, en parte por mi incapacidad de mostrarme tal y como soy. Al fin y al cabo, ambas caras pertenecen a la misma moneda: la de la complacencia. Satisfacía las necesidades de todos con tal de encontrar ese pequeño resquicio de amabilidad y cariño, esa palmadita en la cabeza que me daba mi padre cuando estaba de buen humor porque había ganado unas monedas de más en la tragaperras (sin tener en cuenta cuánto había invertido para conseguir la falsa sensación de sentirse un triunfador).

Es por ese motivo que esta noche, en este instante, el poder que residía en mi interior se ha despertado para acabar enfrentándose a un hombre desconocido en medio de una fiesta fetichista. Y no me siento mal por ello, fíjate, lo cual resulta sorprendente. Es cierto que cuando asomaba la patita del carácter me congestionaba por dentro y flagelaba las decisiones que había tomado hacía minutos de forma automática. Pero ahora soy otra, en otro espacio, con otro pasado, con otros caminos. Y eso sienta bien. Hace que pueda sacar ese poder sin la necesidad de sentirme mal, porque Electra jamás tuvo un padre que le gritaba porque no le llevaba la cerveza a tiempo, u hombres que la empotraron sin un ápice de compasión porque era una yonqui de la aprobación masculina. No, Electra no es así. Ella es una mujer fuerte y salvaje, imposible de domesticar; una perra que no lleva collar. Ella elige quién, dónde y cómo y, sobre todo, sabe decir que no. Créeme, no hay nada más poderoso que el «no».

Por eso lo que ha sucedido entre Mario y yo me hace temblar de la adrenalina. Por eso este momento digno de enmarcar es tan tremendamente importante, porque por primera vez en mi vida he dejado que el poder que siento en mis adentros se imponga y no me he sentido mal, en absoluto.

—¿Qué te pongo?

—Un vodka con hielo, por favor.

El camarero me sirve un vaso grueso de cristal con un hielo y lleno hasta rebasar el límite establecido por una ley no oficial que dice cuándo parar para no perder dinero y dejar al cliente satisfecho. Le he caído bien o quiere ligar conmigo —o ambas—. A lo lejos observo el grupo: la Mari con Luz y sus respectivos maridos, el par de dóminas que han decidido moverse de su pequeño trono personal y pasear a sus sumisos y Mario, que sigue con una postura inmóvil en una búsqueda incesante de revancha personal. Tal vez no esté acostumbrado a ocupar el puesto de perdedor y se ha encontrado con una persona que está cansada de serlo.

Sin apartar ni un segundo la mirada de sus ojos —cuyo tamaño resulta anecdótico debido a la distancia, al ambiente y las luces que no paran de cegar al personal—, me adentro en el centro de la pista. Cierro los párpados y me dejo mecer entre los tacones con plataformas, el látex, el olor a pis y los empujones cachondos de aquellos que perdieron el control del pecado. Soy una pequeña alga que naufraga en medio de un océano repleto de peces exóticos. El compás de la música está al límite entre lo ecléctico y lo normativo, cosa que genera cierta locura y rendición a mi alrededor. Me muevo todo lo que este vestido de látex me permite y rozo con las caderas otros cuerpos que se acercan hipnotizados por mi presencia. Electra tiene un poder tan particular..., una adicción que no eres capaz de ver a simple vista pero que te atrapa en lo más profundo de su ser, como una planta carnívora tan bella e inocente donde las moscas se posan sin demasiada sospecha hasta que se dan cuenta de la trampa.

Una mujer vestida de hada se acerca y baila conmigo. Sonríe con la cara adormecida y flota en la inmensidad de pastillas y polvos que deben de recorrer su interior. Sus ojos azules son imposibles de apagar incluso en la más pura oscuridad y se elevan tras un maquillaje exagerado y colorido. Lleva unas enormes alas de mariposa pegadas a la espalda y un corpiño de cuero que se fusiona con unos pantalones rasgados y estrechos. Sobre las tetas cuelga un collar de dimensiones considerables que rompe con la estética general del conjunto. Atropella mis pasos, que segundos antes estaba haciendo con total libertad. Me coge de la cintura y pega sus enormes tetas a las mías, más bien inexistentes en comparación. Balancea mi cuerpo hacia un lado y a otro hasta que se acerca a mi oído y me susurra unas palabras:

—Ese hombre de ahí te ha invitado a un viaje. ¿Aceptas?

El hada sadomasoquista señala a Mario, que sigue con su pose congelada al borde de la barra junto con un vaso de whisky lleno de nuevo. Desafío su propuesta en la distancia, aunque desconozco al completo de qué se trata, algo que no dudo en compartir con mi nueva compañera. Ella sonríe con dulzura al ver mi evidente inocencia. Coge su collar y lo abre. En su interior hay unos polvos blancos. Vale, ya entiendo.

—¿Viajas?

—Viajo.

El hada se moja el dedo y lo baña en el polvo mientras me abre la mandíbula con la mano izquierda y me lo introduce en el fondo de la boca. El sabor amargo me resulta bastante familiar y decido calmarlo con un buen trago de vodka. Pensé que en este tipo de fiestas estaba terminantemente prohibido el uso de drogas, pero, fijándome en mi entorno, no entiendo cómo es posible que no me haya dado cuenta antes de que todo el mundo va colocado. Aquel que está flipando con las luces, esa que está tocándose el cuerpo en pleno éxtasis. Uno que salta. Otro que besa despacio. Las risas que estallan en algún rincón de la sala. La ninfa de las drogas me besa con lengua y me pilla del todo desprevenida. Y ahí estamos las dos, yo intentando abrazarla a pesar de las enormes alas que me obstaculizan el camino y ella recorriendo todo mi cuerpo con sus manos. No nos recreamos demasiado, simplemente degustamos nuestros templos en un acto honorífico.

Ella se despide y se esfuma por la abarrotada sala con dos efes en mayúscula proyectadas en la pared para seguir repartiendo amor entre el personal. Todavía puedo saborear sus labios dulces, que contrastan con el amargor de mi lengua; no consigo aliviar la dentera. Inspiro todo lo que me permite este vestido y levanto la mirada para volver a encontrarme con él en la distancia. Se lo agradezco con un ligero gesto y él me imita. Se me escapa una sonrisa fugaz y un par de pestañeos.

La fiesta está en auge y huele a sudor por doquier. Vuelvo a exprimir las últimas gotas del vodka y la sed me obliga a pedir otro más. Las luces se expanden, el sonido se duplica, la percepción cárnica se eleva junto con mi excitación. Son los efectos del polvo de hada que hace varios minutos he dejado entrar en mi cuerpo. Cuando me vuelvo con el vaso lleno de nuevo, me choco con la Mari.

—Niña, te he visto muy sola aquí.

—Necesitaba bailar.

—Ya te he visto con el hada del amor. Bien que haces, yo también he aliñado un poco este cuerpo.

—Pensé que en estas fiestas no se podía consumir drogas.

—Sí, así es, pero la Fetish Fantasy es un poquito especial. Nace al margen de todo.

—Entiendo.

La Mari me coge de la mano y me empuja a su pequeño rincón, donde se encuentran las mejores vistas del local. Un choque fugaz de pupilas hace que se me encoja el corazón cuando paso por delante de Mario.

—Te quiero presentar a alguien. Él es Claude, es francés, pero habla español perfectamente, ¿eh? Justo me comentaba que estaba buscando una dómina y he pensado en ti. —Se acerca más a mi oído, yo arqueo la espalda para facilitarle el acceso—. Tiene mucha pasta.

—Claude, hola. Soy Dómina Electra —suelto con un tono seco y borde. Él se queda fascinado y me observa con tanto detenimiento que resulta incómodo.

—Hola, señora. —Se arrodilla ante mí con una ovación que no sé cómo encajar. A punto de que se me escape la risa floja y estalle en carcajadas, fuerzo los labios y los aprieto para tragarme la sonrisa. En cambio, alzo la cabeza y muestro mi cuello, pero él está pendiente de otra parte varios centímetros por debajo: mis pies.

Claude es un hombre joven entrado en los treinta, pero sin que llegue a preocuparse por la crisis de los cuarenta. Es rubio, pero rubio de verdad, con un dorado que sirve como reflector de luces. Sus ojos son claros y no atisbo a especificar el tono exacto, puesto que a veces son verdes; otras, grises, y, de forma esporádica, emanan un azul celeste. Va sin camiseta y su cuerpo delgado y velloso carece de musculatura, lo que me genera empatía. Viste unos pantalones de cuero bien pegados que deben de estar cociéndole los huevos, y unas botas de cuero pulidas y relucientes. En las muñecas lleva un par de complementos de cuero con argolla para atarlo a cualquier lugar con rapidez y facilidad. Algún tatuaje sin demasiado sentido estético salpica su torso. Él sigue ensimismado con la punta de mis dedos, que asoman por estas sandalias que me están reventando la puta existencia.

—Os dejo; creo que lo pasaréis muy bien —dice María.

Él sigue con la cabeza agachada en señal de sumisión. Decido apoyar el dedo índice bajo su barbilla para elevarla. Cruzamos la mirada —¿tiene los ojos verdes, azules?— de forma momentánea y luego se escapa. No aguanta el peso de mis pupilas dilatadas; entiendo que deben de resultar arrolladoras, algo que me satisface enormemente.

—Mírame, Claude.

Obedece sin mediar palabra, sin cuestionar absolutamente nada, y ahí percibo la entrega. Hace un ovillo con su alma, con su ser, y lo posa en mis manos. Es mío. En este momento me pertenece más que yo a mí misma. Una conexión más allá de lo cuestionable, de lo material, de lo incognoscible. Una suma cuyo resultado es la integración de una nueva realidad, de un nuevo modelo, de un nuevo presente. En sus ojos se refleja el permiso de adentrarme en su mundo, en su espacio... Y al final la que obedece en realidad soy yo. Es lo curioso de la dominación y la sumisión. Las veces que he podido percibir la dinámica me he dado cuenta de lo mismo: la persona que ordena es más esclava que aquella a la que somete.

Claude decide no aguantar demasiado la mirada y en seguida desvía su foco hacia mis pies, que sigue observando con detenimiento y excitación. La lucha con él ha sido fácil: no hay una energía salvaje que domesticar, con la que batallar. Siento la presencia de Mario a mis espaldas y yo exagero mi papel; me lo estoy creyendo con rapidez.

—¿Qué quieres? —pregunto.

—Lo que usted quiera, señora —responde Claude.

—No te oigo, ¿qué quieres? —insisto.

—Quiero estar a sus pies, mi señora.

El uso del posesivo es determinante en la integración de ambas energías. Ya no soy una persona cualquiera a la que aceptar las órdenes y fantasear con sus pies, no, ahora soy suya y eso condiciona el juego. En mis manos sostengo el dolor de un ser que ha confiado en mí para entregarse y, sinceramente, estoy acojonada. A pesar de la apariencia y de mi falsa profesión, no tengo ni idea de cómo manejar la situación. Sí, antes he hecho los deberes y me he sumergido en san Google, pero esto es otro nivel. Una cosa es pasar el examen teórico y otra es lanzarte a la carretera y conducir.

—Si quieres ir a jugar, tienes varias mazmorras siguiendo ese pasillo —dice la Mari mientras me coge del brazo y me obliga a acercar mi oreja de nuevo a sus labios—. Disfruta de Claude, es un buen cliente.

Sonrío con delicadeza mientras me fijo en este cuerpo inmóvil que parece sostener el peso de la existencia en medio del reservado. Sus ojos siguen clavados en el suelo y espera impaciente a que pronuncie las palabras mágicas, como cuando le dices a un perro la frase maestra que genera el caos: «Vamos a la calle».

—Claude, vamos a jugar. —Su rabo da golpes de un lado a otro. Empieza a salivar sin medida y sus ojos se bañan en un brillo propio de la excitación y la locura. Su felicidad me satisface y compensa mi nerviosismo.

—Sí, mi señora.

Cuando estoy a punto de bajar los tres peldaños para posicionarme al mismo nivel que el caos que reina en la fiesta, oigo un «mi señora» tímido pero contundente. Me vuelvo y veo que Claude se ha puesto un collar con una correa. Me sigue recordando a la escena del perro y la calle. Se me escapa una mueca y cojo el extremo de la unión física entre dos cuerpos capaces de materializar en la Tierra toda la energía del universo. Sin poder evitarlo, desvío los ojos hacia Mario, quien observa el panorama con una frialdad máxima. Yo le sonrío y le guiño un ojo, a lo que él responde con una media sonrisa elegante y seductora. Avanzo con Claude atado a la correa y me adentro entre los cuerpos sudorosos, la lencería, las máscaras y el sexo desenfrenado. Unos carteles de neón muestran el camino a la sala de juegos y mi corazón bate el récord de pálpitos por segundo. Alzo más el mentón y me repito una y otra y otra vez que esto es solo un juego y que soy Electra, una dómina en busca de más clientes sumisos. Por supuesto, los polvos del amor —también llamados MDMA— que he tomado hace una hora siguen edulcorando la realidad y ensalzándola hacia su máxima expresión.

El pasillo es oscuro y se oyen algunos gritos, gemidos, jadeos y golpes secos a lo lejos. Existen varias salas donde la gente observa el desarrollo de la escena mientras otros representan *La Pasión de Cristo* pero en su versión sado —bueno, más sado quiero decir—. Este va a ser mi primer contacto de verdad. No es una película ficcionada de un pseudodirector de cine que ha acabado la carrera y quiere entregar su trabajo de fin de grado, no; es la primera vez que me introduzco en un mundo paralelo de entrega, suspensión, amor y dolor. Disimulo mi fascinación y actúo como si hubiese visto estas escenas miles de veces. Hay una pequeña sala con un diván donde un hombre adora los pies de otro. Puede ser un buen comienzo.

Tiro de la correa de Claude y este sigue mi rastro obediente, sin tensar la cadena más de la cuenta y dejando una forma cóncava que representa su tremenda labor como sometido. La idea de un masaje de pies es mi nueva fantasía sexual desbloqueada después de estar varias horas de pie con las putas sandalias; deben de ser el castigo más terrorífico que existe. Me siento en el diván, no sin antes saludar a la única pareja que se encuentra en la sala, los mismos que me miran extraños por mi educación —o falta de ella, no sé, tal vez las normas en este mundillo sean distintas—. Claude sonríe y se arrodilla justo frente a mí, al mismo tiempo que saliva por su hueso —además literal, porque mis pies son la parte más esquelética de todo mi cuerpo, lo cual roza lo preocupante y enfermizo—. Voy a quitarme las sandalias cuando me choco con sus ojos relucientes y una súplica silenciosa. Detengo el movimiento y dejo que sea él quien satisfaga sus deseos. Espero unos instantes a que realice la acción hasta que, coño, es verdad, tengo que ordenarle.

—Claude, quítame las sandalias.

—Sí, mi señora.

Y él, arrodillado, me quita el broche con cuidado y delicadeza, como si se tratase del envoltorio de un *cupcake* que se puede deshacer en cualquier momento. Al segundo me percato de la cantidad de mierda que tienen mis pies que, a pesar de haberme quitado las sandalias, parecen que lleven unas tiras de color beige que contrastan con mi piel manchada. Esto no parece ser un problema para Claude, quien está deseando llevarse este trozo de suelo de discoteca a su boca. De mi interior nace un pequeño atisbo de compasión.

—¿Quieres que me limpie los pies antes? —pregunto.

—Lo que usted quiera, mi señora.

—Te estoy preguntando a ti, Claude, ¿quieres o no?

—No, mi señora, a mí me gusta así.

—De acuerdo, disfruta entonces.

La boca de Claude se abre de forma sorprendente e introduce el pie en su interior, lo que me genera un escalofrío por todo el cuerpo. Me resulta excitante y me pilla desprevenida. Supongo que ir con un toquecito de magia en formato droga es un buen condicionante en esta aventura, pero, aun así, siento que algo ha cambiado en mí: ver por primera vez a un hombre sometido es muy especial. Algo que quiero archivar en lo más profundo de mi ser. Su lengua recorre cada pequeño rincón de mis huesos y mi piel, y se entrelaza con los dedos, el talón, el tobillo y su curvatura. Lame, besa, muerde y se atraganta con mi pie derecho mientras que yo estoy sentada frente a él tan excitada y cachonda. Tengo la impresión de que una pequeña parte de mi cuerpo es capaz de generar un huracán de sensaciones en cada rincón de mi ser. Y yo me dejo llevar. Ahogo el gemido en mil capas de saliva y respiraciones.

Después de varios minutos —¿tal vez una hora?— de juegos podales y masajes que me salvan la existencia, es el momento de llevar la escena a un nivel más profundo. Ordeno a Claude que me ponga las sandalias, y cuando me levanto percibo nuevamente los miles de cuchillos que me apuñalan las extremidades. Camino con cierta elegancia a pesar de que mis pezuñas se resbalan hacia delante por el rebozado de saliva.

Salimos de la pequeña habitación y veo que hay una X gigantesca de color negro justo enfrente. Sonrío y me adentro en el espacio, donde algunos grupos ponen a prueba sus técnicas sadomasoquistas. Justo en ese instante, pienso en una de las reglas básicas del BDSM: tener una palabra de seguridad.

—Claude, escúchame.

—Sí, mi señora.

—Nuestra palabra de seguridad será «palabra de seguridad». —No tengo ganas de pensar, como es evidente.

—De acuerdo, mi señora.

Es curioso, cuando tienes una persona a tus órdenes, tu capacidad inventiva se ve reducida a cero. Es difícil pensar en prácticas y más prácticas, especialmente si no tienes ni puta idea sobre ello, claro está. Decido atar a Claude a la cruz, vendarle los ojos —bastante vainilla, lo sé— y largarme a por otro vodka.

Reboto entre los cuerpos que saltan en la pista y rezuman a sexo por todos los poros de su piel. Vuelvo al mismo camarero y le pido la copa. Todavía siento los efectos del MDMA, pero por suerte van desapareciendo poco a poco, aunque la excitación sigue vigente en mi entrepierna. Mientras me preparan el vodka, busco a Mario entre el personal, pero ya no está. En el reservado hay un descontrol digno de cualquier película de adolescentes sin padres en casa y veo que la Mari está sacándose las tetas mientras estalla de la risa. Presiento que han recibido la visita de la ninfa del amor varias veces.

—Aquí tienes.

Pago y disfruto de un sorbo que me quema la garganta y el esófago, y entonces me doy cuenta de que necesito descargar la vejiga de forma inminente. Los baños están en la entrada —puto genio quien lo haya decidido, ¿eh?—, por lo que me veo obligada a atravesar la discoteca y subir la interminable escalera hasta el baño. Entro con la bebida, la dejo apoyada en la porcelana del váter y me peleo con el vestido para poder orinar. Está tan pegado que me cuesta horrores encontrar una posición cómoda para evacuar todas las copas que llevo encima. Disputo con mi puñetero cerebro, que minutos antes estaba tranquilo y ahora parece que orinar sea cuestión de vida o muerte. Es como cuando te estás cagando y los últimos minutos hasta llegar al váter parecen la precuela al inminente drama.

Después pelearme un rato en el interior de este cubículo mal encajado, me dispongo a salir por la puerta con las sandalias mojadas, el vestido comprimiendo mi esqueleto y el vodka sujeto en la mano derecha, con dignidad y elegancia. Me coloco bien la peluca y me marcho. El vestíbulo de paredes negras parece inmenso y la música se oye en la lejanía. Me permito un minuto de relax en este pequeño rincón ajeno a la locura. Todo está bien hasta que me doy cuenta de que no estoy sola.

—Es interesante ver las cosas desde otra perspectiva, ¿verdad? —dice una voz. Vislumbro una figura sentada en un pequeño sillón de terciopelo rojo que decora una de las paredes—. Cuando nos alejamos de la vida es cuando podemos verla en su totalidad.

Decido acercarme a donde se encuentra y el reflejo del neón me ayuda a dibujar el contorno de su cara o, más bien, ser consciente de la ausencia de esta.

—Nos volvemos a encontrar —digo.

—Eso parece.

—¿Qué haces aquí?

—Necesitaba una pequeña fuga, ¿y tú? —Bueno, mi fuga era de otro tipo, la verdad.

—Igual. ¿No tienes calor con esa máscara? —pregunto.

—¿No tienes calor con ese vestido?

—Me asfixio.

—Estoy igual —se sincera. Sonreímos en silencio.

—Te he ganado —presumo mientras me siento a su lado.

—¿Cuándo?

—Antes, cuando me has preguntado sobre la energía.

—¿Tú crees que me has ganado?

—¿A quién quieres engañar, a ti o a mí? —Inclino mi cuerpo hacia el suyo y él ladea la cara. Puedo ver sus ojos oscuros y que perfila una media sonrisa con sus finos labios.

—Me has pillado con la guardia baja.

—Ya, eso dicen todos. —Y volvemos a sonreír ligeramente. Hacemos del momento algo nuestro.

—¿Quieres la revancha? —me desafía.

—¿Estás preparado para volver a perder?

—¿Y tú?

—Ay, querido, yo estoy acostumbrada a ello. —El silencio se instala durante unos segundos entre nosotros y me doy cuenta de lo derrotista que ha sonado eso, a pesar de que sea cierto. Sin querer, se ha escapado esa Ruth que tanto me esfuerzo por encerrar en el cuerpo de Electra.

—Eso es una ventaja, ¿sabes? Cuando estamos acostumbrados a perder no nos da tanto miedo el fracaso. Es entonces cuando nos hacemos invencibles —apunta Mario.

Hay algo en mí que está en paz, que no requiere de caretas o de máscaras, de pelucas o de disfraces. En este momento, esa parte de mí se siente en armonía, equilibrio, plenitud. Tal vez por primera vez estoy delante de un hombre que me ve... a mí.

—¿Tienes miedo? —pregunto.

—Especifica.

—¿Tienes miedo de enfrentarte a mí?

—¿Quieres comprobarlo?

—¿Cómo? —insisto.

Mario acerca su cara a la mía y de nuevo siento el calor y la humedad de su aliento cerca de mis labios. La distancia es tan corta que bizqueo un poco cuando me oculto en sus ojos oscuros. A lo lejos suena el desfase y nos llegan los ecos del pecado y el olvido. Sin embargo, en este rincón estamos solos, sin distracciones, sin ensalzar, sin elevar, sin edulcorar. Somos lo que percibimos sin añadir ningún ingrediente más. La tensión entre Mario y yo se puede moldear; es tan perceptible que podría ser el nuevo acompañante *voyeur* de un encuentro entre dos almas que se desafían en la inmensidad del infinito, como si fueran importantes, como si la existencia realmente tuviera sentido.

Luchar contra el deseo es de las batallas más difíciles que el cuerpo puede librar. Es un poder que te sumerge en lo más profundo del abismo del placer, una fuerza que, aunque la niegues, seguirá tirando de ti y empujándote hasta aliviar la sed. Al mismo tiempo, la espera se hace adictiva: la dilatación del momento cuando consigues lo que siempre ha estado ahí, la expansión del tiempo que resulta relativo a los cuerpos que lo perciben. Entre Mario y yo pierde el primero que sucumba a lo que quiera que estemos creando esta noche. Y de momento el juego está igualado entre su aliento amargo y mis ojos dilatados.

—¿A qué juegas, Electra? —susurra.

—A que pierdas la cabeza.

Mi energía se transforma en una pitón que comprime el cuerpo de su víctima y engulle con descaro a un pobre inocente que se ha tumbado a disfrutar de la brisa y el sol. Quiero que se vuelva loco, que no encuentre salida a este laberinto, que se pudra entre mis brazos y reclame no caer en el olvido. Quiero que sienta el desparpajo, el poderío al empotrarlo contra la pared, la energía que tanto callé y que ahora no hay forma de contener. A pesar de mis esfuerzos por exponer mi empoderamiento repentino, Mario no hace más que sucumbir al deseo, de modo que se acerca cada vez un poco más, y un poco más, y un poco más hasta rozar sus labios con los míos. Me inunda de latidos todos los órganos palpitables y mi entrepierna se llena de fluidos. Estoy tan excitada que en cualquier momento me puedo desmayar por la cantidad de flujo sanguíneo que se concentra en la parte inferior de mi cuerpo.

Con su mano derecha, Mario me separa un mechón pelirrojo de la cara y me mira como si me amara, a lo que yo reacciono con un par de pestañeos y un vuelco en el corazón. Siento que me ve, que sabe que estoy aquí y, sobre todo, quién soy.

—No voy a poder aguantar mucho más —jadea.

—¿El qué? —vacilo.

Justo en este puto momento abren la puerta principal y la música duplica su presencia. Me aparto bruscamente y carraspeo en señal de un disimulo mal interpretado. Una pareja se mete en el baño sin percatarse de nuestra presencia y en cuestión de un minuto todo vuelve a la normalidad. Pero algo ha cambiado. Nos miramos de reojo y dejamos escapar una sonrisa. Mario se levanta, coloca bien su camisa y el arnés que la rodea y coge mi mano para que haga lo mismo. Me obliga a volver a cargar todo mi peso sobre los tacones, que están destripando mi cordura. No me da tiempo a rescatar el vodka y se queda huérfano sobre la moqueta negra que decora la entrada. Él, decidido, se esconde en un pequeño cuadrado oculto tras una cortina; una mala resolución arquitectónica que deja esquinas sin demasiado sentido práctico —ni estético—, pero con una clara funcionalidad como escondite. Y ahí estoy yo, apoyada en su cuerpo, que descansa sobre la pared.

La oscuridad hace que no pueda ver absolutamente nada, así que me guío por el calor de su aliento y de su piel. Mario palpa mi cuello, me coge de la mandíbula con cuidado y delicadeza. Sus dos manos descansan sobre mis mejillas y yo me acerco a sus labios. Los rozo por un error de calibración. Él se detiene, suspira y me besa. Al principio suave, sin prisa, sin romper el ritmo natural del organismo, sin apresurarse en el noble arte de la copulación. Solo percibo sus labios húmedos empujando los míos cubiertos con carmín. Lo aplasto contra la pared con fuerza y me adueño de la carga energética de esta lucha, que acabará entre sábanas y gemidos. Mario coge con dureza mis muñecas y me obliga a doblegar los brazos en señal de sumisión, a lo que yo respondo posando mi rodilla sobre su erecto paquete. Estamos en una lucha de gigantes que terminará en la destrucción de multiversos.

Tras el forcejeo por ambas partes y nuestra obsesión por imponernos y pelear, Mario me detiene y respira. El trabajo de mis pulmones es arduo y el oxígeno genera una sobredosis de vitalidad a mis células, ya cansadas de jugar. El corazón golpea sobre su pecho y se fusiona en una batucada carnavalera que celebra la excitación y el encuentro, sobre todo esto último. Siento su sonrisa bajo la negritud y la máscara, que me separa de su identidad y me acerca a la excitación por no saber quién se esconde detrás.

De nuevo, Mario comprime su cuerpo contra el mío, esta vez sin lucha, sin batalla, con la bandera blanca izada y la artillería tirada por el suelo. Se acomoda en un beso suave y delicado, sin presiones, sin tensiones, sin tirones; solo un baile entre sus labios y los míos, un vals que me hace dar vueltas por el cosmos a ritmo de «un, dos, tres». Jadeamos, oímos los suspiros de la excitación que sentimos y que está a punto de colapsar nuestra consciencia. Noto su polla erecta bajo el pantalón, que aprieta contra mi vestido de látex y la ausencia de ropa interior. El sudor y los fluidos se baten en mi entrepierna y unas pequeñas gotas de la mezcla me caen por el interior de los muslos hasta llegar a los tobillos. Mario toca mi espalda y mi cintura, me empuja con dulzura hacia su cuerpo en busca de una fusión total, sin obstáculos, sin complementos, sin imposiciones sociales; solo natural.

Acaricio su pecho y abro ligeramente el primer botón de la camisa, que deja al descubierto el camino velludo y poco fibrado de su centro energético. Las embestidas con sus caderas se hacen más palpables y, sin demasiado control, buscamos la salida a esta prisión de fuego que nos quema cada vez más y más adentro. Se me escapa un gemido de la garganta seca —echo de menos un trago de vodka— y decido averiguar si en ese oasis llamado boca encuentro un poco de alivio. Estoy en formato «ovillo de alma», como cuando Claude se ha entregado a mí horas antes. Hostia puta.

—Mierda, mierda, mierda —me separo de Mario, que se queda estupefacto.

—¿Qué pasa?

—¡Claude! —grito mientras salgo disparada por el vestíbulo y me esfumo por la puerta.

Aparto a la gente, que se sostiene como puede en su delirio, y me adentro en el pasillo hasta entrar en la habitación donde Claude sigue atado a la cruz con los ojos vendados. Quedan restos de algún condón y hay personas que siguen aliviando lo que todavía siento entre mis piernas. Carraspeo en alto y evito pedir perdón, simulo que mi ida de olla estaba totaalmente planeada. Cojo la mandíbula de Claude y le susurro:

—He vuelto.

—Mi señora, aquí sigo. —Como si tuviera elección.

Decido soltarle las muñecas, los tobillos y quitarle la venda. Él tarda unos segundos en procesar la escasa luz roja de la sala y parpadea con una bondad y una ternura que me derriten por dentro. Cuando estoy a punto de flagelarme por haberme olvidado de él —literalmente—, Claude se arrodilla.

—Gracias, mi señora, gracias. —Besa mis pies y sube por las pantorrillas. El movimiento hace que me recorra una necesidad irremediable de satisfacer la fogosidad que he acumulado unos minutos antes.

Tiro de la correa de Claude y él me mira con deseo mientras me lame las rodillas y asciende poco a poco por el vestido de látex. Mi respiración se entrecorta y es evidente que estoy excitada por el flujo que cae por el interior de mis muslos. Me apoyo en la cruz y subo el vestido de látex con torpeza. Él me ayuda con bondad y ardor. Me sigue rozando las piernas con los labios y, poco a poco, se acerca más a mi sexo, que no para de palpitar. Comprimo la cabeza de Claude contra mi coño y me ayudo de la correa; la tenso lo suficiente para que sea dominante pero no fulminante, ya sabes. Con timidez, me abre los labios con la lengua y saborea el jugo con pequeños gemidos nasales que escapan por la habitación, algo concurrida. A mi lado, una chica me observa mientras está cabalgando a un tipo. Eso me excita, encontramos cierta similitud en nuestros ojos y decidimos seguir sosteniéndonos la mirada en una perversa competición hacia el placer. Claude aumenta el ritmo y yo gimo al mismo compás que mi nueva compañera de batalla. El orgasmo no tarda mucho en abalanzarse sobre mí, algo bastante lógico si tenemos en cuenta que venía calentita de mi encuentro con Mario. ¿Debería estar con él?

La chica frunce el ceño y descarga una metralleta de «oh, sí» escandalosa que me evade del pensamiento intruso y me empuja contra el abismo del clímax. Aprieto la cabeza de Claude contra mi coño y muevo las caderas hasta inundarme con la luz al final del túnel. Joder, ha sido alucinante. Nos sonreímos y revoloteo el pelo de Claude como si fuese un perro fiel.

—Gracias, joder.

—Mi señora, estoy aquí para satisfacer sus deseos.

Después de recomponerme de la descarga, le quito la correa a Claude en señal de libertad. De camino a la sala principal, pienso en la experiencia como dómina. A pesar de resultar atractiva, también hace evidente lo que ya sabía: no sirvo para eso. Soy incapaz de cuidar de un cactus —que se quedó seco en una esquina de mi casa— y a veces me olvido de alimentar al único ser viviente a parte de mí que subsiste en mi hogar sin saber muy bien cómo. O me descuido de las tostadas quemadas en la tostadora, o del café caliente encima del mármol. Si soy un desastre conmigo misma, ¿cómo cojones pretendo ser responsable durante unas horas de otro ser?

—Voy a orinar. —Y acto seguido Claude me adelanta a toda prisa. Yo me quedo de pie, estupefacta por la situación que acabo de presenciar, y agradezco no sé muy bien a quién que este hombre se haya tomado mi tremendo despiste como parte del juego.

Humedezco mis labios y saboreo los restos de un encuentro entre titanes. Vuelvo al reservado con la Mari, que interrumpe su conversación.

—¡Niña! ¿Cómo ha ido? Claude está encantado contigo. Me ha dado las gracias y se ha ido corriendo al baño.

—Ha estado bien.

—Eres la mejor, niña.

Me pido el último vodka con hielo de la jornada. No sé ni qué hora es, pero sin duda nos adentramos en esos momentos donde la fiesta empieza a decaer y parece una *rave* de mandíbulas que tienen vida propia y piernas que no trazan ni una línea recta. Me siento cerca de la Mari y escucho la conversación.

—Sin duda, ese es uno de los peores sitios donde te puedes meter. No sé cómo Juan ha tenido el morro de presentarse aquí —dice.

—Querrá tomar nota de nuevas ideas.

—Es que si realmente se preocupara por el mundillo... Y no tuviera un club tan hortera y cerdo... Joder, es que me pone enferma, de verdad, Luz, ¿eh?

—Lo sé, Mari, pero que tampoco nos joda la noche.

—No, no, ¡eso jamás! A puntito he estado de decirle cuatro cosas al muy gilipollas. Tanta publicidad, tanta historia para acabar con situaciones que manchan el nombre de nuestro querido mundillo. Llevamos años, Luz, ya lo sabes, y conocemos el sector...

—Sí, Mari.

—... como para que ahora venga este cabronazo a regentar un club de pollas viejas. Anda que...

—Perdonad —interrumpo—, ¿de qué club habláis?

—Ay, Electra, cariño, del Horse, ¿lo conoces?

—Me suena. —Uy, sí, me suena una barbaridad, vaya. ¿Quién no conoce el Horse?

—¿Has estado?

—No, nunca.

—Pues mejor, niña, porque menudo agujero que es ese sitio. —La Mari sigue muy enfadada, no sé si será por la cocaína, por el bajón posterior al MDMA o por todo en su conjunto.

—Es un club que está por Bravo Murillo. En su día fue un lugar emblemático hasta que el socio, Paco Gantes, murió y...

—Ay, nuestro pobre Paquito, ¡qué hombre! —dramatiza María.

—... y el local lo compró otro tipo, Juan, que no tiene ni idea de BDSM, al contrario.

—Es un putero, Luz, dilo.

—Mari, tampoco sabemos si...

—¡Un putero! —grita María mientras golpea la barra. No sé qué cojones hay entre ellos, pero sin duda es algo personal.

—Pero ¿qué hay en ese lugar? —insisto.

—Lo venden como un lugar de BDSM, pero en realidad

es un club muy casposo donde van a hacerse pajas y a aprovecharse de las chavalitas que tienen curiosidad por todo esto.

—¿Sabes lo que pasa? Que hace publicidad, eso pasa. Se anuncia en todos lados de puta madre y, claro, las muchachas jóvenes después de leerse la mierda de las *Cincuenta sombras de Grey* quieren a un ricachón que las ate y les meta la polla por el culo. Y Juanito, que es muy listo, porque otra cosa no pero listo sí que es el hijo de puta, pone carteles y hace fiestas para gente joven y aquello es... No lo quieras imaginar.

—Es un hervidero de todo, Electra, para que te hagas una idea. Hombres de todas las edades que se aprovechan de las chavalas, mucha droga...

—Y encima el local... ¿Has visto cómo tiene el local, Luz?

—Sí, sí.

—Da asco, el muy cerdo. Que no limpian, Electra; no limpian ni las camas. Tienen el suelo que te quedas pegada nada más entrar. Ay, si Paquito viera en lo que ha quedado su rincón... Qué pena más grande, madre mía de mi vida.

Termino el vodka más rápido de lo habitual porque la conversación está siendo demasiado intensa para mi cabeza. Claude me pide el teléfono y le doy mi número, pero cambio los dos últimos —el famoso truco—. Me despido del grupo y doy un repaso rápido a la sala para ver si me encuentro de nuevo con Mario, pero no, no está, lo cual me parece obvio después del plantón que le he dado. Subo la escalera, cruzo el vestíbulo y me detengo en el pequeño rincón. Suspiro.

# XXVII

## La conversación

Ni las zapatillas deportivas alivian el dolor que todavía persiste en la planta de mis pies tras la intensa noche encima de las putas sandalias. Aunque si me pongo a pensar, es lo único que mantiene el recuerdo de lo que sucedió ayer, aquello que une la memoria y salva la existencia. Aquello que me hace sobrellevar la mierda de vida y mantener el pulso latente bajo la piel, esa fuga tan necesaria que me hace reconocer la vida en su totalidad sin caer en existencialismos que me acercan más al final que a la continuidad. Pero estos pequeños salvavidas duplican el dolor que ahora siento. Te muestran la posibilidad de un escape, pero sigo sin poder aceptarlo. Y menos en este momento.

El olor a hospital me parece extraño. Una mezcla de sábanas limpias y detergente lleno de antiséptico, de lejía y de alcohol desinfectante. Hueles los químicos nada más entrar, es lo primero que te impacta en las fosas nasales, pero cuando llevas un rato —horas, días— empiezas a encontrar los diferentes matices que no percibes a simple olfato. El dulzor de la esperanza y de la felicidad cuando dan el alta o nace una nueva vida. El hedor de la muerte cuando se cierne sobre los pasillos y llena de lágrimas y llantos la banda sonora de una familia rota. La pausa del café aguado de máquina o la risa cítrica del personal, que se dedica en cuerpo y alma a mantener el contador de humanos lo más elevado posible. El saludo de Carmen, la recepcionista de planta que te manda un abrazo en formato guiño de ojo y sonrisa cálida; y entonces hueles su perfume a pachuli que inunda la entrada al mayor agujero sobre la faz de la Tierra: oncología. Y ahí ves a niñas y niños sin pelo jugando con ilusión mientras la vía se mantiene como puede en sus venas, o a familiares que esperan la visita de ese esqueleto con capa y capucha negra listo para llevarse lo que siempre les ha pertenecido: la vida. En ese lado, por desgracia, estoy yo.

Mi madre es una persona muy querida y su habitación, a diferencia del resto, huele a flores porque siempre tiene flores: de la vecina, de la frutera, del carnicero, de sus amigas... Pétalos marchitos en el suelo que contrastan con aquellas que están a punto de nacer. La representación del ciclo de la existencia que, aunque nos cueste aceptar, es el que es. Y punto.

Hace unos minutos me he cruzado con mi hermana en el pasillo y sus ojeras evidenciaban el dolor interno. Las mías, sin embargo, muestran la tremenda resaca que arrastro por los pasillos blancos y las luces fluorescentes. «Mamá está descansando. Hoy ha tenido un mal día, Ruth», y acto seguido me abraza, lo cual es bastante anecdótico en nuestra relación. Me ha abrazado pocas veces, pero han sido las necesarias. ¿Me hubiese gustado subir el recuento? Sí, no te voy a engañar, pero las cosas fueron así y no las puedo cambiar. El primer abrazo que me dio Sonia fue en mi tercer cumpleaños, lo sé porque hay una foto que lo capta. Ahí estaba ella, con sus rizos rubios y su sonrisa de pillina entrelazándose con sus brazos rechonchos y medio cuerpo separado del mío. La segunda fue una noche cuando nuestro padre —el ludópata— vino a casa muy borracho y con los bolsillos vacíos tras haberse gastado la mitad del sueldo en una tarde. Mi madre se encaró y se formó un batiburrillo de gritos, golpes, llantos y platos rotos que nos mantuvieron con el corazón tan encogido como para que se convirtiera en trauma. Entonces mi hermana, con la que compartía habitación, encendió la luz de la mesita de noche y me abrazó. Yo tenía mucho miedo y sus brazos lo aliviaron todo; fue un soplo de aire fresco. Lo bueno de no tener acceso a ciertas cosas es que las valoras el doble cuando las recibes, por lo que los abrazos de mi hermana eran la varita mágica que convertía la calabaza en carroza. Y ese poder conlleva una gran responsabilidad. Después de eso hubo algún que otro apapacho cuando estaba de buen humor, cuando nació su hija, Irene, o cuando se casó. Los podría contar con los dedos de la mano y me sobrarían, la verdad. Y ahora este, largo y cálido, un abrazo reventado y sin fuerzas; la varita que ha perdido toda la magia y no sabe qué hechizo inventar para mitigar este dolor.

Mi madre duerme y no puedo evitar pensar en ese momento, ¿sabes? Cuando ya no quede vida en su interior —porque, *spoiler*, ese momento llegará—. Ojalá fuese una de esas historias con final alegre donde de manera milagrosa encuentran una pócima capaz de alargar la existencia, donde las perdices aprietan el culo porque van a ser degustadas por unas personas extremadamente felices. Pero la vida tiene un recorrido y siempre narran el cuento hasta el punto más álgido y, de repente, el libro se cierra de forma abrupta para que no te des cuenta de que todo es la misma mierda pero con distinto contexto. Porque todo es la misma mierda pero con distinto contexto.

—¿Ruth?

—Hola, mamá. Qué guapa estás.

—Ruth, cariño, estaba dormida. Hoy estoy muy cansada, no sé qué...

—Está bien, mamá. Descansa.

Dejo la maleta con ropa para pasar toda la semana hasta el viernes cuidando de mi madre y hacer que sobrelleve un poco más la espera hacia lo inevitable. Parece un pajarito con la pelusa que invade su cabeza sin pelo y su cuerpo delgado. Somos de complexión esquelética por naturaleza, pero con el cáncer y la pérdida de peso mi madre prácticamente es invisible. Los pómulos se marcan con violencia y las mejillas se retraen hacia el interior en busca de algún músculo que pueda sostener su estructura, y no responde ninguno. El cuerpo simplemente está librando una batalla y perdiendo soldados y más soldados. Intenta crear nuevas estrategias de actuación, proteger el castillo por encima de todo, pero los ataques cada vez son más y más intensos. Por lo tanto, le dan por culo a las mejillas. Lo importante es mantener al corazón bombeando y a los órganos principales con cierto rendimiento. Y lo único que puedo hacer yo es animar a su escuadrón con sonrisas, anécdotas, payasadas y cotilleos.

—¿Qué tal el fin de semana? —me pregunta.

—Bien, ayer salí.

—Ah, ¿sí? ¿Con quién?

—Con unos nuevos amigos de una obra en la que estoy trabajando —le miento. Pero espera, ¿acaso no es, en parte, verdad?

—Claro que sí, Ruth, disfruta de la vida.

—¿Has comido algo?

—Suero. —Se ríe.

—Mamá.

—He comido un poquito, pero hoy mi estómago no quiere trabajar. ¿Qué hora es?

—Son las ocho de la noche.

—Vaya, sí que he dormido. ¿Tú has cenado algo?

—Ahora iré al bar y me compraré un bocadillo, no te preocupes.

—Me alegra que estés aquí.

Los domingos por la noche suelen ser aburridos en la televisión, especialmente a las ocho de la tarde, cuando todas las películas soporíferas y thrillers evidentes están llegando a su final. Hay poco donde rascar, así que decido tumbarme cerca de ella y ponerme con el móvil a ver vídeos de TikTok y hacer un *scroll* infinito por Instagram.

—¿Por qué todos hacen el mismo baile?

—Porque es un *challenge*, mamá.

—¿Y eso qué es?

—Pues como un reto donde usan una canción.

—Pero hacen lo mismo.

—Sí, mamá.

—Ah, bueno, hija.

Al final nos cansamos de ver los pasos repetitivos y de escuchar las mismas melodías una y otra vez. Decido entrar en Instagram para cotillear sobre unos y otras.

—¿Y este quién es?

—Es Javier, ¿no te acuerdas? Del instituto.

—No me acuerdo, corazón.

—Sí, mamá, que su madre era pintora.

—¡Ah! ¿Manoli?

—¡La misma!

—Qué será de Manoli...

—Pues mira, aquí está con Javier. —Mi madre fuerza la vista para enfocar un poco, a pesar de que se ha puesto sus gafas de cerca—. Qué cambiada está, aunque, bueno, si me viera a mí...

—Estás guapísima, mamá.

—Venga ya, Ruth, no seas mentirosa, que yo no he educado a una mentirosa, ¿eh? —Esto me duele especialmente; creo que es evidente por qué.

—Ese genio no lo has perdido. —Y estallamos en carcajadas. Acaban con una tos repentina que consigue calmar a base de agua. Cuando el cáncer avanza, arrasa con todo.

—¿Y esta quién es?

—¿Quién?

—La rubia.

—¿Esta?

—Sí.

—Es Laura, ¿te acuerdas? —Laura la Perfecta.

—Laura... ¡Ah! La de Catalina, ¿no?

—Sí, que tiene una hermana melliza que se llama Raquel.

—¡Claro, hija! Claro que me acuerdo de ella. —Hombre, por supuesto, es su favorita—. ¿Qué ha sido de su vida? A ver...

Entro en el perfil de Laura —si fuese un CD ya estaría rayado de tanto usarlo— y, de nuevo, la perfección hecha persona. Su perro golden, que tiene el mismo tono que su cabello; su marido guapísimo; su rutina *fitness*; su casa en el barrio residencial...

—¿Dónde vive?

—En Estados Unidos, California concretamente.

—Ah, qué bien. ¿Y ese quién es?

—Su marido.

—Qué guapo.

—Pues sí. —La hija de puta tiene buen gusto.

—¿Esa es su casa?

—Sí.

—Menudo casoplón. Debe de costar mucho dinero.

—No parece que le falte.

—Bueno, nunca le ha faltado, la verdad —confirma mi madre.

—¿Has visto su perro?

—Parece que lo peine el mismo peluquero.

—¡¿A que sí?! —me emociono.

—Pero si tienen los mismos reflejos. —Volvemos a reír y otra vez el ataque de tos.

—¿Estás bien?

—Sí, hija, sigue, sigue. ¿Esas son sus amigas?

—Eso parece.

—Qué perfectas todas, ¿no?

—Ya.

—¿Por qué le hace fotos a la comida?

—Porque es Instagram, mamá.

—¿Y qué sentido tiene eso?

—Pues el mismo que los *challenge* en TikTok.

—Es decir...

—Ninguno, mamá, ninguno.

—A ver esa foto de ahí... ¿Es Raquel?

—Con cuidado mamá, no le vayas a... ¡Mamá!

—¿Qué pasa?

—Que le has dado like, mamá.

—¿Y qué? Si están muy guapas. Mira la hija de Raquel, qué cosa más bonita.

—Pues pasa que la foto es antigua y ahora Laura sabrá que he estado viendo todo su perfil.

—¿Y?

—Que no se pueden hacer esas cosas.

—Pero ¿por qué? Si nos interesa saber cómo está, nos alegramos por ella.

—Tú siempre te alegraste por ella.

—Ruth, hija, pero ¿por qué dices eso? —Y como una avalancha de rabia y rencor, mis palabras son imparables.

—Porque siempre te gustó Laura, mamá, tenías predilección por ella. Era tu favorita.

—Bueno, era una niña muy buena y cariñosa, sí.

—Veía cómo la mirabas, mamá.

—¿Cómo, cómo?

—Sí, se te caía la baba con su pelo rubio y largo, su nobleza, su cariño, su forma de hablar, su inteligencia... Su perfección. Era perfecta. Es perfecta.

—Ruth, ¿qué estás diciendo, hija?

—¿Sabes, mamá? He pensado en muchas ocasiones que te hubiera encantado cambiarme por Laura. —La cara de mi madre está desencajada y se incorpora todo lo que le permiten sus fuerzas para atravesarme con sus ojos, que han perdido su brillo natural—. La mirabas de una forma..., no sé, como si fuera especial, de una forma en la que a mí jamás me miraste.

—¿Qué dices, Ruth?

—Que soy tu hija menos favorita, es evidente, como también sé que preferías a Laura antes que a mí, incluso a Raquel. Yo siempre he sido la rara, la arisca, el patito feo que rompía sus gafas por jugar al fútbol o la que fumaba porros con los chavales en el parque...

—¿Ves?, eso no me gustaba, Ruth.

—... la chica enrollada, la que vestía con sus pantalones de chándal y sus camisetas cutres, a la que le importaban una mierda las muñecas y la maternidad y simplemente sudaba y sudaba tras una pelota. Mientras que Laura la Perfecta se mantenía impoluta con su pelo bien recogido en una coleta alta que le llegaba al puto culo, con sus vestiditos de vuelo rosa que tanto halagabas y con su cacao de labios que brillaba más que mi puta existencia. Porque Laura la Perfecta era la primera de clase, la que más ligaba, la que más gustaba, la preferida de todos porque era perfecta, ¿sabes? Perfecta de verdad. Encandilaba a los profesores y todos sabíamos que iba a llegar lejos y mírala, en Estados Unidos, con un marido tan perfecto como ella, un puto perro con los mismos reflejos dorados y una casa millonaria con un jardín impecable, sus batidos verdes y su...

—Ruth, hija.

—... trabajo de éxito y su cuenta bancaria con muchos ceros, su coño depilado y su culo respingón, ese que a todos los volvía locos en el colegio, y su perfecto estilo de niña rica...

—Ruth.

—... que lo ha tenido todo en la vida, porque ella es todo lo que una persona puede desear y...

—¡Ruth! —Ataque de tos—. Ya basta, ¡joder! —Ese «joder» hace que frene mi vómito de ira y enfado interno, puesto que mi madre nunca dice palabrotas, pero cuando lo hace te cagas encima.

Se instala un silencio incómodo entre nosotras y solo se oye el ritmo del hospital y mi corazón acelerado bajo el pecho. Sin poder contener las lágrimas y potenciadas por los parpadeos que no puedo controlar, mi madre me coge de la mano con fuerza, con la máxima que ahora le da su cuerpo.

—¿Cómo puedes decir eso, Ruth?

—¿Acaso no es cierto?

—¡En absoluto! Cariño, eres todo lo que está bien porque eres tú misma. Lo que más me gusta de ti, cielo, es que nunca has fingido ser otra persona, y mucho menos para agradarme.

—Pero cuando me puse la peluca pelirroja en aquella tienda te reíste mucho y te gusté siendo Electra, siendo otra.

—Ruth, pero qué estás diciendo. Me gustaste siendo tú, siempre me has gustado siendo tú.

—Pero cuando Laura...

—Ni Laura, ni Lauro. —Qué manía tienen las madres con crear palabras nuevas al cambiarles el género—. Mira, lo que más me encanta de ti, Ruth, es que eres auténtica. De pequeña tenías claro que no te gustaba jugar a las muñecas, sino que te apasionaba el fútbol. Odiabas los vestidos que te compraba tu abuela y yo los acababa devolviendo y comprándote los modelitos de chándal y tejanos para que pudieras correr, sudar y jugar como una loca. O cuando te hacías un moño con estos rizos castaños tan bonitos y nos peleábamos porque a mí me encantaba verte con el pelo suelto, como lo llevas ahora. Siempre vi en ti algo único que te diferencia del resto, y eso es lo que más orgullo me provoca, Ruth, no sabes cuánto. Porque ser igual que los demás es muy fácil: te tiñes el pelo de rubio o, mejor aún, ¡te compras aquella peluca larga que vimos en la tienda y te haces pasar por una Laura más, ja, ja, ja! —Sí, qué risas ¿eh? ¿Te imaginas que lo hiciera?—. Ay, mi niña, si eres magia. Lo que más preocupada me tenía era que llevabas una temporadilla muy triste y voy yo y me pongo malita...

—Mamá, no ha sido culpa tuya.

—Ya lo sé, hija, pero quiero verte con esa chispa vital que tienes en tu interior, con esos ojos que brillan tanto como ahora, porque hacía tiempo que no te veía tan bien. Me encanta que salgas con tus nuevos amigos y conozcan lo increíble que eres, como he tenido la suerte de conocerlo yo en esta vida, Ruth. Me hace feliz que estés tan contenta con la obra de teatro y que muestres ese talento que tanto te has labrado a base de estudiar y estudiar. Era cuestión de tiempo, hija, te lo dije.

En mi interior asoma la fugaz posibilidad de contarle todo, absolutamente todo, sobre mi vida durante estos últimos meses; desde que fuimos juntas a la tienda de pelucas hasta la fiesta de ayer. Pero no quiero que se lleve eso a dondequiera que se van las personas cuando mueren, y mucho menos que se le encoja el pecho por la decepción de que no hay ni amigos nuevos —¿o sí?— ni obra de teatro —¿y qué es, si no, la vida?—.

—No quiero que seas ni Laura, ni... ¿Cómo se llamaba la otra?

—¿Quién, mamá?

—La espía rusa de la tienda de pelucas, hija. Lo acabas de decir, pero no me quedo con el nombre.

—¿Electra?

—Eso, Electra. No quiero que seas ni Laura ni Electra ni nadie que no seas tú, Ruth. Ojalá te vieras a través de los ojos de tu madre.

—Gracias, mamá.

—Te quiero tanto, Ruth. No imaginas cuánto. Ven aquí, acurrúcate un poco. —Me hago un ovillo en su pecho, incómodo y duro por los huesos que asoman tras la fina capa de piel. La luz es cálida y los cables que la atan a todos los aparatos posibles se enredan con mis brazos, algo que solucionamos con unas carcajadas y miradas cómplices. Intento no apoyar el peso de mi cabeza para no generar más resistencia a su cuerpo, que suficiente tiene con su lucha personal, pero ella me empuja y encaja con elegancia mi peso sobre su tronco superior. Con la mano derecha, me acaricia los rizos salvajes—. Siempre me ha encantado tu pelo; es precioso.

No decimos nada porque no hay nada más que podamos decir. Las lágrimas se me escapan por las mejillas y pego la totalidad de mi cuerpo contra el suyo. Ella me besa la cabeza y entierra sus frágiles y endebles dedos en el interior de mi cabellera. Me rasca con delicadeza el cuero cabelludo y se enrolla con los muelles castaños que me nacen con rebeldía.

Recuerdo que mi madre me peinaba cuando era pequeña y yo me hacía un moño después de que se hubiese delei-
tado casi una hora secando mi melena. O cuando no me
cogieron en aquella serie de televisión; había llegado hasta
el casting final y me quedé dormida sobre sus piernas después de llorar todo lo que contenía mi interior. O aquella
vez que me enteré de que David, mi ex de las paredes negras, me había puesto los cuernos; mi madre me obligó a gritar en alto por lo menos cien veces lo capullo que había sido
hasta que estallamos en una risa que hizo que se me escapa-
ran unas gotitas de pis. Cada pesadilla que tenía por las noches o cada vez que discutía con mi padre —no sé por qué
diferencio esto si era la misma cara de la moneda—, mi
madre me acariciaba el pelo hasta que me quedaba dormida
después del susto.

Y aquí y ahora, me encuentro en la misma situación;
más perdida que nunca, con un vacío tan gigantesco en el
que toda ilusión y lucha por la vida no tienen cabida, y sin
encontrar una salida factible a tanta desgracia. Y justo aquí
y ahora, ella acaricia mi pelo rizado como tantas veces lo ha
hecho antes sin tener en cuenta que, sin embargo, esta será
su última vez.

# XXVIII

## Minerva

Por más que me froto el cuerpo con la esponja, sigo oliendo a hospital, a suero, a café aguado de máquina y a ansiedad, mucha ansiedad. No sé cuánto puede caer una persona hasta tocar el lodo más profundo con sus pies. Hasta qué punto puede absorber la miseria. Cuándo termina de hundirse la fe. Entierro la cabeza en agua y dejo que el pelo cree un aura alrededor de mi mente para conseguir callar los pensamientos, los recuerdos, la incertidumbre, la semana que he pasado mirando el horizonte con mi madre dormida y Madrid en la lejanía. Después de ese domingo no he vuelto a hablar con ella; al menos no de una forma coherente, solo pequeños murmullos para pedir agua o quejidos afligidos por el dolor interno. He ayudado a las enfermeras a limpiar los restos del cuerpo en forma de esqueje que mantiene a flote como puede los últimos días de su existencia. Me he paseado por el pasillo y he conocido a gente de todo tipo. He comido más bocadillos que en toda mi vida y el aburrimiento se ha cernido sobre mí hasta dejarme sin oxígeno. Es por eso que, el viernes, en cuanto mi hermana entró por la puerta de la habitación, me despedí de mi madre moribunda y salí corriendo hasta Ópera para entrar de nuevo en la tienda que no pregunta sobre la evolución de ninguna de las dos. Y ahí está, apoyada en un jarrón, la que —espero— será la nueva llave hacia mi propia liberación interior.

La piel se me arruga en la bañera y el cuerpo me pesa por el dolor. Es curioso, juraría que estoy adelgazando y, aun así, me cuesta mover este saco de huesos por el entorno. Es como si estuviera anclada en mi propia pesadilla y tuviera que arrastrar el recuerdo de todos los minutos que pasé a su lado. Y créeme, son muchos. Me seco el cuerpo y lo embadurno de aceites que ya no huelen a nada, aquellos que rememoran todas las escapadas de estos últimos meses, que tanta vida me han dado y que ahora pierden parte de sentido. Al peinar mi pelo no puedo evitar recordar las manos de mi madre creando nuevas sinergias con el tiempo y la memoria. Decido postergarlo, como llevo haciendo durante los últimos meses, cuando ato mi melena en un moño y me maquillo de una forma que jamás me atrevería.

Tapo las ojeras con toneladas de corrector para ocultar la evidencia del sufrimiento y de la espera más dura que un ser humano puede experimentar. Contengo las lágrimas para evitar que destrocen el exterior de una fachada que me salvará de la vivencia. Sigo oscureciendo mis ojos con una sombra negra que exagera el lado más tenebroso de mi interior, a conjunto con unos labios del mismo color que ofrecen una imagen gótica y trágica al mismo tiempo. ¿Quién es esa que se refleja en el espejo? Ya ni la conozco. Pero qué más da, necesito escapar de la realidad.

Coloco un piercing falso en medio de la nariz, un septum que me resta varios años y que consolida la imagen de descarriada, perdida y dispuesta a todo. En el comedor me espera el conjunto que me hará ¿brillar? esta noche. Una falda estilo colegiala en lila con unas medias por encima de las rodillas y un liguero de látex expuesto, al igual que mi perversión. Un top en negro con un escote que no consigo rellenar y un collar con una argolla, ese del que hace una semana tiraba en cuellos ajenos con una correa. Ahora, solo quiero que alguien me sostenga y así dejar de pensar.

Pinto mis uñas de negro y me subo a unos botines con tachuelas y con un tacón que castigará el último resquicio de esperanza que pueda contener. Me lleno las manos de anillos baratos que me tiñen las falanges de verde oscuro y ajusto el conjunto de bragas y sujetador que compré en una tienda perdida por Madrid; muestran la sumisión ante la masculinidad con ese *Daddy's Bitch* estampado en letra cursiva, como si fuera el reflejo del patriarcado. Las exageradas pestañas postizas me privan de la visión panorámica y mi gata me mira asustada por esta transformación que, a pesar de no ser la primera, sí que tiene algo de iniciática.

Como si se tratara de una rutina perversa y aliviadora, coloco la rejilla sobre mis rizos castaños, que quedan ocultos tras esta chapa/pintura que intenta arreglar las humedades que se filtran en las paredes de mi mente. Contengo los recuerdos en formato capilar y me alejo de cualquier grieta que evidencie que esto es una soberana gilipollez y que debería estar pasando los últimos días de mi madre a su lado. Pero necesito aire fresco, recuperar fuerzas, dejar de pensar, poner un parche que alivie todo esto, correr sin mirar atrás. Por eso no pienso demasiado en mi decisión y sucumbo a ella.

Cojo la peluca y la coloco suavemente sobre mi cabeza. Sin abrir los ojos, buceo en una profunda inhalación que anega los pulmones y acabo por ajustar la posición del cabello que me traslada a otro cuerpo, con otra realidad y otra historia. Poco a poco dejo entrar la luz a través de mis párpados y sonrío satisfecha al presenciar la obra que acabará con las migajas que quedan de mí sobre la mesa de la vida. Jamás me he visto con un tono tan oscuro —físicamente—.

Las raíces negras llegan hasta mis pómulos y, a partir de ahí, derivan en unas puntas onduladas y liláceas que rozan mis pectorales. Decido atar los mechones del flequillo con un clip con forma de hueso que he comprado en la tienda de abajo, y me abro ante el dolor con los brazos extendidos, como si fuera la amante de Satanás una noche de luna llena.

Antes de salir, decido acabar la botella de tequila que lleva años cogiendo polvo en la estantería. Pongo música alta y bailo delante del espejo mientras exagero la felicidad edulcorada del tercer cuerpo, del que me he dispuesto a poseer hasta sus entrañas. Después de media hora y de exprimir hasta la última gota del licor mexicano, me dirijo a la calle lo más rápido que puedo para que ningún vecino me vea. Pasada la medianoche no suele haber demasiado movimiento en el portal, pero lo último que quiero es dar explicaciones.

Paro el primer taxi que pasa por la calle y le muestro la dirección y el nombre del local. Él me mira a través del retrovisor con cierto descaro y juicio. Hay un código no escrito entre los taxistas que se basa en mantener la boca cerrada y no hacer preguntas si no se está preparado para conocer la respuesta, en especial cuando uno se va a sumergir en lugares que es mejor ignorar por el bien de su salud. Por eso, Domingo —que es como se llama el taxista porque lo he visto en su licencia— no dice absolutamente nada más allá de un «¿estás segura?» que decido pasar por alto.

Apoyo mi codo en la ventanilla y pongo a prueba la sujeción de la peluca con la brisa que se cuela a través de la ausencia de cristal. Inhalo la contaminación, más espesa en verano, y exhalo toda preocupación que no consigo silenciar. Seco la lágrima que, tras unos parpadeos incontrolables, se desliza por mi piel y carraspeo en señal de «socorro,

¿hay alguien ahí?», y cuya respuesta es inexistente. Necesito llegar y entregarme a la locura para poder acallar esos gritos internos que me piden parar; pero hoy más que nunca necesito seguir, avanzar, lanzarme al vacío, ponerme en manos ajenas, dejar que hagan con mi cuerpo lo que quieran. Quiero ser esa chica que ahoga gritos en las almohadas y ni siquiera se digna a acumular miradas porque todo ha llegado a un punto de mandarlo todo a tomar por culo digno de admiración. Alguien que hace años decidió que ya no más, que tenía que encontrar el equilibrio entre la desesperación y la autodestrucción; alguien que ha llegado en formato de chica abierta a todo lo que pueda generar caos en ese desorden interno.

—Son diecinueve con treinta —dice el taxista mientras sigue mirándome con esos ojos paternales y salvadores que tanto me hubiese gustado presenciar en mi familia.

—Pago con tarjeta.

—¿Quieres el tíquet?

—No, gracias.

Ahoga sus últimos esfuerzos no verbales por mantenerme alejada de este lugar, que tan mala fama se ha labrado, y en el que quiero ahogarme hasta dejarme desamparada. En la puerta hay unos hombres con el pelo grasiento fumando unos cigarrillos mientras observan a las víctimas que entran con ilusión e incertidumbre, que buscan encontrar respuestas a todas sus preguntas sin saber que se encuentran en el lugar equivocado. Espero detrás de una pareja de cincuenta años que se besa con lengua a la vista de todos en un acto provocativo, en un intento de levantar pollas viejas a punto de traspasar el umbral de la disfunción eréctil sin retorno.

—¿Cómo te llamas, niña? —Lo de «niña» no me lo esperaba.

—Minerva.

—¿Es tu primera vez?

—Sí.

—¿Vienes solita? —dice un calvo de dos metros mientras me observa con ganas de cazarme y devorarme lentamente hasta no dejar ni los huesos.

—Sí.

Y acto seguido, unas miradas cómplices entre todas las pollas ahí presentes. Se afilan los colmillos para chuparme cualquier atisbo de luz que ilumine esta oscuridad.

—Pues bienvenida al Horse, niña.

# XXIX

## Cuánto queda...

La puerta se abre de par en par y un pasillo oscuro se presenta ante mí. A la derecha hay una taquilla donde puedo dejar las cosas o solicitar algún albornoz ¡Ah!, y pagar la entrada, que son diez euros por ser chica, pero como he venido antes de la una de la madrugada entro gratis —y ya se sabe que, cuando algo es gratis, significa que el producto eres tú—. Los hombres, sin embargo, abonan treinta euros por entrar.

A lo lejos oigo a Marilyn Manson y su «Tainted Love», que me avisa sobre el ambiente que me voy a encontrar. Antes de abrir la cortina de terciopelo negro —parece que estos lugares tengan debilidad por esta textura— respiro profundamente y, por segunda vez, vuelvo a plantearme si esto es una buena idea; lejos de dar marcha atrás, decido adentrarme en el tugurio más oscuro de la capital.

La sala principal parece un club de viejos que beben gin-tonic y le azotan el culo a cualquier «vagina con patas» que mueve el ojete delante de sus asquerosas caras. Hay un par de chicas más o menos jóvenes bailando en una barra de *pole dance* que preside el centro del local. Tontean entre ellas, se besan, se tocan las tetas y enseñan su trasero a los cuatro hombres de sesenta años por lo menos que las miran con deseo y las animan a que sigan más y más. Lo cierto es que conozco esa sensación: la de buscar aprobación masculina a toda costa, en muchas ocasiones por encima de ti misma. Por desgracia a las mujeres nos educan para ser las elegidas, y para ello debemos ser las más complacientes. De ese modo, podrán vitorearte frente a sus amigos mientras hablan maravillas de ti, como «se dejó hacer de todo», y celebran que fuiste un trozo de carne para su consumo preferente.

Hay cierto romanticismo en encontrar a mujeres de este tipo, que estén abiertas y tengan dilatados todos los agujeros de su cuerpo para que simplemente él, con su polla erecta, decida cuál penetrar en su propio bufet libre del placer. Estos hombres son de los que comen el coño —a veces— como un mero trámite administrativo, como si un lametazo desencajado o un movimiento circular sobre la ingle sirviese para tener un puto orgasmo. Pero ¿acaso les importa tu placer? Nah, solo piden correrse en tus tetas o en tu cara para celebrar su matrícula de honor en el noble arte del sexo falocentrista. Y tú ahí, como esas dos tipas que mueven su culo delante de cuatro viejos, satisfecha porque has sido la elegida. A qué precio, dime.

Lo cierto es que hoy quiero ser la puta elegida. Y ese «puta» tiene doble intencionalidad. Hoy quiero sentirme tan miserable que el cerebro solo pueda generar toneladas de endorfinas y pegarme un viajazo de éxtasis natural. Quiero entregar la responsabilidad de mi vida, el peso que me aflige, a otra persona para que se apañe. «Ahí te las arreglas, campeón», y mientras flotar en el tiempo sin ser nada más que un trozo de hielo que vaga perdido en un Ártico castigado por el cambio climático. Porque ya no quiero sentirme en otro cuerpo; quiero sencillamente dejar de sentir uno.

Frente al *pole dance* hay algunos sofás de cuero que me

dejarían embarazada con tan solo poner mi culo huesudo encima. Uno de ellos tiene un par de cojines con estampados de cebra que me teletransportan a esas películas horteras de narcotraficantes y trata de blancas. La barra es un lugar minúsculo con varios licores detrás de un camarero que no para de sudar y sudar por todos los poros de su piel. Otras cortinas esconden salas a cuál peor. Más tarde las descubriré con todos los sentidos. De momento necesito digerir esto. Pido la mierda más fuerte que tengan y ni pregunto lo que es, simplemente bebo y punto. Esta actitud es la que se va a consolidar a lo largo de la noche. Sí a todo, sin pensar demasiado en las consecuencias. Eso será problema de quien quiera que esté dentro de mí, de lo que quede de esa Ruth que se acurrucaba a explicar con ilusión ideas de futuras obras de teatro a las faldas de su madre... Su madre, que se está muriendo.

—Ponme otro. —Y de un trago, a mi estómago. Contengo la quemazón del alcohol rancio y barato, ese que mañana hará que me cague en todo.

Me apoyo en la barra y, como decía la Mari, me quedo pegada en ella. El camarero pasa un recuerdo de lo que debía de ser una bayeta amarilla estándar que preside los hogares españoles, solo que esta tiene un extraño color marrón grisáceo y huele a cañería. Aun así, hace un intento de limpiar la marca del vaso y las pequeñas gotas de ese mejunje de licores baratos que ha creado en un momento con su mente de coctelero frustrado.

Después de alargar ligeramente la segunda copa y poco me falta para pedirme la tercera en un tiempo récord, contemplo mi entorno con detalle. Las dos chicas siguen riéndose y han acabado por quitarse los pantalones mientras los tíos manosean su culo. Hay muchas parejas con conjuntos imposibles de rejillas, cinturones de tachuelas y ausencia de sentido estético. Los ligueros abundan por las piernas, lo que me posiciona lejos de la originalidad y cerca de una moda clandestina. Lo que sí ofrezco que contrasta con el resto es la edad. La media está elevada, por encima de los cuarenta, especialmente la masculina. Con respecto a las chicas, hay algunos grupitos de jovencitas, mucho —pero mucho— más que yo, que acompañan con sus collares a unos amos que disfrazan de BDSM un maltrato encubierto. Es aquí cuando nuevamente comprendo las palabras de la Mari y su enfado porque «manchan el sector».

Soy la pobre chica que viene solita y está apoyada en la barra, víctima de todos los ojos depravados que quieren meter su polla en mis adentros como la conquista más trascendental y prioritaria de su mísera existencia. Se percibe cierto nerviosismo entre los grupos de pollas viejas que me señalan y me saludan, a lo que yo sonrío y me pongo un poco tímida porque soy Minerva, y Minerva es introvertida. El estómago se me comprime en un nudo. No me deja respirar con normalidad y mi intuición no sabe cómo decirme que salga corriendo de este agujero de ratas que está a punto de acabar con mi último atisbo de autoestima. Lejos de hacerle caso, decido aprovechar la ocasión de que el *pole dance* está vacío para subirme yo.

No soy una buena bailarina, siempre fue mi punto débil. Cuando estudiaba interpretación hice un par de cursos sobre movimiento corporal y me aprobaron por pena. No tengo demasiada coordinación, pero sí mucha actitud, y eso ha hecho que siendo Electra o incluso Laura pudiera fardar con seguridad de mis caderas y pasos de infarto. Ahora que soy Minerva, es curioso porque siento la timidez tan adentro que me pesa el culo cuando me subo a la barra, también pegajosa. Suena una canción sexy que el camarero pincha desde el Spotify del ordenador —después de «¿Quieres escuchar la mejor música sin interrupciones? Pásate a Spotify Premium y disfruta de las canciones sin anuncios»—. Todos me miran, esperando a que esta lolita les caliente la polla. A lo lejos me vitorean y se acercan algunos pervertidos para verme las bragas bajo la falda. Muevo mis caderas de lado a lado y sonrío con vergüenza mientras exhibo mi cuerpo como un trozo de carne frente a los depredadores y carroñeros. Bebo un sorbo de la copa y la termino en un par de tragos. Siento que estoy bastante ebria y eso me satisface enormemente. A lo lejos, un grupo se mete varias rayas de cocaína —o lo que quiera que sea eso—. Me fijo en ellos y uno me sonríe. Con un gesto me ordena que, tras mi bailecito, pase la nariz por su mesa y, con suerte, la boca por su polla.

Animo los movimientos y me atrevo a cogerme de la barra y dejarme caer ligeramente al mismo tiempo que pongo a prueba la resistencia de la peluca y su sujeción. Bajo lento hasta intentar tocar el podio con el culo y vuelvo a subir para que todos lo deseen como si les fuera la vida en ello, para que todos se maten por acostarse conmigo o con los restos que quedan de mí. Levanto la falda y enseño las bragas con esa frase tan jugosa, aquella que me señala como una chica fácil que busca guerra.

La expresión «chica fácil» es digna de estudio. La primera vez que la oí fue en la adolescencia, cuando los colegas hablaban de Rebeca como si fuese un masturbador que se pudieran pasar de una polla a otra. Poco les importaba lo que sintiera ella, la verdad; solo querían pertenecer a su lista de conquistas. Lo curioso es que cuando eres una chica fácil te critican y te desean por igual. «Es una zorra, ja, ja, ja, pero me la follaba».

Sin embargo, ser la chica fácil te condena, en un sentido distinto pero de la misma manera, igual que la chica enrollada. Ninguno te quiere ni te llegará a amar jamás. Si eres la chica enrollada, te conviertes en un colega para ellos con quien poder hablar de pajas, tetas, chochitos y fútbol. Si eres la chica fácil, te transformas en su mayor fantasía sexual, pero, al mismo tiempo, en el mayor de los rechazos. No pueden salir con una tía que también ha follado con sus colegas, ¿qué van a pensar? Dirían frases como: «Te has quedado con las sobras, tío», o: «¿Qué tal sabe mi polla cuando le comes el coño a tu novia?», y se reirían muy fuerte —«ja, ja, ja»— y se vitorearían los unos a los otros —«qué hijo de puta», «maldito cabrón, *bro*»— en la prueba más grande de masculinidad tóxica que haya existido jamás.

La chica fácil, en cambio, adquiere el título por ser igual de zorra que ellos, lo cual es curioso, ¿no? Vive su sexualidad de una forma libre, como lo hace la mitad de la población con un rabo entre las piernas y, en consecuencia, se la bautiza con asco, rechazo y altas dosis de humillación. Jamás he oído a ningún tío hablar de otro como hablan de las chicas fáciles. Con esas mierdas de «t_d_s p_t_s» en los foros casposos (si no atisbas a descifrar el enigma, significa «todas putas» y es el emblema que usan para describir a la población femenina, como si ellos lo hicieran todo bien y estuvieran bendecidos por el Señor Todopoderoso solo por tener polla).

Siempre quise ser la chica fácil y lo fui, sin duda alguna, hasta que conocí a David. Con él las cosas se calmaron y me lancé a ser la novia perfecta que todos mis amigos soñaron con tener: divertida, sexy, zorra en la cama pero con el grado justo para no levantar sospechas de esos títulos honoríficos descritos con anterioridad, con un instinto maternal desarrollado como para preocuparte en exceso por su vida y poco por la tuya, con una necesidad de convertirte en una ONG de «Gilipollas Sin Fronteras», y con la decencia de vestir como una princesa, perdón, *su* princesa.

Experimentar todos los emblemas que podrían denominar a las mujeres —incluido el de «mojigata» cuando la clase al completo se había dado su primer beso y yo estaba un poco perdida en mi desarrollo sexual, aunque en verano pillé carrerilla en el campamento con Roberto, claro está— ha sido una experiencia que no podría superar cualquier cuerpo. Y, sin embargo, estoy aquí. Sonrío como una muchacha cuya aspiración en la vida es pasear el culo y poner cachondos a estos cerdos que ya se empiezan a masturbar bajo la mesa. Qué sentido tiene todo esto.

Después de bailar unas cinco canciones y de beber un chupito por canción, me bajo de la barra con la ayuda de dos tipos que intentan aprovechar para tocar alguna parte de este saco de huesos. Ebria, me dirijo a la mesa donde el grupo sigue metiéndose rayas y rayas. El hombre que me ha saludado en la distancia me da dos besos. Tiene una barba blanca larguísima y unas entradas prominentes. Ha decidido dejárselas en un acto negacionista de esa alopecia que se cierne sobre el primer tercio de la cabeza. A pesar de todo, lleva unas greñas atadas en una coleta que le acarician los hombros. Un intento fallido de representar el nuevo canon de belleza masculino. Sus dientes son sorprendentemente pequeños para la cara enorme que tiene. Su barriga, dura y densa, debe de dificultar su capacidad de verse el pene sin un espejo delante. Huele a sudor rancio, ese que evidencia un paso ausente por la ducha. Lleva una camisa blanca y unos tejanos negros con unas botas de cuero mojadas por la falta de pulso al levantar los chupitos.

—¿Qué tal, guapa? —sonríe—. Menudo espectáculo nos has dado, ¿eh? —A lo que yo sonrío con timidez, como si fuese algo que me sale natural, como si exhibirme en un tugurio que roza la ilegalidad fuese mi talento oculto—. Ven, siéntate aquí con nosotros. ¿Cómo te llamas?

—Soy Minerva.

—Minerva, qué nombre más bonito..., como tú. —Desempolvando piropos rancios desde 1970—. Yo me llamo Juan y soy el dueño de este local. —Coño, es él—. ¿Quieres una raya, Minerva?

—Vale. —Y sonrío con amabilidad mientras cierro las piernas y me siento a su lado, como una perra fiel que ha encontrado su rincón favorito de la casa.

Al mismo tiempo que Juan abre el pollo y sigue cortando las rocas sobre la mesa, me presenta al resto del elenco, a cual peor. Curiosamente, hay otra María —y digo curiosamente como si fuese un nombre especial y para nada habitual en España—; una mujer de la misma quinta que la Mari, pero atropellada por la vida. Tiene un diente partido, lo que le da una imagen violenta y agresiva que oculta tras una sonrisa de labios apretados y pómulos comprimidos. Lleva un body de encaje fucsia salido de cualquier escena de *Yo soy la Juani* y una minifalda de cuero con unos tacones que exhibe en el sofá. A su lado está Pedro, con el pelo grasiento, los dientes apiñados y una camisa a rayas comprada cuando todavía existían las pesetas. Le toca la pierna a María, muy cerca de su ingle, mientras ella le dedica una expresión pornográfica que me perseguirá hasta el fin de mis días. Para mí sorpresa, en el grupo hay un chico atractivo de unos veinticinco años. No atisbo a entender qué cojones hace en un agujero como este.

—Él es Manolito, mi sobrino. —Ah, misterio resuelto—. Está aprendiendo el oficio de su tío —su tío el putero— para quedarse con el negocio cuando me jubile. Es guapo, el cabrón; tiene a todas las clientas detrás.

Manolito sonríe con cierta resignación, como si no pudiese hacer nada para evitar ser el tuerto en un mundo de ciegos. El grupo es reducido, pero Juan conoce a casi todo el local menos a mí.

—Eres nueva por aquí, ¿no? —Me mira mientras me ofrece el primer tiro en señal de bienvenida. Yo lo reviso como si jamás en mi vida me hubiese metido tal cosa por la nariz, y él sale a mi rescate con un paternalismo extraño—. ¿Es tu primera raya?

—Bueno... —Tengo la nariz como Pinocho y no precisamente por las mentiras (que también), sino por la cantidad de harina que me he metido en el cuerpo en los últimos meses. No es algo de lo que esté orgullosa, ni mucho menos, pero ser una chiquita que está a punto de probar la cocaína por primera vez... me genera una satisfacción que solo se consigue a través del engaño.

—Métete el turulo por la nariz y...

—¿Esto? —Colega, si vieras el turulo que maneja Annika y no la mierda de tíquet que usáis aquí...

—Sí, esto es el turulo. Póntelo en la nariz, así, y ahora esnifa el caminito de polvo blanco hasta que no quede nada. Tápate el otro agujero para absorber con más fuerza.

—¿Toda la línea?

—Sí, toda. Venga, que no tenemos toda la noche, Minerva.

Me encantaría coger un martillo y clavarle los huevos uno a uno sobre la mesa mientras le arranco su diminuta polla de cinco centímetros y se la meto por la oreja. En vez de eso, respiro, me doy prisa y me meto toda la raya por la nariz.

—Qué asco, está amargo. —Me hago la sorprendida.

—Toma, bebe. —Juan me da de su copa y bebo, aun sabiendo que no debería por lo que pueda llevar de aliño extra.

—Gracias.

El grupo se mete la raya y yo observo un rincón oscuro en el lateral de la sala. Da paso a otra habitación.

—Voy a explorar, ahora vengo. —Y sin esperar respuesta me levanto y me voy.

Camino bajo los claros efectos del alcohol y me acerco a una especie de pared con agujeros y un cartel pintado a mano y con unas faltas de ortografía dignas de admirar: GLORI JOLE. Me río para mis adentros y asomo la cabecita para saber si esto va de lo que yo creo. Y, efectivamente, va de lo que yo creo. Una chica se come la polla de un desconocido, que empuja con fuerza y pone a prueba la resistencia del pladur que separa una estancia de la otra. Otra encaja su coño para que un par de deditos lo acaricien y, más tarde, se mete la polla en el interior de su vagina sin condón. Me gustaría pensar que es su pareja de confianza y no que parte de su adrenalina reside en saber si ha contraído una ETS.

Los agujeros son de diferentes tamaños y están en distintas alturas para hacer prácticamente lo que te dé la gana con desconocidos. Lo que está terminantemente prohibido es mirar quién hay al otro lado —por la seguridad de tu ojo, entre otras cosas—, lo cual sería casi imposible, puesto que apenas hay luz.

Cuando salgo del «Glori Jole» me encuentro a Juan, sonriente y maquiavélico, apoyado en la entrada —o la salida— que divide un espacio del otro.

—¿Quieres que te haga un *tour*, Minerva? —Si pudieras escuchar los gritos de mi alma te quedarías sorda.

—Vale.

Me coge de la mano como señal de propiedad frente al resto de los tipos que se va encontrando, con las pollas llenas de vello púbico y que ignoran que existe un invento llamado «tijeras», y las chavalitas que se pasean con sus pieles vírgenes y sus conjuntos baratos. Este gesto lo siento como si él fuese un perro que mea en su farola preferida frente al portal para aclarar que esa es su casa y que cuidadito con faltar al respeto.

—Ese es el Glory Hole.

—Sí, acabo de salir.

—¿Y qué tal? —Yo solo sonrío (ji, ji) sin ofrecer una respuesta clara. Esto se la pone muy dura, porque en su fantasía de hetero básico siempre está presente la corderita con cara de inocente que en realidad es una ninfómana y, por supuesto, «se deja hacer de todo» como colofón—. Estas son las habitaciones privadas con espejos para ver qué sucede dentro. Mira, ¿ves? Ahí está Javier dando unas buenas hostias, ja, ja, ja. —«Buenas hostias» como definición del BDSM da que pensar—. Y aquí están las camas para lo que pueda pasar..., ya sabes. —Juan se acerca a mí, muchísimo, y yo decido desviar la atención y, sobre todo, su olor.

—¿Eso qué es?

—Es un potro para dar hostias. Pones ahí el cuerpo y dejas que te hagan de todo.

—Ah, qué interesante —miento.

—¿Quieres probar?

—¿Yo?

—Claro, Minerva. Ven, pon aquí tu cuerpazo. —Ya está babeando como un puto viejo verde en primavera después de celebrar que han vuelto los escotes, la carne y el acoso callejero—. Deja que vea ese culito. Oh, qué braguitas más bonitas. —Me encanta cuando usan el diminutivo para definir la femineidad en un acto de excitación sexual: «culito», «braguitas», «chochito», «tetitas», «coñito» y podría seguir y seguir—. ¿Qué pone?

—*Daddy's Bitch.*

—¿Y eso qué significa? —Parece que Juan se perdió ese capítulo de *Magic English*.

—«La zorrita de papá». —Me doy asco, te lo juro.

—Umm... ¿Eres mi zorrita, Minerva?

¿Por qué he llegado a este punto? En qué momento pensé que todo esto sería una buena idea y que me haría sentir mejor.

—Soy tu zorrita, Juan. —A lo que él sonríe con satisfacción y ensancha su pecho de palomo por la sala. Con su mano derecha, me azota el culo muy fuerte. No hay un grado medio, no hay una charla previa sobre gustos y disgustos, no; solo hay un «aquí mando yo y acatas lo que digo». Y eso solo tiene un nombre, ya sabes cuál.

—Qué puta eres, Minerva, ja, ja, ja.

Juan se saca el cinturón y me azota con él. Suelto un grito sordo que me asusta hasta a mí. No me esperaba su reacción y mucho menos la mía. Aprieto las manos con el segundo latigazo y me mantengo quieta porque siento que me merezco este castigo por no haber estado lo suficiente con mi madre, por abandonar mis sueños, por no saber encontrar la salida a mi mente deprimida, por no parar a mi padre, el ludópata, en tantas ocasiones, por ser la chica enrollada, por ser la chica fácil, por ser la mojigata, por ser la novia perfecta, por ser la cornuda del año, por ser Electra, por ser Laura, por ser Minerva... Por ser todas y no saber quién cojones soy en realidad.

Vuelve con más intensidad, y otra vez, y otra vez. Yo aprieto los párpados y contengo el tic nervioso que señala que las cosas no van bien, así no. Una lágrima tímida recorre mi mejilla y Juan, lejos de preocuparse por mí, vuelve a azotarme, pero esta vez me golpea con la hebilla del cinturón. Y entonces, un grito se precipita desde mis entrañas, desgarrándome el esternón y la garganta en un galope veloz por salir al exterior.

Necesito más, reclamo más, suplico más. Más dolor, más sufrimiento, más castigo, más misoginia, más odio, más y más y más y más hasta que no pueda ni sostenerme de pie. Porque en su día no fui capaz de acabar con mi existencia y ahora ya no me queda nada por lo que luchar. Juan se da cuenta de mi capacidad para resistir lo irresistible y decide cambiar de instrumento, pese a que el cinturón es una buena herramienta de venganza. Se acerca y coge un *flogger* con unos pequeños nudos en sus puntas. En el primer golpe me quedo muda y decido condensar el dolor.

Juan es una de esas personas malas que pasan desapercibidas. Un hombre extrovertido y simpático, descrito en las noticias como «un hombre muy majo» o «un hombre normal» por su vecindario, porque los sádicos y psicópatas no llaman la atención; al contrario, son gente querida por esa vecina del quinto que debía de estar sorda para no oír las palizas que le pegaba a su mujer todas las noches. Lleva tatuada en su frente una misoginia irremediable, fruto de su fracaso como hombre en una masculinidad impuesta a una edad temprana. Cuando todos sus colegas estaban mojando el churro, Juan era el marginado que ninguna chica quería tocar. Y eso fue menguando en su interior, cada vez más y más, hasta sembrar un odio atroz hacia cualquier persona con una vagina entre las piernas que no se dejara penetrar. Es decir, todas.

La primera vez que folló fue por dinero de por medio, cuando iba en verano al pueblo a visitar a sus primos algo mayores. Una noche de borrachera, entre cigarrillos y con un ataque de tos repentina, tras una metralleta de insultos machistas, homófobos y racistas. Entraron en ese club de carretera donde hay mujeres de diferentes partes del mundo —Rumania, Nigeria, Colombia, Brasil...— víctimas de trata. Pero a Juan le da igual porque él va a follar por primera vez y eso es lo único que le importa. Da igual con quién. Así que sus primos le instan a elegir el trozo de carne más apetitoso de la carnicería y le pagan la follada al peso dependiendo de las horas que vaya a estar. Pese a todo, Juan sale victorioso y se crea así una imagen de que las mujeres son todas iguales y que puede conseguir todo lo que desea en este mundo capitalista consumido por el poder.

A medida que crece, Juan desarrolla otras habilidades, entre ellas: ser extrovertido —con los hombres especialmente—, rodearse de gente con billetes, montar fiestas en prostíbulos porque con unos chochitos de por medio todo se negocia mejor, e ignorar su falta de atractivo para suplirlo por una insatisfacción sexual y emocional disfrazada de misoginia. Y así, Juan se convierte en un maltratador encubierto. Primero te lleva de paseo por el Sena con velas y una cena gourmet espectacular. Después te regala joyas carísimas que compran tu confianza y tu necesidad de ser alguien para este capitalismo imperante. Una noche te dice que si no vas muy «descocada» con ese escote. Otro día te prohíbe salir con tus amigas porque ellas te están comiendo la cabeza. Folla para satisfacer a su polla rancia y se tumba a tu lado cinco minutos más tarde para decirte que «ha estado bien, ¿no?».

Un día, Juan le da un golpe a la pared y te empuja sin querer, algo que le hace sentir tremendamente mal y arrepentido. «No sé qué ha pasado, lo siento». Y sin darte cuenta, esa será la frase que más repita en la relación tras los forcejeos, tortazos, puñetazos y un largo etcétera. Porque Juan es un hombre «normal» pero con «carácter». Y por eso Juan descarga toda su ira por las mujeres de la única forma que sabe hacer: pegando. Y por eso Juan ha comprado un club de BDSM, porque para él es la forma encubierta que tiene de hacerlo. ¿Eso significa que el BDSM es maltrato? No. ¿Eso significa que hay personas que se escudan en el BDSM para soltar todo su enfado y alimentar su psicopatía y su odio hacia las personas? Sí.

—Pero ¿tú no tienes bastante o qué? —se mofa.

Lo que desconoce Juan es que se ha topado con una persona que odia la vida, que ha perdido la esperanza de ser y estar. Y cuando alguien pierde eso, es capaz de soportar todo el dolor que un humano puede aguantar antes de desmayarse, porque ya no queda nada. No tengo nada que perder. Ni que ganar. A Juan, por primera vez en su vida, le duele la mano de tanto «pegar hostias» y empieza a cansarse, porque se da cuenta de que su odio es soportable y que no es más que un mierda insignificante. Lejos de compartir su cansancio, prosigue a darme de nuevo con el *flogger*. Siento unas pequeñas gotitas cayendo por mis piernas. No sé si será sangre o sudor, y tampoco me importa.

Juan deja el instrumento colgado y vuelve para poner su pelvis cerca de mi cara. Elevo la mirada y veo el rostro deformado por la excitación en busca de una boquita —recuerda, el diminutivo— que pueda resolver su problema. Y parece que esa boquita es la mía.

—Joder, Minerva, cómo me pones, zorrita.

A qué altura estoy y cuánto me va a doler la caída.

# XXX

## ... para alzar el vuelo

Mi madre prepara unas tostadas con la crema de avellanas que tanto me gusta y un vaso de leche con cacao.

—Ruth, hija, ¿por qué no llevas el pelo suelto con lo bonito que lo tienes?

—Ay, mamá, me gusta llevarlo así.

Me siento en la silla plegable de la cocina y me arrimo a la mesa blanca para comer mejor. Me subo las mangas de la camiseta sudada y me preparo para degustar uno de los manjares de la infancia. La obsesión que tengo por el chocolate no es normal, o tal vez sí para una niña de doce años que se ha convertido en la larguirucha de la clase.

—¡Hola, mamá! ¡Adiós, mamá!

—¡Sonia! ¡Sonia, ven aquí!

—¿Qué quieres?

—Dame un beso antes de irte.

—Mamá, que llego tarde.

—Dame un beso, Sonia.

—¿Contenta?

—Mucho. ¿Con quién has quedado?

—Con Jorge, mamá.

—No vengas tarde. A las diez en casa, ¿vale?

—Sííí, mamá.

Y tras esta ligera conversación, el portazo. Como es habitual, para mi hermana, Sonia, soy invisible la gran mayoría del día excepto cuando llega la noche y ella envía SMS a su nuevo novio. Ahí se da cuenta de que existo... Y de que sobro.

—Tu hermana está en la edad del pavo, Ruth.

—Pero dices lo mismo de mí, mamá.

—Sí, Ruth, la edad del pavo puede durar toda la vida, hija.

—Ah. —Y le pego un bocado a mi tostada. La crema de avellanas chorrea hasta el plato. Qué goce, qué deleite.

—¿Conoces a ese Jorge?

—¿Yo? No, mamá.

—¿No es del colegio?

—Supongo, pero casi no veo a Sonia. Yo estoy jugando al fútbol y ya está.

—Ruth. —Hago un sonido inconexo que denota atención mientras mastico y mezclo la leche con la tostada en un batiburrillo que llena todos los rincones de mi boca—. ¡Ruth, con cuidado, hija, que te vas a ahogar! —Trago la pelota de azúcar que me mantendrá en vilo hasta las doce de la noche y parará cuando mi madre se cabree conmigo por mi sorprendente (y para nada esperada) hiperactividad.

—Dime, mamá.

—¿A ti te gusta alguien de la clase?

Me quedo pensativa unos segundos, callada e impactada. ¿A mí? ¿Gustarme alguien? ¿Quién me va a gustar a mí? ¿O a quién le voy a gustar yo? Hago repaso de mis colegas. Pienso en Roberto, en Alejandro, en el chico nuevo que ha entrado y no recuerdo bien su nombre. Pero hoy he marcado un gol gracias a él y... De repente, por primera vez en mi vida, me planteo ver a los chicos con otros ojos, más allá de compañeros de pedorretas, de fútbol y de bromas escatológicas. Por primera vez nace algo en mi interior, un pequeño estallido que hace saltar la alarma de mi pubertad y el inicio de mi despertar sexual. Un antes y un después del cual no seré consciente hasta dentro de unos años, cuando me plantee ser la chica enrollada. Mientras tanto, aquí y ahora, estoy frente a mi madre, que abre sus ojos chisporroteantes y espera atenta mi respuesta.

—No sé, mamá.

—¿Cómo que no sabes?

—No, no sé.

—¿No sabes si te gusta un chico o no?

—¿Cómo se sabe eso?

—Ay, Ruth, hija. —Se sienta a la mesa y se acerca a mí. Yo me acabo el culillo de leche cargado de cacao que se ha quedado al final del vaso y rebaño el plato con mi dedo índice—. Cuando conoces a alguien que te gusta sientes cosas. Como por ejemplo que quieres estar cerca de esa persona, verla todos los días, cogerla de la mano... Y sonríes, hija, sonríes mucho.

—Tú con papá no sonríes. ¿Eso es que no te gusta? —Mi madre guarda un silencio sepulcral y prosigue como si no hubiese oído las palabras que sembrarán la idea de pedir el divorcio, años más tarde.

—No estamos hablando de mí, Ruth; estamos hablando de ti. ¿Sientes eso por algún chico?

—No sé, me lo paso bien, mamá, y ya está... No sé.

—Bueno, Ruth, si en algún momento le gustas a un chico, no seas tonta, por el amor de Dios. Sé valiente y fuerte, no hagas nada que no quieras. Sé tú misma, Ruth, que eres una niña increíble y seguro que le gustarás a todos los de tu clase. —*Spoiler*: eso nunca pasó—. Y no vayas detrás de nadie, ¿eh? Tú hazte valer.

—Vale, mamá.

—Prométeme, Ruth, que no harás nada que no quieras.

—Te lo prometo, mamá.

—Y que serás fuerte y valiente.

—Sí.

—¿Sí qué?

—Te lo promeeeto, mamá. ¿Ya me puedo ir?

—Vete a la ducha, anda, que apestas, marrana.

—Pues claro, si vengo de jugar al fútbol.

Justo cuando estoy saliendo por la puerta, me vuelvo y veo a mi madre con la cara apoyada sobre las manos para ahogar el llanto que le oprime el pecho. Y es en ese momento cuando comprendo hasta qué punto una persona puede estirar la resiliencia y quebrar el hilo de la esperanza. Lejos de irme a la ducha, vuelvo a la cocina y la abrazo. Ella no puede contener el sollozo y lo descarga de forma violenta, algo que no sé cómo procesar. Recurro a las palabras mágicas que decido pronunciar para contrarrestar el dolor:

—Te quiero, mamá.

—Y yo a ti, Ruth, y yo a ti.

Esa noche, mientras me movía y removía en la cama con un subidón de azúcar que me enseñó el significado de «comer techo» —y que más tarde sufriría, aunque por otro tipo de drogas—, mi madre entró a la habitación. Sonia estaba dormida y roncaba sin medida. Yo cerré los ojos y simulé que estaba en el séptimo cielo. Ella se sentó en el borde de mi cama con mucho cuidado para no despertarme, me tapó un poquito más con la sábana, acarició mis caracolas castañas y salvajes que se desparramaban por la almohada y me dio un beso en la frente. Tan solo pronunció una simple frase que, en ese momento, no tenía demasiado sentido, pero que años más tarde me serviría para alzar el vuelo:

—Eres mi niña valiente, Ruth.

# XXXI

## Mujer valiente

«Eres mi niña valiente, Ruth». Oigo su voz como si estuviera a mi lado, aunque si estuviese aquí de verdad se llevaría una tremenda decepción. «¿Qué te dije, hija? ¿Acaso no te he enseñado nada?», y yo agacharía la cabeza y me alejaría sin mirar atrás. Sigo con las rodillas doloridas por la dureza del suelo y una polla —que si me despisto la pierdo de vista— espera paciente el tacto de mis labios.

Son demasiados años los que cargo a mis espaldas. Demasiados «no» que he decidido tragar. Gritos que he escondido en almohadas ajenas. Demasiados tortazos, marcas, penetraciones y corridas en la cara sin mi permiso. Muchos gemidos ajenos y muy pocos propios. Demasiados llantos. Muchísimas mamadas y pocas comidas de coño, unidos a arcadas y empujones. Tanta búsqueda de validación masculina, con sus diminutivos, el acoso, la vejación, la falta de amor y el exceso de consumo. Demasiados cuerpos... Eso es: demasiados cuerpos y ninguna alma.

Se acabó, no puedo más.

Juan me empuja la cabeza contra su miembro para empezar con la esperada mamada y, sin pensarlo, le muerdo la polla con el odio acumulado que llevo dentro y con todo el dolor que minutos antes ha decidido provocar en mí. Te jodes, cabronazo. Él lanza un grito, abro la boca y salgo corriendo todo lo rápido que puedo. Lo cierto es que tantos años tras una pelota han perfeccionado mi técnica de atleta, eso y que la complexión de Juan no le permite ni dar dos pasos seguidos sin pararse a recuperar el aliento.

—¡Coged a esa puta! ¡Maldita zorra de mierda, hija de putaaa! —oigo a lo lejos. Para ese entonces, yo abro la cortina de terciopelo y salgo por la puerta.

El bocado que le he dado a la polla de Juan imposibilitará su funcionalidad durante unas cuantas semanas —«¡Oooh, qué pena, Juan! ¿Ya no podrás hacer negocios con tus colegas, los puteros? Mira cómo lloro, cerdo»—, y por desgracia también avivará el fuego de su misoginia. Estoy segura de que muchas mujeres me aplaudirían por eso, porque muchas habrán deseado hacer lo mismo a un ser tan detestable.

Giro la primera esquina y me subo a un taxi; el conductor se asusta al verme tan apurada.

—¡Corre, corre, corre! —ordeno mientras me siento la protagonista de una persecución de cualquier película de acción.

—Pero ¿a dónde vamos?

—¡Tú tira y ahora te guío!

El taxista no hace preguntas —¿te acuerdas de esa ley no escrita?—, y después de recorrer varias manzanas decido darle la dirección exacta.

—Es en Puente de Vallecas.

—De acuerdo. ¿Todo bien?

—Sí, perdona, ya está todo bien. —«Verás, le he pegado un bocado a la asquerosa polla de un puto maltratador, pero todo bien».

Tras dejar la escena a mis espaldas —y ahora que me siento protegida—, se abalanza sobre mí un sentimiento de euforia y adrenalina. Le acabo de pegar un mordisco al miembro de un cabronazo que me recordará toda su vida. A mí y a todas esas mujeres a las que quiso conquistar, maltratar, vejar, dominar, humillar y destrozar. Que se joda, se lo merece.

Las luces de las farolas parecen estrellas fugaces y yo cierro los ojos y pido un deseo: encontrarme dondequiera que esté escondida. La sobredosis de excitación y de entusiasmo se reducen drásticamente; solo quedan los restos de lodo que hay en el interior de este pozo. Y es ahí cuando el corazón se calma, la respiración se acompasa y las pupilas vuelven a su estado normal. Al notar el culo dolorido, la boca con un fuerte olor a polla y el alma rota en mil pedazos es cuando me planteo lo que ha sucedido en realidad. Todo el peso que sostengo sobre los hombros me hunde en este asiento de cuero viejo y despellejado y, casi sin buscarlo, me encuentro frente a frente con las malas decisiones que he tomado a lo largo de mi vida y que se acumulan en una mochila invisible e intangible para el resto. El dolor del castigo que he decidido imponerme a través de otros cuerpos se hace insoportable y, desde la ventanilla, veo una ciudad que sigue dormida y alejada de este tormento interno. Qué curioso la magnitud de nuestros problemas y lo diminutos que somos para el universo.

—Señorita, ¿es aquí?

—Sí, es aquí. Te pago con tarjeta.

Salgo del taxi y subo la escalera de casa con un gran pesar. Mi gata viene a saludarme. Medio adormecida, bosteza con cierta sorpresa y excitación al verme tan temprano y, sobre todo, tan entera. Acaricio su cabeza con resignación, algo a lo que ya está acostumbrada, y me adentro en el baño. Me miro en el espejo y busco la salvación de mi identidad. Un grito ensordecedor genera una fuerte vibración en mis cuerdas vocales, cansadas de contener, mentir y diferir. Golpeo el lavabo blanco con grandes manchas negras, máscara de pestañas y algo de moho. Las lágrimas se apresuran a contrarreloj por las mejillas para ganar una carrera improvisada y para nada esperada. Qué sentido tiene todo, joder.

Mis ojos se buscan en la doblez de la realidad y me pregunto de qué color son los espejos y si serán del mismo que el del alma: un negro reflejo esquivo de un *multiverde* paralelo, de un sinfín de tonalidades y posibilidades que se acumulan para ser las elegidas. Pero yo elijo mal, siempre he elegido mal. Cuando era la capitana del equipo de fútbol. Cuando decidí cortarme el pelo por las orejas. Cuando me independicé. Cuando me enamoré de David. Cuando me enlacé con tantos cuerpos. Cuando me atreví a ser actriz y estudiar la profesión durante años y años de formación. Cuando me separé de mi familia. Cuando me compré la primera peluca. Cuando me metí la primera raya o la primera polla. Cuando me di a la bebida. Cuando me olvidé de mí.

Me quito los clips que sujetan la peluca y la dejo a un lado del mármol junto con la rejilla que aguanta mi pelo rizado que tanto ha visto. El flequillo se entreabre por el medio de forma natural; odio profundamente que suceda eso. Un pelo castaño cae sobre la porcelana y se amontona con el resto de los soldados rendidos ante la fuerza gravitatoria. Por qué cojones no compro máscara de pestañas *waterproof* si vivo sumergida en una depresión no diagnosticada. Los rizos me acarician los hombros. Radiografían el interior de este escombro, la clavícula marcada que tanto odio y el esternón que suplanta al canalillo ausente. Intento relajarme y (me) busco en mis adentros, como quien no encuentra las llaves de casa o el móvil. ¿Dónde me dejé? ¿En qué lugar, en qué instante, en qué segundo?

Saco mis brazos esqueléticos por la camiseta y la dejo a un lado para proceder a deshacerme de la falda, el liguero, las medias, las bragas y el sujetador. Y ahí estoy, desnuda y delgada; una ramita rota que pretende florecer en primavera. Vuelvo a percibir el dolor en mis nalgas y giro el cuerpo para ponerle nombre y apellido al daño. Unos hematomas azulados y rojizos abarcan el poco culo que poseo y unas pequeñas motas de sangre se han quedado pegadas a la piel, como si quisieran salir al exterior pero la dermis no se lo permitiera. Algunas partes están tan oscuras que parecen contener el cosmos en su interior, un universo de congoja y castigo pintado por el mismísimo Doménikos Theotokópoulos o, para los colegas, el Greco.

Abro el grifo y espero unos segundos a que se regule la temperatura del agua. Es una rutina que desempolvo del pasado, cuando decidí que sería tierra de lobos. Después de pasar por manos, bocas, pollas y pieles, volvía a casa y me sumergía bajo el agua. A veces me daba un baño; otras, una ducha. Y así limpiaba las huellas que tantos decidieron posar sobre mi cuerpo sin yo saber que las acumulaba también en mi alma. Pensé que tendría la fórmula perfecta, que había inventado la cura para la culpabilidad posrevolcón. Llegaba a casa, me metía en el baño y dejaba que el agua lo sanara todo, como si fuese una anestesia para el sollozo que empezaba a oír en mi interior. Y de ese modo, semana tras semana, guardaba en un rincón de mi mente los ojos que, durante unos segundos, me habían mirado con perdición, aquellos que me habían visto a mí y a Dios en el mismo fragmento temporal que dura un orgasmo. Me deshacía de los restos materiales que todavía sostenía mi cuerpo con laaargas duchas y baños. Una, y otra, y otra, y otra vez. Hasta que un día me di cuenta de que el agua era una tirita para esta hemorragia, porque el alma..., el alma se desangraba.

Nuevamente intento conseguir la salvación demasiado tarde, algo muy del ser humano, ¿no? Rezamos cuando vemos el final y vivimos como si nunca fuésemos a morir, hasta que llega el momento. El tiempo se ha esfumado; ya no queda nada y, mierda, tenía que haberme puesto antes a hacer los deberes porque ahora..., joder, ahora ya es tarde. Nos creemos visionarios en un mundo de ciegos y solo somos tuertos en un mundo de iridólogos.

Por más que enjabono mi cuerpo, sigue oliendo a fuet, a alcohol rancio, a cuero, a sudor, a machismo, a abuso, a castigo, a hospital, a pesadilla, a ajeno. Decido acabar con este ritual, que ya no surte efecto, y me enrollo en una toalla con hedor a humedad, mojada tras la reciente última vez. Cojo la peluca y me voy al comedor. Veo a Electra apoyada en la pelota de fútbol y a Laura en un jarrón antiguo. A Minerva la dejo encima de la botella de tequila vacía. Decido ponerlas a las tres frente a mí, en la estantería que hay al lado del espejo. Estoy de pie, delante de la peor —¿o la mejor?— decisión que he tomado en mi vida.

Es interesante la polaridad de la realidad y lo poco que nos damos cuenta de que el frío y el calor son simplemente la continuidad de lo mismo. ¿Dónde empieza uno y acaba el otro? ¿Cuándo consideramos que sentimos frío y cuándo calor? ¿Cómo confluyen ambos en un punto neutral? Esto me lleva a evidenciar que, en efecto, todo lo sucedido en mi existencia es solo la continuidad de esta. ¿Dónde empieza Ruth y acaba Electra? ¿Cuándo considero que se cierne la muerte y cuándo la vida? ¿Cómo se unen ambas en un mismo nexo? El mundo gira y gira sobre su mismo eje y nosotros somos creyentes del avance.

He acabado siendo la loca que tanto temí, la soltera fracasada con una gata y cuatro personalidades. Y a pesar de todo sonrío, porque soy gilipollas, ya ves. Sonrío porque encontré la salida a mi existencia y me atreví a atravesarla —pese a que no supe frenar a tiempo y me estampé de lleno contra el muro de la autodestrucción—. Pero, ey, aquí estoy, ¡viva! —que ya es decir, después de todo—. Ahora siento una sensación extraña, como si hubiese viajado sin moverme del eje, como si fuese un planeta con mi propia órbita.

Soy la representación de mí misma reflejada en distintos cuerpos que contienen la misma alma. Es ahí donde reside todo, la pieza clave de la existencia humana y lo que nos diferencia de aquellos seres con los que compartimos una existencia efímera en este piso de seis mil trescientos setenta y un kilómetros de radio. Las personas somos conscientes de que estamos pilotando ese envoltorio de materia que contiene un pequeño fractal del Todo o, al menos, deberíamos serlo.

Sin embargo, consumimos carnes ajenas, entregamos el cuerpo a una masturbación colectiva, recolectamos aprobación en un jardín de indiferencia e inmediatez. Probamos pieles agrias, dulces, amargas, ácidas, sudorosas, secas, frías, calientes, blancas, marrones, amarillentas, rosadas, negras, elásticas, tensas, peludas, depiladas, raposas, aterciopeladas, tatuadas, vírgenes, temblorosas, entregadas, compenetradas, desconectadas, aliviadas, exhaustas, excitadas, sagradas. Naufragamos en sábanas que se convierten en un tsunami de adicción y, de ese modo, nos sentimos capitanas en una cruzada hacia el nuevo placer. Y para qué. Qué sentido tiene todo esto, dime. Seguir penetrando, lamer, entregarse a alguien, embarcarse en una búsqueda, masturbar, follar, sudar, ligar, seducir, consumir y seguir perpetuando todo esto. Qué sentido tiene si no nos vemos, si ni siquiera nos miramos, si no nos conocemos. ¿Acaso nos da igual?

Sí, nos damos igual a pesar de compartir la misma expedición: descifrar el mayor enigma de la vida, es decir, qué cojones contiene este envoltorio de carne, huesos y piel en su interior. Agitamos el cilindro de plástico para adivinar el juguete del huevo Kinder, la identidad que nos corresponde. Y en mi caso, la pérdida de esta, porque te recuerdo que soy adicta al chocolate.

Creo que es posible encontrar una solución a todo esto, más allá de la salida de emergencia que decidí usar y a pesar de oír todas las alarmas sonando en mi interior. Creo que hay un resquicio de luz entre tanta oscuridad y, por supuesto, creo que estuvo bien mientras duró, pero debo enfrentarme a mí misma de una vez por todas. Desenredar los auriculares que no sabes cómo han acabado follando en el interior de tu bolso. Menuda alegoría de la vida. No sé si lo conseguiré, pero el camino será interesante.

Una pequeña lágrima de satisfacción me cae por la mejilla y me despido de Electra, Laura y Minerva. No con un adiós, sino con un hasta siempre. Y es justo en ese momento cuando el universo decide joderme una vez más. Claro, por qué no.

—¿Sonia?

—Ruth, perdona las horas. —Son las cinco de la mañana.

—No, no. Dime, ¿qué pasa?

—Es mamá, Ruth, es mamá... —Al otro lado del auricular escucho un sollozo que se comprime en un hipo extraño—. Ven al hospital.

# XXXII

## El primer viaje de la vida

Atravieso el vestíbulo lo más rápido posible mientras esquivo a niños febriles, abuelos en sillas de ruedas y escayolas recién inauguradas. Le doy varios toques violentos al botón del ascensor; va por la octava planta y yo estoy en la principal. Decido subir por la escalera corriendo y me peleo con los tejanos, que me bailan ligeramente por la cintura debido a mi adelgazamiento involuntario. Entro en la quinta planta, la unidad de cuidados paliativos, y pregunto nerviosa en la recepción. Sonia viene al rescate.

—¡Ruth!

—¡Sonia!

Nos abrazamos con el alma, como nunca antes lo habíamos hecho, y nos ahogamos en un llanto que intentamos contener para no crear más melodrama en un lugar donde este ya es el protagonista.

—¿Dónde está mamá?

—En la habitación 513.

—¿Qué ha pasado, Sonia?

—Lo que ya sabíamos, Ruth. Mamá se muere. Joder, mamá se muere, Ruth. —Su peso, algo más elevado que el mío, cae sobre mí e intento contener el golpe que significa la entrega de su presencia sobre mis brazos.

Sabía que este momento iba a llegar, lo supe desde el

instante en que tuve conciencia sobre la muerte. Tendría unos ocho años cuando un hámster que se llamaba Hámster —porque eso de la creatividad nunca fue lo mío— entró en mi vida. Estaba muy unida a ese puto roedor, que se volvía loco dando vueltas a la rueda de plástico; no paraba de comer, cagar, dormir y vuelta a empezar. Me encantaba tocarle la cabecita y que se quedara hecho un ovillo en mi mano para, más tarde, acabar lavándomelas con jabón, porque el cabrón había tenido una pequeña emergencia fruto de su relajación. Le cogí cariño, ese que se le coge a una mascota en la infancia.

Una tarde, cuando volví del colegio, dejé la maleta tirada en la entrada de la casa y me dispuse a seguir mi rutina modificada desde que Hámster había llegado a mi vida. Corrí a jugar con él para lavarme las manos después. Pero esta vez algo cambió, mi madre me esperaba en la cocina y yo no vi a Hámster en su rueda.

—Ruth, tenemos que hablar —dijo mi madre.

—¿Mamá? ¿Dónde está Hámster?

—Cariño, ven, siéntate. —Entré en la cocina y me senté frente a ella, esperando una respuesta a mi desajuste rutinario—. Hámster ya no está.

—Bueno, ¿y dónde está? —insistí.

—Ha viajado al cielo, hija.

—Pues que vuelva.

—No puede volver, Ruth.

—Pero, a ver, mamá, si ha viajado al cielo puede volver, ¿no? Que se quede un poco y que vuelva a casa.

—Ay, mi niña... Hámster se quedará siempre en el cielo.

—¿Siempre hasta que vuelva?

—No, Ruth, siempre es siempre. No va a volver nunca, hija.

—¿Por qué?

—Porque Hámster ha muerto, Ruth.

Esa noche me metí en la cama y pensé en el viaje de Hámster y en el cambio tan violento que había sufrido mi vida. Bueno, violento para una niña de ocho años sin responsabilidades ni conocimientos desarrollados. Mi mente empezó a crear el paradigma de la mortalidad, y recuerdo que me invadió un sentimiento horroroso que me indujo en la primera depresión que experimentaría. «Si Hámster se ha muerto... ¿Mamá también puede morir?». Me levanté de la cama y fui al comedor, donde mi padre veía la tele con la cuarta —o quinta— cerveza en la mano y mi madre hacía crucigramas.

—Ruth, cariño, ¿qué haces despierta?

—Mamá... —Y rompí a llorar. A mi madre le faltaron piernas para pegar un brinco del sofá y salir corriendo a mi rescate.

—Ay, mi niña, ¿qué te pasa? ¿Estás bien?

—Mamá... Si Hámster ha muerto... Tú... ¿Tú también puedes morir?

A ella se le desencajó la cara. Recuerdo su sonrisa, algo que me sacó de mi pesadilla particular que había producido mi cerebro por primera vez. Me cogió de la mano y me llevó a la habitación. Me acostó con cuidado para no despertar a mi hermana y me dio un abrazo.

—Todos vamos a morir un día, Ruth. Yo, Sonia, papá, la abuela, tú... Porque todos tenemos que viajar al cielo, hija.

—Pero ¿y si yo no quiero que tú viajes al cielo, mamá?

—No pasa nada, cariño, el cielo es un lugar precioso.

—¿Cómo de precioso?

—Las nubes son algodones de azúcar y puedes comer tooodo el chocolate que quieras.

—¿Sin horarios para comer chocolate?

—Sin horarios.

—¿Todo el que quiera?

—Todo el que quieras, Ruth.

—¿Y podré jugar al fútbol?

—¡Claro! Y sin cansarte.

—Me gusta el cielo.

—Ves, ya te lo decía yo.

—Pero prométeme una cosa, mamá.

—Dime.

—Pero promesa de saliva, ¿eh?

—Bueno, ya veremos.

—Prométeme que no viajarás al cielo antes que yo, mamá.

—Ay, hija, ¡espero viajar al cielo mucho antes que tú!

—Pues entonces ya no me gusta el cielo.

—Mira, hagamos un trato. Cuando viaje al cielo, porque viajaré antes que tú, te prometo que te esperaré con un montón de chocolate y chuches. Y cuando tú seas muy viejita, muy viejita, muy viejita, vendrás a verme y comeremos tooodo el chocolate que no comimos juntas, ¿te parece?

—Mmm... vale. —Me chupé el dedo meñique y lo puse en alto para que mi madre imitara el mismo gesto y así unir nuestras salivas y almas en una promesa infinita.

—Y no te preocupes, hija, que aunque yo esté en el cielo siempre estaré contigo. Eso también te lo prometo.

Con el paso del tiempo, la idea de que mi madre iba a morir se esfumó —o integró, qué sé yo— y dejé de preocuparme por la fugacidad de la materia. Dejé que pasaran los días para verla, llamarla o abrazarla, porque todavía quedaba mucho por delante. Y ahora estoy frente a un montón de aparatos que hacen «pi» y su cuerpo sedado mientras su alma hace las maletas para partir adondequiera que vayamos. Mi madre está a punto de cumplir la promesa que me hizo a mis ocho años y yo todavía no estoy preparada para dejarla ir. Aún nos quedan muchos momentos juntas, esos que jamás sucederán. Porque todo forma parte de una broma de mal gusto que se ríe en nuestra puta cara, de eso trata la vida.

—El médico ha venido hace un rato, Ruth. A mamá le quedan unas horas.

—¿Horas?

¿Cómo te comportas cuando sabes que todo está a unas horas de cambiar? Cuando tu madre, que te dio la vida, te cuidó, te limpió las heridas del cuerpo y del alma, te protegió, te atendió y te mostró el amor más profundo que se pueda experimentar, está a unas horas de dejarte sola en este mundo de canibalismo energético. Y ahora qué. A dónde voy, qué hago, dónde me escondo si no hay rincones en esta sala diáfana de verdades y sufrimiento, si la sombra se cierne poco a poco sobre el espíritu, sin poder parar su recorrido.

El cuerpo de mi madre respira lentamente y sus ojos cerrados retratan un destino irremediable e injusto. Me acerco para verla y sentirla, aunque ya casi no está. Hay una línea en el monitor que indica que todavía sigue aquí, entre nosotras, presente en su totalidad. Nada se ha trastocado, pero todo está a punto de explotar. Su pulso es tranquilo, calmado; es el pulso de alguien que se prepara para su primer viaje. Yo acaricio su cabeza; una pelusilla fina y anecdótica salpica los restos de una reminiscencia de lo que un día fue y ya no es —ni será más—. Es imposible contener el parpadeo y se me cansan los ojos fatigados del impacto. Me duele la cabeza y el corazón está contraído. Me escuece el culo por la paliza que horas antes me ha dado Juan y siento como si todo esto no fuera real, como si estuviera viviendo algo desde fuera, una despersonalización total de una escena que no consigo asimilar. Porque, dime, cómo se asimila esto.

Me siento a su lado y la cojo de la mano. Sonia me besa la cabeza y sale a respirar aire fresco —o todo lo fresco que pueda estar el triste oxígeno del pasillo de paliativos—. Estoy frente a mi madre y esta sí es nuestra última vez. Después de todo lo vivido juntas, ya está. Punto final. Y no sé cómo reaccionar o qué decir. No tengo un discurso preparado para darle las gracias a la persona que me dio la vida o para cagarme en ella por el mismo motivo. Es por eso por lo que no digo nada. Solo estoy aquí, como tantas veces estuvo ella, a su lado, sin vocalizar ni una palabra; simplemente, acompaño, que ya es... Lo es todo. Esto es algo que mi madre me enseñó a lo largo de su existencia: a saber estar. Porque hay veces que nos empeñamos en encontrar las palabras exactas cuando son innecesarias, y tenemos que aprender a identificar esos instantes. Este es uno.

Apoyo la cabeza en su pecho y escucho el latido de su corazón, un eco distante, cansado de seguir viviendo. Lloro muchísimo por todas esas veces que me sumergí entre sus brazos y pude bucear en la paz gracias a su don: el de saber acallar el dolor. Te abrazaba y sentías que estaba todo bien, que tampoco era para tanto y que todo ese dolor que te afligía era inútil, que había un rayo de luz que lo iluminaba todo.

Ahora intento buscar esa sensación por última vez para guardarla en una cajita cerca del corazón. Fíjate si soy egoísta: mi madre a punto de morir y yo exijo ese resquicio de paz cuando debería estar ayudándola con las maletas mientras se prepara para la mayor aventura que experimenta el ser humano, esa que tanto ignoramos. Porque el primer viaje de la vida es la muerte.

# XXXIII

## Café aguado

Sonia llama a la puerta y abre con cuidado. Yo me he quedado medio dormida en el pecho de mi madre. Estoy algo sorprendida por la somnolencia que me ha dado la situación.

—Ruth, sal a dar un paseo. Yo me quedo con ella.

—¿Me he quedado dormida? Joder, ¿qué hora es?

—Son las ocho.

—Sí, voy a salir un rato. Cualquier cosa, llevo el móvil. Sonia, cualquier cosa, por favor, me...

—Claro, te llamo de inmediato.

El segundo abrazo de la jornada, algo inédito. Sin duda, mi hermana ha heredado la magia de mi madre para calmar el sufrimiento con tan solo entrelazarte con sus brazos y estrecharte contra su pecho. Abro la puerta, camino por el pasillo blanco y se me rompe el alma al ver a una familia que llora frente a la puerta de una habitación. Hay personas que corren desesperadas, otras se quedan dormidas en los asientos incómodos de plástico a la espera de la noticia final.

Me dirijo a la máquina de café y meto un euro con cincuenta para obtener una dosis de cafeína un tanto asquerosa pero necesaria, especialmente cuando no he descansado nada —¿acaso podría?—. Mientras espero a que el líquido marrón llene el vaso que me acabará quemando las huellas dactilares, escaneo el entorno. Paliativos es como si fuera el aeropuerto o una estación de tren, un lugar donde las personas se despiden por última vez. «Escríbeme cuando llegues». «¿Lo llevas todo? ¿No te dejas nada?». «¿A qué hora sale tu avión? Bueno, todavía nos quedan unos minutos antes de la partida». Y así las almas se desprenden de lo conocido y parten hacia el cielo de chocolate y algodón de azúcar que narraba mi madre.

Me siento lo más cerca posible de la habitación 513. Cojo el café aguado con la otra mano, porque ya me ha achicharrado los dedos de la derecha. Muevo el palito de plástico transparente y agujereado para que el azúcar no se quede en el fondo y pueda aliñar ligeramente el sabor de esta mierda.

—El mejor café del mundo, ¿eh? —oigo una voz masculina cerca de mí. Me vuelvo. Un hombre apoya la cabeza en la pared blanca llena de carteles y mira la luz con un sosiego que me sorprende en un agujero como este.

—Sin duda —respondo.

—¿Puedo preguntarte qué haces aquí?

—Pues nada, vengo a probar el mejor café del mundo. —Él se ríe en alto, lo cual es muy curioso porque su pecho se mueve exageradamente y la nuez de su garganta sube y baja como si estuviera masturbando la yugular—. ¿Y tú?

—Yo ya llevo unos cuantos. —Sonríe.

—Mi madre está a punto de morir. Nos han dicho que le quedan unas horas y estamos esperando. Supongo que estás aquí por lo mismo.

—Hombre, no conozco a tu madre —bromea. ¿Se puede bromear en estos momentos?

—Eso que te vas a perder en esta vida —respondo.

—Yo estoy esperando a que mi mujer traspase el umbral.

—¿Tu mujer?

—Sí, se llama Claudia. Un ser de luz maravilloso. Tú también te vas a perder conocerla en esta existencia, al menos en este plano dimensional.

—No te ofendas, pero ¿cómo puedes estar tan tranquilo? Siento que de un momento a otro me voy a desmayar de la ansiedad.

—Es el proceso natural de la existencia, ¿por qué iba a estar nervioso?

—¿No te duele?

—Eso es otra cosa, por supuesto que me duele; soy humano. Me cuesta despedirme de un alma tan bella como la de Claudia. Pero es parte del juego, ¿sabes? Estamos aquí para experimentar.

—¿Experimentar el qué? ¿La muerte?

—No, ja, ja, ja, lo que viene antes. La muerte es simplemente el retorno al origen. —¿Estoy preparada para una conversación trascendental en medio del pasillo de paliativos?—. ¿Cómo te llamas?

—Soy Ruth. ¿Y tú?

—David.

—Coño, como mi ex —murmuro.

—Tampoco es un nombre muy original.

—Tienes razón.

—¿Qué tal el café?

—Sigue ardiendo.

Nos quedamos en silencio y observo con más detalle a David. Tiene el pelo largo y canoso, atado con una coleta y una barba espesa que tapa parte de su expresión facial. Debe de rondar los cuarenta y algo por las finas arrugas que salpican sus ojos. Lleva una vestimenta un tanto peculiar y distópica, con un kimono deshilachado, unos pantalones bombachos y una camiseta básica. En su pecho cuelgan algunos collares que usa como amuletos y las sandalias de piel dejan expuestos sus enormes pies. David parece un hombre alto pese a estar sentado. Podría llegar a ser atractivo si entablas una conversación con él. Por el contrario, pasa desapercibido.

—Oye, ¿te puedo hacer una pregunta?

—Por poder... —David no se inmuta, sigue con la cabeza apoyada en la pared y la mirada perdida.

—¿Por qué has dicho que la muerte es un retorno al origen?

En ese momento, David gira ligeramente la cara y me fijo en el color de sus ojos oscuros y profundos. Tiene una nariz prominente que muestra con orgullo. Se incorpora en la silla y rota su cuerpo para estar frente a mí, algo que decido imitar. Creamos un pequeño espacio ajeno a todo, como si fuéramos dos niños bajo una cabaña improvisada con unas sábanas y unas sillas del comedor.

—¿Sabes qué sucede cuando morimos?

—No... ¿Tú sí?

—Bueno, trabajo con ello.

—¿Cómo? ¿Con qué?

—Con la muerte.

—¿A qué te dedicas? ¿Eres enterrador? —¿Existe esa profesión?

—Ja, ja, ja. Si te escuchara Claudia, ahora mismo se partiría de risa. No, soy médium. La gente viene a mí para contactar con sus muertos.

—No me jodas. ¿Me estás diciendo la verdad o me tomas el pelo?

—¿Tú qué crees?

—Que me estás tomando el pelo.

—Pues no, Ruth, te digo la verdad. Tengo una pequeña tienda esotérica en Lavapiés que me ayuda a pagar las facturas, pero mi verdadero don es contactar con los muertos.

—Estoy flipando.

—Ja, ja, ja. Suele pasar.

—Pero, espera, ¿cómo te diste cuenta de eso? —David y yo nos acercamos. Yo apoyo el codo en el borde del asiento y la cabeza en la mano. Estoy totalmente sumergida en la conversación.

—Era muy pequeño, no sé, tendría unos seis años cuando falleció mi padre. Mi madre me dio la charla y me dijo que papá se había ido al cielo, blablablá. Lo típico, vamos.

—Sí. —Pienso en Hámster y en *esa* conversación.

—Pero es que yo veía a mi padre sentado en la silla del comedor.

—¡Qué dices! Pero ¿cómo lo veías? ¿Así, tal cual?

—Sabía que algo había pasado porque no lo distinguía entero, es decir, estaba desdibujado. Así es como veo a los muertos, de cintura para abajo están incompletos, por así decirlo.

—¿Y tu madre? ¿Qué dijo?

—Me llevó al psiquiatra y estuve en terapia durante muchos años. Hasta que un día me encontré a mi vecina Laura por la calle y, para mi sorpresa, estaba desdibujada. Me paré frente a ella y me dijo que le diera un recado muy urgente a su mamá.

—¿El qué?

—Que lo sentía, pero no podría ir a la comunión de su prima, y que la quería mucho. Laura tendría por aquella época unos... No sé, ¿doce años? Cuando llegué a mi casa, mi madre estaba muy triste. Me dijo que Laura, la hija de la vecina, había muerto en un accidente. Le pregunté si podría hablar con su madre y fuimos a verla. Imagina cómo estaba... No se sostenía de pie.

—¿Qué hiciste?

—Yo era pequeño, tendría unos diez años. Así que, para mí, gestionar estas cosas era algo raro. Piensa que tampoco entendía que la gente estuviera tan jodida porque yo podía ver que esas personas a las que lloraban estaban ahí, con ellas, solo que no eran humanas, ¿me entiendes?

—Sí.

—Cogí la mano de su madre y le dije que Laura me había dado un recado: que no podría ir a la comunión de su prima.

—¿Y?

—Imagina, se le desencajó la cara. Desde entonces, mi madre empezó a decirle a todo el mundo que yo tenía un don y, bueno, aquí estoy.

—¿Seguiste en contacto con muertos?

—No puedo dejar de hacerlo, están presentes.

—Me suena a ciencia ficción todo.

—Es posible, nos han hablado muy poco de la muerte y la frivolizan como si nunca fuera a pasar. Pero todos volvemos al origen, como te he dicho antes. Estamos aquí para experimentar. Necesitamos un cuerpo para poder interactuar en este plano, pero no somos nuestro cuerpo. Este es solo el avatar que nos mantiene en el videojuego. Somos quien pilota dentro. El problema es que, en ocasiones, no nos damos cuenta de que estamos aquí para pasar de nivel, para poner a prueba aquello que hemos aprendido y acumular la experiencia en nuestra alma. De ese modo, podemos evolucionar vida tras vida. La muerte es simplemente un cambio de estado, nada más.

—Pero duele.

—Claro que duele, al final estás dejando partir a alguien

a quien amas. Pero forma parte de la vida, ¿sabes? La gran paradoja cósmica de la existencia es la muerte. Esta es la mejor maestra espiritual, ella es la única que puede demostrarte que tú no eres *solo* un cuerpo. A ella le dan igual las diferencias que vivimos en nuestro día a día como humanos: la riqueza y la pobreza, los colores de la piel, las adicciones, los tamaños, las edades..., porque la muerte nos hace instantáneamente iguales. Y deberíamos vivir cada día con ella presente en nuestra mente, porque podría ser el último. Fíjate, hoy lo va a ser para Claudia y para tu madre y algún día nos llegará a ti y a mí, y debemos estar preparados. Lo que tenemos tooodos los humanos en común, aquello que compartimos, es el final.

—¿Cómo te preparas para la muerte?

—Abrazándola, Ruth, abrazándola. Vivimos como si no nos fuéramos a morir, como si fuéramos inmortales. En nuestra sociedad la muerte es el mayor tabú que existe, por encima del sexo, y ya es decir. En poquísimas ocasiones la mencionamos y, por ende, no la tenemos en nuestra mente. No despertamos por la mañana y decimos: «¡Oh! ¡Hoy es posible que sea mi último día en la Tierra!», a pesar de que puede que lo sea. Imagínate cómo percibirías el mundo si supieras que vas a morir esta noche. Te levantarías, caminarías por el parque y te asombrarías por los colores, las formas, el sol, los animales... ¡Porque no es para menos!

—Tienes razón.

—Pero, sin embargo, te levantas por la mañana y odias tu vida. Apagas el despertador y te cagas en todo porque tienes que ir a trabajar. Pasas muchísimas horas en un oficio que no soportas, con un jefe que detesta su día a día como tú el tuyo, y después vuelves a casa, te enchufas a la televisión o al móvil y te vas a dormir. Y así un día, y otro, y otro.

—Ya, pero trabajar tenemos que trabajar —rebato.

—Por supuesto, pero ¿mantendrías tu trabajo si tuvieras la muerte presente? ¿Lo vivirías igual? Y no te estoy dando una frase de pseudopsicología barata estilo «persigue tus sueños», y esas mierdas, Ruth. Te hablo de vivir el momento desde lo más profundo de tu ser. Sea lo que sea lo que atravieses, vívelo con tu totalidad porque, insisto, no es para menos.

—Es fácil decirlo.

—De ti depende aplicarlo. Mira, lo único que te pregunta la muerte es qué estás haciendo con tu vida. De repente, llega en el momento más inesperado y te dice que ya ha llegado tu hora, que te vas de este plano. Es posible que te quejes por la falta de tiempo, porque no has podido despedirte de tus seres queridos, porque no has lanzado ese proyecto o porque no has hecho ese viaje que siempre quisiste. La muerte aparece y te dice: «Vámonos». Si te quejas, si pides un día más, se va a reír en tu puta cara y te soltará una pregunta. «¿Y qué has hecho con los trescientos sesenta y cinco días que has tenido solo durante este año?». ¿Y tú? ¿Qué le vas a contestar? «¡Oh, perdona! No he estado atenta». ¿Te das cuenta de lo absurdo que suena?

—Sí, lo cierto es que sí.

—Tener presente a la muerte no te lleva a cambiar la totalidad de tu vida, sino tu forma de vivir a través de ella. De vivir como si fueras a morir, Ruth. Porque la existencia va a seguir estés tú o no. Lleva haciéndolo durante miles de millones de años. Tú solo tienes el honor de presenciar una diminuta parte de ella. ¿No es para sentirse afortunada?

Asiento con la cabeza y me acomodo en la silla, que ya me está dejando el culo cuadrado.

—Incluso en este momento.

—Especialmente en este momento —dice David—,

cuando la muerte le está dando significado a tu vida. No nos pertenece, puesto que en cualquier momento viene nuestra colega con la azada y nos dice «hasta aquí». Y espero que, cuando llegue, hayas experimentado este cuerpo al completo, pero sobre todo que hayas vivido con toda tu alma.

# XXXIV

## En el principio fue el alma

En el principio el Todo creó el alma y el cuerpo. El cuerpo era caos y vacío. La tiniebla cubría la faz de la materia y el espíritu del Todo se cernía sobre la superficie de la energía.

Dijo el Todo:

—Haya luz.

Y la luz se hizo. Vio el Todo que la luz era buena, y polarizó la oscuridad de la luz. Llamó «vida» a la luz; y a la tiniebla, «muerte». Aun sabiendo que sin luz no hay oscuridad; y sin oscuridad no hay luz. Hubo vida y hubo muerte: día primero.

Dijo el Todo:

—Haya un propósito en medio de las almas que las separe unas de otras.

El Todo separó el firmamento en dos y, con él, las almas. Y así fue. El Todo llamó al firmamento «tiempo». Hubo vida y hubo muerte: día segundo.

Dijo el Todo:

—Que se reúna el alma en un solo lugar y aparezca la consciencia.

Y así fue. El Todo llamó «consciencia» a lo intangible y a la reunión de almas la llamó «humanidad». Y vio el Todo que era bueno.

Dijo el Todo:

—Produzca el cuerpo emociones dispares, sentidos para integrar la experiencia y sensaciones carnales que profundicen en la vivencia.

Y así fue. Y vio el Todo que era bueno. Hubo vida y hubo muerte: día tercero.

Dijo el Todo:

—Haya linealidad en el firmamento del tiempo para separar la vida de la muerte, y que sirvan de señales para las decisiones, las acciones y los sueños; que haya linealidad en el firmamento del tiempo para que transite el cuerpo.

Y así fue. El Todo hizo las tres grandes linealidades —la linealidad mayor para regir el presente, y las linealidades menores para regir el pasado y el futuro—. Y el Todo las puso en el firmamento del tiempo para que transite el cuerpo, para regir la vida y la muerte, y para separar la luz de la oscuridad. Y vio el Todo que era bueno. Hubo vida y hubo muerte: día cuarto.

Dijo el Todo:

—Que las almas posean a los seres llamados humanos y que vuele la mente sobre el cuerpo, surcando la linealidad del tiempo.

Y el Todo creó el pensamiento y todos los seres humanos adquirieron almas con la capacidad de tomar decisiones, y todas ellas quedaron regidas según el karma. Y vio el Todo que era bueno.

Y los bendijo el Todo diciendo:

—Creced, encontraos y llenad el alma de experiencias; y que las sensaciones se multipliquen en el cuerpo.

Hubo vida y hubo muerte: día quinto.

Dijo el Todo:

—Produzca el cuerpo su propia identidad según su forma, color, tamaño y sexo.

Y así fue. El Todo hizo a los humanos libres según su

identidad de género, el amor según su orientación relacional y el placer carnal según su orientación sexual. Y vio el Todo que era bueno.

Dijo el Todo:

—Hagamos al ser a nuestra imagen, según la divinidad. Que domine los impulsos, los totalitarismos, los abusos, las imposiciones, el odio y el ego.

Y creó el Todo al ser a su imagen, a imagen del Todo lo creó; con energía femenina y masculina equilibró su interior.

Y vio el Todo lo que había hecho, y he aquí que era muy bueno. Joder, estaba de puta madre. Hubo vida y hubo muerte: día sexto.

Y quedaron concluidos el alma, el cuerpo y todo su ornato. Terminó el Todo en el día séptimo el mundo que había hecho, y dijo:

—Vacíos están aquellos que de carne solo se definen. Aquellos cuya voluntad reside en el forro de la piel o cuya representación la basan en el diámetro de su corteza.

»Vacíos están aquellos que son fieles a la materia sin identificar el pilar fundamental que reside en ella, que sostiene la vivencia.

»Vacíos están los que se observan en espejos ajenos y buscan respuestas internas, que se someten al dictamen del sistema porque no saben escuchar la voz de su consciencia.

»Vacíos están aquellos que encuentran la felicidad en la materia, aquellos que visten de oro su propia mierda.

»Que el cuerpo sea canal en esta experiencia. Que el alma regrese al origen cargada de destreza.

# XXXV

## El hombre de las gafas redondas

El sol se cuela a través del cristal y veo los árboles verdes en un movimiento fugaz que me hace girar ligeramente el cuello. El vestido negro me aprieta de la sisa y alivio la presión al estirar la costura. Las axilas no paran de sudarme y el aire acondicionado dispara directo a mis anginas. Hace frío en este coche; tal vez, hace acérrima la búsqueda de un soplo de aire fresco en los últimos días de verano. El taxista está callado: conoce de sobra el código en estas situaciones. Por el contrario, mi hermana, Sonia, se muerde el labio y se rasga un pequeño pellejo del dedo pulgar con la uña del dedo índice hasta obtener las primeras gotas de sangre, que lame segundos más tarde. Se resigna al ver que no puede retener la súbita hemorragia. «Joder», susurra, y con el pañuelo de papel empapado en lágrimas y mocos comprime el lado interior del pulgar, cuya piel ha abierto en canal.

Delante de nosotras va el féretro de nuestra madre, una caja de abedul con un gran ramo redondeado con una de esas típicas frases: «No te olvidaremos». El flequillo se me abre por el medio y estrujo los rizos castaños con las manos. Pienso en mi madre, la echo de menos. ¿Estará aquí en el coche con nosotras? Me gustaría tener a David cerca para que lo perciba, para que sea la unión entre dos mundos. Guardo un atisbo de esperanza tras nuestra improvisada conversación. Es curioso cómo un desconocido puede cambiar casi al completo la percepción de la propia vida. ¿Estará enterrando a su mujer, Claudia?

—¿Has visto que ha venido Paquita? —dice mi hermana, un tanto enfadada.

—¿Qué Paquita?

—La Paquita de mamá. —Me encanta que la gente atribuya a las personas como posesiones de otras.

—¿La tía?

—No la llames «tía», Ruth. No lo es.

—A ver, oficialmente sí.

—Yo me cago encima de lo oficial ahora mismo, joder. —Sonia la Antisistema.

—No, no la he visto. ¿Estaba en el tanatorio?

—Sí, ahí estaba, la muy capulla. He visto que se ha quedado al final de la misa y después se ha ido. Supongo que no podía evitar tantas miradas de odio. Que se joda, no es bienvenida en esta familia.

—Pero ¿mamá se hablaba con ella?

—No, hace años que no sabían nada la una de la otra. Y sin embargo se presenta ahí, con todo su potorro, la muy asquerosa. Te juro que me han entrado ganas de pegarle una hostia, Ruth.

Mi hermana no es una persona especialmente violenta, pero si le tocan el coño, sobre todo con temas familiares, saca las garras con una facilidad pasmosa. Estas rencillas de consanguinidad nunca me han interesado lo más mínimo, por eso no me importa por qué mi madre y su hermana, Paquita, dejaron de hablarse, o por qué mi abuela solo le dejó la herencia a, según ella, «su única hija, Lourdes».

—¿Te aprieta el vestido o qué? —me reprocha mi hermana por los feroces movimientos que hago.

—Un poco, y mira que he adelgazado con todo esto. Al

paso que voy... —Sonia obvia mis palabras y voltea la cabeza hacia atrás con brusquedad—. ¿Qué pasa?

—Nada, quería saber si Juan venía detrás. —Curiosamente asocio el nombre de mi cuñado a una polla rancia de un putero misógino y maltratador. Espero que en algún momento pueda disociar esta unión, por el bien de la familia, porque este sí es un buen hombre.

—¿Y viene?

—Sí, sí, ahí está con el coche. Estamos cerca del cementerio. Hemos dejado a la niña con la abuela. Se me hace raro decir esto y pensar que nunca más me referiré a mamá.

Guardamos silencio porque no hay nada que pueda decir para aliviar el sufrimiento, que también se cierne sobre mis adentros. El taxi pone el intermitente y sigue al coche féretro por la entrada del cementerio. Detrás, un sinfín de vehículos nos acompañan en el último adiós al ser más bondadoso que ha pisado la faz de la Tierra. Nos desviamos hacia la izquierda y entramos en un aparcamiento de gravilla blanca que cruje bajo los neumáticos.

—Gracias —dice Sonia.

—A usted. Las acompaño en el sentimiento, señoras.

Nos bajamos del coche y esperamos a Juan, que no tarda en aparcar y acercarse a nosotras. Se cogen del brazo y Sonia se coloca unas gafas oscuras para evitar pasear las ojeras, las bolsas y la inflamación que ambas tenemos en los ojos. A mí, por el contrario, me la suda bastante. Caminamos hasta el agujero donde, en cuestión de minutos, enterrarán a mamá. Es un simple hueco estrecho y alargado, oscuro y frío, en una pared de muchas oquedades ocupadas y otras que esperan pacientes. Me da la sensación de que estoy frente a un escaparate de cuerpos inanimados que se pudren dentro de una caja de madera y algunos recuerdos pasados, con flores a veces llamativas y olorosas, otras secas y olvidadas. Creo que cada vez tengo más claro que prefiero que me incineren y a tomar por culo, nada de estar pagando alquiler por trozos de huesos.

El féretro de mi madre llega y, tras un pequeño discurso, proceden a meterlo en el agujero mientras se escuchan sollozos a lo lejos, algunos más exagerados, otros tímidos. A mí no me quedan lágrimas. Me duelen los ojos —y el culo— de tanto sufrimiento y castigo. Sonia me coge de la mano y aprieta fuerte; decido imitarla y le devuelvo el gesto. Hemos estado separadas durante años y nos hemos odiado desde nuestras entrañas, pero si algo tenemos en común, en este instante, es que nuestra madre ha muerto y estamos dándole el último adiós. O el primer hola desde el más allá, quién sabe.

La gente nos da besos, abrazos, apretones de manos y todo tipo de muestras más o menos protocolarias de pésames fríos, cálidos, distantes, cercanos, extraños, familiares, amistosos, amorosos, vecinales, amatorios, nostálgicos. Me cuesta digerir este paseo final, sobre todo porque no me gusta el contacto con taaantas personas. Como si el espectáculo se hubiera acabado, el público empieza a marcharse por donde ha venido lo antes posible para que no se formen muchas colas al salir, «que después ya se sabe», como dice ese hombre.

Juan abraza a Sonia y yo me quedo quieta y sola frente al agujero que llenan de cemento. No hay vuelta atrás. Como si fuera posible recuperar el tiempo.

—Nos vamos al coche, Ruth. ¿Te quedas o te vienes?

—Me voy a quedar un rato, Sonia.

—Te esperamos allí, tranquila. Sin prisa.

—Gracias.

Permanezco de pie y admiro la destreza de los trabajadores, que acaban de colocar la esquela y dan los últimos retoques con el cemento. Es doloroso, y lejano al mismo tiempo, ver el nombre de mi madre ahí, como si esta realidad que me abre en canal no me perteneciera pero, sin embargo, me está destrozando por dentro. Tengo miedo de dejarla ir, ya ves, a pesar de que ella se estará atiborrando de chocolate y chuches en el cielo —o de torrijas, su postre favorito—. Los trabajadores se despiden con elegancia, con esa que te da el paso del tiempo en un oficio que dirías bajito en la primera cita.

El sol empieza a caer por el horizonte, poco a poco, y una brisa alivia el calor que hace en los últimos días de estío. Una lágrima acelerada cae por un parpadeo que lleva dando por culo desde el hospital. Seco mis mejillas, sonrío con dulzura sin saber por qué. Supongo que pienso en Hámster, en el algodón de azúcar y en lo jodidamente maravilloso que debe de ser el cielo. En un acto reflejo, me chupo el dedo meñique y me acerco a la esquela, que mojo con mi saliva.

—Nos vemos pronto, mamá. Guárdame esos dulces, por favor.

Ahogo el llanto en la garganta y me doy media vuelta para poner rumbo al aparcamiento y, de ahí, a casa. Agacho la cabeza, veo las sandalias planas llenas del polvo blanco de la gravilla y mis dedos larguiruchos asomando por el abismo. Y es ahí, en ese puto momento, en ese segundo de mi efímera existencia, cuando levanto la mirada y lo veo. A *él*.

El corazón se me para y me detengo, como si la gravedad me agarrara por los tobillos y el oxígeno hubiese dejado de penetrar por los bronquios. La sangre se me congela y un frío invernal recorre cada célula de mi ser. A lo lejos, su silueta; la misma que he vislumbrado en salas oscuras llenas de gemidos, aquella que conocía todos mis cuerpos, pero no el correcto. Parece que estaba equivocada. Qué cojones hace él aquí. Dime, qué coño hace él aquí.

No doy ni un paso más porque he olvidado hasta de trazar un trayecto con mis pies. Me quedo quieta, sin respirar, sin moverme, sin procesar. Él, tras unos minutos degustando la victoria, se acerca sin prisa, total, para qué. La devastación ya ha destrozado cualquier intento de impasibilidad. Él lo controla todo, y lo peor es que lo sabe. Es conocedor de que estos instantes le pertenecen, por eso los guarda en los bolsillos, escondidos junto con sus manos dentro del pantalón beige de pinzas perfectamente planchado. La camisa de lino abierta se mece con suavidad por la brisa del atardecer, que da un soplo de aire a estas bocas secas por la temperatura. Encaja bajo la axila un bloque blanco que parece un puñado de papeles presionados por la fuerza del bíceps derecho.

Camina hacia mí con un paso contundente, seguro, fijo, inequívoco; un paso que me hace cada vez más y más pequeña. Mi pestañeo incontrolado es tal que parece que interpreto la realidad a través de un taumatropo. Esboza una sonrisa atractiva y adictiva, perfilada con destreza gracias a sus finos labios. La misma mueca que tantas veces había provocado, la mentira que pensé que tantas veces se había creído.

A su vez, la corriente mueve con pericia los mechones lacios que caen por su cara y que él decide no apartar porque forman parte de su divina procesión. Cuando lo tengo delante de mí, veo por primera vez el color de sus ojos a través de las gafas redondas.

No hay nadie a nuestro alrededor, solo estamos él y yo, como si estuviéramos en el Café Comercial la primera vez que se cruzaron nuestras pupilas en señal de socorro, como si nuestras almas follaran en el Jazz Club mientras sostenemos una copa de whisky y otra de vodka, como si me tocara de nuevo el hombro derecho y acompañara mis caderas en un vaivén para sosegar la lujuria de la carne. Él y yo, solos, en ese túnel energético que parte en dos la realidad.

No puedo vocalizar, no me salen las palabras. Trago saliva y frunzo el ceño para intentar despertarme de dondequiera que esté, del estado onírico en el que me encuentro. Pero no, esto es la puta realidad. Ese hombre al que tantas veces bailé con diferentes cuerpos se encuentra aquí, frente a mí —a mi identidad real, a Ruth— en el funeral de mi madre. Cómo sabe quién soy. Cómo sabe dónde estoy.

De repente, he perdido la noción del tiempo, del lenguaje, del cuerpo. Solo nos miramos y ya está, solo eso, como si fuera poco. Tras unos segundos que se hacen eternos, y volcar en él todo el tormento que llevo tan adentro, coge el monto de papeles que guarda bajo el brazo y me los entrega. Están comprimidos por un clip de dimensiones épicas cuyo peso hace que casi se me caiga de las manos. No entiendo nada, joder.

Desvío la mirada hacia abajo y leo un título escrito con una tipografía clásica de máquina de escribir para los nostálgicos de lo analógico. *Almas*, sin recursos narrativos que puedan adelantar el argumento, sin una preparación previa, sin nada más que una palabra que preludia al cuerpo y da sentido al juego. Me tiembla el pulso e intento disimularlo todo lo que puedo. Me encantaría acribillarlo a preguntas, pero he perdido la noción de la palabra, el recurso del lenguaje. Solo parpadeo una y otra vez, tan fuerte que el impacto rebota en mi cabeza. Él ni se inmuta; me mira con una impasividad fruto de un psicópata o de un yogui, y vete tú a saber en qué lado de la vida se encuentra. Sea como sea, mantengo el ceño fruncido y la mirada en el manuscrito. Lo sostengo en mis manos, aprieto con fuerza el papel.

Él me mira como si quisiera darme cobijo a su lado, cerca de su alma, y mecerme en sus adentros para mitigar el dolor que sufre cada átomo que constituye este cuerpo. Me mira de verdad, como si me amara, como tantas noches me miró a través de sus gafas redondas. Tras un silencio incómodo y eterno y demorar las palabras que piden a gritos ser pronunciadas, abre sus finos labios para romper con la espera. No me dice ni su nombre, aunque él sabe el mío, el de verdad. ¿Cómo? Ni puta idea.

Con una voz grave y rasgada, susurra una frase que me acerca la humedad y el calor de su cuerpo delgado a través de su boca. Tal vez sea conocedor del impacto que va a generar en mi interior. Quizá su inocencia enmascare cualquier intento empático por acompañar esta realidad. Él se sumerge en un interrogante que se abre y escupe un seguido de balas que aniquilan mi instinto de supervivencia emocional. Y es ahí cuando el hombre de las gafas redondas lanza las dos palabras que se convertirán en mi mayor obsesión.

—¿Quién eres?

¿Yo? Soy la mujer —de treinta años, joder— que habitó tres cuerpos y se olvidó de volver al suyo.

¿Y tú? ¿Quién eres tú?

# Epílogo

Abro la puerta del coche y me acomodo en el asiento de atrás mientras los ojos de mi hermana me observan a través de las gafas.

—Ruth, ¿estás bien?

Asiento con la cabeza e intento controlar el latido de mi corazón, que al paso que va me saldrá a galope por la boca. El hombre se ha esfumado y no he ido detrás de él en busca de respuestas para las tantas preguntas que taladran mi cabeza. Sencillamente, me he quedado con los pies enterrados por la gravedad y con un fuerte mareo que bloqueaba cualquier pensamiento. No he podido hablar, no he sabido pronunciar ni una sola letra. El impacto ha tenido tal magnitud que he permanecido estupefacta, con el alma contraída y un montón de papeles en la mano. El hombre de las gafas redondas que lo controlaba todo —si es que en algún momento dejó de hacerlo— solo se volvió y se fue. Reventó mi universo y se sumergió entre las cenizas.

El trayecto en coche hasta mi casa lo edulcoramos con una radio lejana que narra las noticias del día. Cuando llego a mi destino, la despedida con mi hermana es rápida, sin demasiados titubeos. Un abrazo —¿otro?— y un adiós desvaído. Subo los escalones del portal sin fuerzas, con un dolor que me recorre todo el cuerpo y la sensación extraña de que todo ha sido un sueño, lejano y ajeno. Entro en casa, me abro una cerveza y dejo ese monto de papeles sobre la mesa. Analizo el título: *Almas*. Quién cojones es ese tío.

Hay algo en mí que no se atreve a leerlo, que desea quemar todo eso y dejar atrás una mentira que pensé que permanecería oculta y que, mira tú por dónde, me ha estallado en la puta cara. Y pasan las horas y yo sigo con la mirada fija en ese título mientras debato en mi interior qué hacer con todo eso.

Con la tontería, son las dos de la madrugada y llevo cuatro cervezas y unos *noodles* sosos que he encontrado en el armario. Mi gata me observa desde la esquina mientras intenta paliar el sofoco tumbada en el suelo del piso. Tomo la decisión de jugármelo todo a cara o cruz. Si sale cara, empiezo a leer. Si sale cruz, quemo los papeles.

Lanzo la moneda al aire y la estampo contra la mano. Respiro profundamente y observo el resultado. Cruz. Ya está, quemo los papeles, lo dejo todo atrás y limpio de una vez mi puta vida. Pero ¿eso es lo que quiero? ¿Podré vivir con la incertidumbre el resto de mi vida?

A la mierda.

Me siento en el sofá y leo las primeras páginas. Una tal Julia. El hombre de las gafas redondas. Su profesión frustrada. Un amor desvaído. Un choque en una tienda de pelucas. ¿Un choque en una tienda de pelucas? Espera, un momento. No puede ser.

Joder, joder, joder. Pero qué cojones. Este montón de papeles son parte de un libro. Un libro que habla sobre... ¿mí?